렉카 김재희

CYBER W[O REC]KER JAE HEE KIM

렉카 김재희

김달리 장편소설

| 일러두기 |

* 소설에 언급되는 인명, 지명, 상표명, 사건 내용 등은 실제와 무관한 허구입니다.

* 이야기의 분위기, 캐릭터의 성격에 따라 일부 속어를 그대로 사용하였습니다.

차례

~~~~~

1. 컨설팅

돈이 필요했다. 새로 나온 아이폰, 취미용 라이카 카메라, 유미와 마음 내키면 가평이나 강원도로 떠날 수 있는 얼마간의 여윳돈, 길 한복판에서 퍼질 위험이 없는 새 차, 학자금 대출 1500만 원까지.

"늦었습니다. 명동에 스타벅스가 많아서 1호점인지 2호점인지 헷갈렸습니다."

대학교 과잠을 입고 온 남자는 명함을 건네며 맞은편에 앉았다. '유튜버 컨설팅 전문 사악니'라고 쓰인 금박 명함은 실내에서도 빤짝빤짝했다. 장차 내 돈줄이 될 예정이었다.

"와, 정말 사악니네요. 신기하다. 연예인 보는 기분이야."

분명 사기꾼일 거라며 썩은 얼굴로 앉아 있던 이립은 의자를 바짝 당겨 먼저 악수를 청했다. 사악니는 이립이 내민 손을 내려다보더니 표정을 굳혔다. 마치 벌레라도 씹은 듯 미간을 찌푸려 인상을 잔뜩 썼다. 사악니는 영상에서 듣던 것보다 더 낮은 동굴 목소리로 대답했다.

"제가 여자가 아니면 손은 안 잡거든요."

아하하. 그러세요, 그럼. 이립이 머쓱해하며 멍청하게 웃었다.

사악니는 마스크 밑을 살짝 열어 빨대를 넣고 한 손에 들고 온 아이스아메리카노를 쭉 들이켰다. 카페 안에 마스크를 쓴 사람은 그밖에 없었다. 사악니는 우리가 먼저 묻기 전에, 코로나에 걸려서가 아니고 대인기피증이 있어서라고 설명했다. 밖에서 얼굴을 맞대고 열 번은 만나야 얼굴을 보여준다고도 했다. 아마 못생겼을 상대의 얼굴을 확인하고 싶은 마음이 별로 없어서 나는 어깨를 으쓱해 보였다. 내 행동을 보더니 사악니는 검지를 콕 세워 나를 찍으며 말했다.

"쿨한 태도 좋아요."

"감사합니다."

일단 좋다고 하니 감사부터 해본다. 사악니는 우리를 번갈아 보더니 신상에 대해 궁금해했다. 이립은 유명한 유튜버를 만난다는 말에 갑작스럽게 나를 따라온 거고, 나는 아까와 같은 이유로, 이 일을 꼭 해야 해서 먼저 내 신상을 이야기했다.

"박경표입니다. 둘 다 K대 국문과 다닙니다. 부모님 건강이 안 좋으세요. 두 분이 췌장암, 간암에 걸리셨거든요. 특히 엄마는 말기예요. 워낙 집이 힘들어서 두 분 다 제대로 된 보험을 안 들었는데, 정말 병원비가 천문학적으로 나와요. 그래서 아버진 집에서 통원 치료 중이에요. 호스피스 수준이죠. 집 담보로 끌어 쓸 수 있는 대출은 다 썼고요. 대학도 3학년 다니다가 휴학했고요. 막노동도 해보고 배달 알바도 했는데 다 돈이 안 돼서요.”

저런! 사악니의 추임새는 하나도 동정적이지 않았다. 쪽 소리가 나게 아이스아메리카노를 마시더니 그것도 모자랐는지 듣기 싫은 소리를 내며 컵 바닥까지 샅샅이 빨아들이는 데에 열중했다. 이립과 나는 매너 없는 사악니의 행동을 잠시 관찰했다.

사악니는 내가 말이 없자, 시선을 옮겨 이립을 쳐다보고 어서 말하라고 고갯짓을 했다.

“고이립이고요. 작년에 신춘문예로 데뷔한 시인입니다. 시인이 워낙 가난해서 거지 같은 인생 타파해볼까 하고, 친구 따라 왔습니다.”

“경표 씨는 양심이나 교양 따위를 버릴 각오는 되어 있는 것 같고, 이립 씨는요? 시인이면 세상의 더러운 것도 아름답게 쓰는 사람이잖아요. 이슈 몰이 유튜버는 아름다운 일도 더럽게 써야 하거든요. 아, 더럽다기보다는 자극적으로. 응? 알죠? 비케이 제인, 조자령 영상은 자주 봤죠?"

네네. 우리는 혹시 사악니가 자리를 털고 일어날까 봐 과하게 고개를 끄덕거리며 대답했다. 사악니는 여기 온 순간부터 핸드폰 액정을 수시로 확인했다.

"혹시 바쁘신가요?"

이립이 물었다.

"응? 아니. 걱정되는 게 있어서요. 아니, 생각할 게 좀 있어서요. 아, 모르겠다. 아무튼 제 얘기는 할 거 없고. 컨설팅 비용은 300만 원입니다. 6개월 이내 1000만 원의 수익이 나지 않으면 그대로 돌려드립니다."

그의 말에 이립과 나는 꿀딱 침을 삼켰다. 1000만 원이 뭐냐, 실은 500만 원만 되어도 넙죽 엎드릴 마음이 있었다. 사악니는 명함 뒤에 계좌번호가 있다고 알려줬다. 이립이 당장 넣어야 하냐고 묻자, 대번에 얼굴을 찡그렸다. 평소 그의 영상처럼 험한 말이 금방 입에서 튀어나올 기세였다. 우리는 바지 주머니에 쑤셔 넣은 명함을 다시 꺼내 계좌이체를 할 준비를 했다. 그사이 사악니는 화장실에 가겠다고 자리를 피해줬다. 이립은 하던 일을 멈추고, 그가 가는 뒷모습을 유심히 관찰했다.

"저 새끼 저거 사기 아닐까."

"무슨 사기? 사악니 괜찮은 놈인 거 알잖아. 사인받는다고

난리 치더니 너 겁나 뚝딱거리더라. 쫄았냐? 그리고 나한테
사기 못 쳐. 나한테 사기 쳤다? 지구 끝까지 쫓아가서 족쳐놓
을 거거든."

　말을 하면서도 왠지 이체 버튼을 누르기가 망설여졌다. 이
립도 찝찝한 건 마찬가지인지 손가락이 버튼을 누르지 못하
고 허공에서 머뭇거렸다.

　"야. 화장실에 간다고 하고, 우리 돈 받고 튀면 어떡해?"

　"그러게. 시발. 이 새끼 왜 이렇게 안 나와? 너 돈 안 보냈
지, 아직?"

　"응. 그리고 나 사실 그 돈 없어."

　"뭐?"

　"100만 원으로 깎아달라 하려고 했지. 내가 그 돈이 어딨
냐? 지난달에 카드값 돌려막고 없음. 100만 원도 현금서비스
받으려고 했지."

　이립이 거지인 줄은 알았지만, 이 정도까지인 줄은 몰랐다.
쯧쯧쯧, 너는 진짜 어쩌려고 그러냐, 한심한 눈으로 이립을
바라봤다.

　돈도 없는 주제에 체력은 폐급이라, 함께 하기로 했던 상하
차 알바도 하루 나온 뒤 몸져누웠었다. 밤마다 유튜브 방송을
한답시고 깔짝거리더니 애 상태가 점점 맛탱이가 가고 있었
다. 구독자 수라도 늘려주려고 채널 이름을 알려달라고 해도

이립은 일급비밀이라고 했다. 처참한 조회수에 쪽팔린 듯싶었다.

이립은 갑자기 핸드폰을 테이블에 내려놓고 소파에 깊숙이 몸을 기댔다.

"아무래도 얘 오면 이체해야겠다. 물론, 그 전에 100만 원으로 합의 보고. 너도 부모님 암 걸렸다고 구라 쳤으니까 사악니 새끼가 좀 봐주지 않을까?"

"쟤가? 봐주겠냐?"

내 말에 이립이 내 턱을 잡고 이리저리 얼굴을 살폈다.

"쫌 귀여워."

"퉤!"

"야. 사악니 게이래. 너 좀 게이 상이야. 게이들한테 먹힐 거 같아. 미인계 써볼 생각 없어?"

"게이상은 내가 아니라, 너지. 네가 꼬셔봐."

우에엑. 나는 토하는 시늉을 했다.

사악니에 대한 온갖 소문들은 이미 알고 있었다. 사악니는 본인 뇌피셜 해병대 특수수색대 출신이라 군대 안 가는 여자들은 사람 취급 안 한다는 소리를 영상에서 수도 없이 하던 놈이었다. 물론, 예쁜 애들은 패스다. 그건 세계 대통합 남자들의 한마음 한뜻이다. 그런 사악니에게 본격적으로 게이설이 퍼진 것은 작년 여름에 LGBT 퍼레이드에 참가한 몇 장의 사진들 때문이었다. 상남자 컨셉에 센 척이란 센 척은 다 했던 우리의 사악니가 이상한 가발을 쓰고 맥주를 마시는 모습은 충격적이었다. 실로 기행에 가까웠다.

나처럼 사악니를 보는 구독자들은 사악니 채널에 몰려가서 해명하라고 요구했다. 너 게이야? 너 뭔데 거기 가서 그러고 있어? 너 좌파야? 근본 없는 편 나누기가 댓글 싸움으로 번졌다. 사악니는 친한 지인에게 초대받아 갔을 뿐이며, 자신이 혹 게이라 치더라도 강제적인 커밍아웃을 할 이유는 없다고 못 박았다. 그 애매한 해명이라니! 90퍼센트가 남성 구독자로 이루어진 사악니의 구독자 수가 곤두박질쳤고 '사악니=게이'라는 꼬리표가 기정사실이 되었다. 궁금하면 찾아보시라. 나무위키에 더 상세히 나온다. 한동안 잠잠하더니 이제는 컨설팅 전문으로 방향을 틀었나 보다.

나는 다리를 덜덜 떨며 이립을 바라봤다. 녀석의 매끄러운 콧날에 감탄하려던 찰나, 이립은 콧구멍을 파며 시계를 확인했다. 화장실에 들어간 지 정확히 17분째라고 했다.

"가볼까? 튄 거 같은데."

"응. 가봐. 우리 돈 없어 보여서 튀었을지도."

이립의 말에 나는 재빨리 남자 화장실로 향했다. 내가 알기론 이 건물 스타벅스 화장실에 다른 출입구는 없었다. 남자 화장실엔 소변기 두 개가 나란히 있었고, 양변기가 있는 문

달린 칸은 하나뿐이었다. 변비인가. 역시 안쪽 칸의 문은 잠겨 있었다. 똑똑 문을 두드려도 말이 없었다. 선생님, 안에 계세요? 사악니 선생님. 나는 사악니를 불렀다. 문틈으로 안을 보려고 했는데 뭐 보이는 게 없었다. 휴지가 돌돌 굴러가는 소리와 크큿, 코를 푸는 소리가 들렸다. 아직 있네. 여유 부리듯 반대편 타일 벽에 등을 기댔다.

그러자마자 문이 열렸다. 벽에 기대지 않았으면 코가 분명 깨졌을 거다. 사악니가 거의 부술 듯 예고 없이 발로 팍 차서 문을 열었기 때문이다. 깡패야? 누가 그렇게 문을 열어. 개놀랐다.

"이거 되게 실례예요."

엄마야. 이 새끼 뭐야. 처울었네. 양쪽 눈가가 시뻘게진 사악니는 아랫입술을 깨물고 있었다. 헛. 깜빡했는지 마스크도 안 하고 있었다. 인터넷에 떠돌던 사진 그대로 입술 두꺼운 두꺼비를 닮은 새끼였다. 다만 그의 맨얼굴을 보고 놀란 이유는 다른 데에 있었다. 왼쪽 입꼬리를 따라 흉터가 길게 나 있었는데 누군가가 입을 찢었다가 꿰맨 자국 같았다. 꼭 조커처럼. 할로윈 분장인가. 나도 모르게 손을 뻗자, 사악니가 몸을 뒤로 뺐다.

뒤늦게 사악니도 마스크를 쓰지 않았다는 걸 깨달았는지 급하게 호주머니를 뒤졌다. 마스크는 입구 쪽 바닥에 떨어져 있었다. 내가 더 가까워 주워줬다.

"거기는 왜 그래요?"

실례인 거 알지만 궁금하니까 어쩔 수 없었다. 사악니도 '국민의 알권리'를 위해 영상에서 자주 선 넘는 질문을 하고 신상을 캐고 다니니까 전혀 미안하지 않았다.

"알면 복수해주게요?"

드라마 대사야 뭐야, 돌았나.

"아, 아뇨. 제가 왜……. 경찰에 신고는 했어요?"

"할 필요가 없었어요. 아는 사람에게 당했거든."

씨익 웃는 눈웃음이 징그러웠다. 마스크를 쓴 사악니는 다시 차갑고 별로 정이 안 가는, 즉 거만한 얼굴로 돌아와 있었다. 어쨌든 튀진 않았으니 다행이다.

그때, 사악니의 손에 들린 핸드폰에서 전화벨이 울렸다. 그가 흔한 기본 벨 소리에 놀라 자빠지며 핸드폰을 바닥에 떨어트렸다. 확실히 정상인의 모습은 아니었다. 핸드폰 액정에는 '발신자 표시 제한'이라고 적혀 있었다. 이번에도 내가 주워서 건네줬더니 사악니는 다시 사시나무 떨듯 떨었다. 그의 불안이 전해져서 슬슬 짜증 났다.

"아, 뭔데요!"

그사이 전화는 끊겼다. 사악니는 핸드폰을 가져가 바지 주머니에 넣었다. 얼굴이 새하얗게 질려서 쓰러지진 않을까 걱정될 지경이었다. 그가 대뜸 내 어깨를 붙잡았다. 떨고 있었다.

"미안하지만, 우리 없던 일로 해요."

"네에?"

"이 일이 얼마나 위험한 일인 줄 알고 한다고 한 거야?"

사악니는 대뜸 반말로 빽 소리를 질렀다. 그 행동이 너무 연극적이어서 나는 구경꾼처럼 웃으며 물었다.

"몰카 찍죠? 그죠?"

"아니, 아니야!"

귀청 떨어지겠네. 꽥 소리를 지르면서 사악니는 마스크를 내렸다. 가까이에서 본 사악니의 핏발 선 시뻘건 눈알이 두려움으로 흔들렸다. 몰카라면, 이 새끼 오스카 남우주연상감이었다.

"차 가져왔어요?"

"차요? 가져오긴 했죠."

사악니는 그대로 타일 바닥에 주저앉더니 두 손으로 눈가를 훔쳐냈다.

"학생. 나 좀 살려줘. 어디 좀 가자. 그래, 거기가 좋겠어. 그럼 다시……."

"에? 저희 바쁜데요? 위험한 일이라면 경찰서에 가는 게 낫지 않겠어요?"

"경찰은! 경찰에 신고하면 안 돼. 같이 가주면 컨설팅 비용

반값으로 해줄게. 좆같지만 가족도 없는 거나 마찬가지고, 친구도 없어. 나 시발 도와줄 사람이 없다고."

"공짜로 컨설팅해주시면 생각해볼게요."

"……좋아. 대신 친구는 말고, 네 것만."

"친구는 100만 원에 해주세요. 어차피 걔도 같이 가야 하니까. 수고비."

사악니가 째려보며 마지못해 수락했다. 나는 화장실 문을 열고 나와 이쪽을 주시하고 있는 이립에게 쾌활하게 웃었다. 똥 냄새가 심했다는 듯 사악니 모르게 코를 쥐고 찡그린 표정을 지었다. 이립이 알 만하다는 듯 고개를 끄덕였다.

"선생님이 긴 얘기는 차에 가서 하자시네. 여기는 눈들이 많아서. 유명하시잖아."

그 말에 이립은 의심 없이 자리를 털었다. 사악니는 이미 계단을 내려가고 있었다.

내 차는 엄마가 몰고 다니던 열한 살짜리 은색 마티즈였다. 툭하면 퍼져서 길가에 버리고 싶은 마음을 간신히 달래가며 끌고 다녔다. 유미가 차 있는 남자 친구에 대한 로망이 있어서 그걸 지켜주고 싶었기 때문이다. 똥차를 물려받았을 때 제일 좋아한 유미의 얼굴이 떠올라 나름 아끼며 타고 있었다.

사악니는 내 차를 보더니 정말 이게 굴러가냐고 물었다. 차 뒷좌석에 있는 담요와 이불, 옷가지를 보더니 인상을 찌푸렸다.

"너 혹시 노숙자냐?"

"노숙자는 길에서 자는 사람이고 저는 차에서 자니까 차숙자죠."

한바탕 썰렁한 기운이 마티즈 내부를 휩쓸었다. 조수석에 앉은 이립이 국문과 애들이 다 이렇진 않다고 친절하게 사악니에게 변명했다. 그런데 우리 지금 어디로 가는 거냐고 이립이 물었고, 나는 백미러로 흘끗 사악니를 쳐다봤다. 사악니가 다시 어두운 그림자를 한껏 담아 말했다. 천은사.

내비게이션에 쳐보자 300킬로는 넘는 거리였다. 차로 넉넉잡아 네 시간. 장거리라고는 얘기 안 했잖아, 이 양반아. 나는 이립이 또 허리디스크가 있어서 힘드네 어쩌네 하기 전에 차를 출발시켰다. 이립은 아까부터 폰질만 하느라 정신은 딴 데가 있는 것 같았다. 나는 이립이 신경 쓰지 않도록 물 흐르듯 조심스럽게 사악니에게 물었다.

"천은사가 구례에 있는 곳 말하는 게 맞아요?"

"응. 쉴 시간 없어. 빨리 밟아."

"야야. 염산남이 죽었대."

이립은 뉴스 속보를 보느라 바쁜 거였다. 염산남은 사악니를 포함한 사이버렉카 3대장 중 하나였다. 사악니, 염산남, 비케이 제인. 이렇게 셋이 업계 최고 수익을 내는 유튜버였다. 아까 본 사악니의 찢어진 입이 떠올라 오싹 소름이 끼쳤다.

완전 패닉 상태에 빠진 사악니가 다급하게 이립의 핸드폰을 빼앗았다. 정신없이 기사를 읽고서는 뒷좌석 차창을 쾅쾅 내리치더니 차라리 그냥 죽고 싶다고 소리를 질렀다.

"왜, 왜 그러세요……."

겁을 집어먹은 이립이 내 눈치를 보며 말했다.

"왜 죽은 거래?"

내가 물었다.

"자살이라고 하는데."

개미 기어들어가는 목소리로 이립이 말했다. 사악니는 뒤를 돌아봤다. 차를 쫓는 사람이 있는지 확인하는 눈치였다.

"이럴 줄 알았어. 이렇게 될 줄 알았다고. 염산남한테 걸린 소송만 여덟 건이었어. 안 죽고 배겨? 니네도 이렇게 되고 싶어?"

당연히 그렇게 되고 싶은 사람은 없었다. 한동안 유튜버 연쇄 살인 사건이다 뭐다 흉흉한 사건이 연달아 일어났지만, 아직도 연예인보다는 되기 쉽고 잘하면 연예인만큼이나 고수익을 얻을 수 있는 직업이었다. 모든 성공에는 위험이 따르는 법. 나는 사악니에게 쾌활하게 대답했다.

"에이. 거기서 살아남은 사악니 선생님이 계시는데 우리는 걱정 안 하죠."

"그래? 좋아. 그 전에 할 얘기가 있어. 안 그러면 내가 두 명을 저세상으로 보내게 될지도 모르니까."

"그 두 명이 저희 두 명을 말하는 거예요?"

"그래. 덜 떨어진 두 놈. 부모님 암이라고 구라 치는 놈이랑 유사 시인 놈."

"아니. 남의 차 얻어 타면서 아까부터 왜 반말이세요?"

한 큐에 우리의 정체를 파악한 사악니에게 반발심이 들어 따졌다. 확 길가에 떨궈버릴까.

사악니가 마스크를 벗고 등받이에 몸을 기대며 팔짱을 꼈다. 헉. 이립이 휘둥그레진 눈으로 애써 앞만 바라봤다. 나는 아까 봤는데도 영 적응이 안 돼서 또 간이 떨어질 뻔했다.

"여길 이렇게 만든 놈을 만났어, 오늘. 그 얘기를 해야겠어."

나는 호기심에 귀를 열고 가만히 있었다. 이립도 마찬가지였다. 슬며시 핸드폰 음성녹음 기능을 켜 빨간 버튼을 눌렀다.

2. M모텔, 번개

여기부터는 사악니, 본명 김재희의 이야기를 들은 그대로 전한다.

▷▷▷

2년 전 봄으로 거슬러 올라간다. 그때 재희는 종로에 있는 모텔에서 가운을 입고 '불체자'가 나오길 기다렸다. 불체자는 욕실에서 샤워기를 틀어놓고 시끄럽게 노래를 불렀다. 사랑은 개에에에. 물리지 않게에에에. 그걸 저기 묶어놔 묶어놔. 후렴구만 아는지 같은 부분을 반복해서 불렀는데 재희는 흥분한 상태라서 그녀가 무얼 하든 좋았다. 킥킥. 혼자 피식거렸고 불체자의 채널에 들어가 그녀가 올린 동영상을 몇 개 훑었다. 가슴이 꽉 끼는 옷을 입고 춤추는 영상이 많았다. 구독자들의 성희롱에 가까운 댓글을 보고 살짝 열이 받았다가 금방 식혔다. 자기가 불체자와 뭣도 아닌 관계라는 것을 깨달았기 때문이다.

불체자는 인조인간이 넘쳐나는 여캠들 사이에서 보기 드문 모태 미녀였다. 어렸을 때 아역 스타로 잠깐 빛을 발하다가 연기력 부족으로 비난받자 방향을 틀어 개인방송을 하기 시작했다. 갖고 있던 끼가 연기력으로 발산되지 않은 게 아쉽지만, 괜찮은 노래와 춤 실력으로 남성 구독자들에게 야살을 떨었고 별풍선을 넘치게 받아 한때 아프리카TV에서 수익으로 탑10 안에 들기도 했다. 다만 유튜브로 전향하고 컨셉을 잘못 잡은 것인지 전보다 수익이 안 나왔다. 팬들이 가을철에 우수수 빠지는 죽은 머리카락처럼 떨어져나갔다.

"사악니 님, 제 연락 받고 놀라셨죠?"

가운을 걸치고 나온 불체자는 핸드폰을 보는 척하던 재희의 앞에 유혹적으로 섰다. 불체자는 영상에서보다 실물이 훨씬 나았다. 청순하고 귀엽고, 좋은 건 너 다 가져, 하며 덕질하고 싶은 외모였다.

"네."

"얼마만큼? 얼마만큼인지 알려주면 키스해줄게요."

불체자는 한쪽 어깨를 반쯤 드러내며 말했고, 당연히 모텔은 하러 오는 줄 알았던 재희는 어이가 없었다. 키스? 그걸로는 만족 못 하지. 그때 불체자가 애교 섞인 몸짓으로 어깨를 흔들며 한쪽 다리를 가운 사이로 올렸다. 안쪽에 재희가 보고 싶던 은밀한 무언가 대신 슈퍼맨 S 마크가 있는 코스프레 의상이 보였다. 재희는 코스튬플레이도 좋았다.

헙. 숨을 들이켰다. 솔직히 말해, 유튜버가 된 이후 지금 이 순간이 가장 뿌듯했다. 매달 찍히는 고액 수익보다 훨씬 더 좋았다. 성공한 사람들 말대로 돈은 갖고 나면 별게 아닌 것 같기도 했다.

"키스만 해줄 거는 아니죠?"

"사악니 님 영상에서는 두꺼비상인 줄 알았는데 잘생겼다. 이리 와요. 무릎 꿇고 기어서 와야 해."

불체자가 손짓했다. 재희는 당장에 발정 난 개처럼 불체자를 향해 기어갈 수도 있었다. 방송연예전공 유튜브학과를 수석 졸업한 개인방송업계의 눈치 빠른 고인물이 아니었다면 좋았을 텐데 그러기에 재희는 대학 시절부터 산전수전을 다 겪은 사람이었다.

불체자의 곁눈이 왼편 신발장에 붙은 거울을 향했다. 보통 남자라면, 그저 여자가 자신의 모습을 거울로 확인하는 중이군, 하고 넘겼을지 모른다. 재희는 불체자의 시선을 따라가 거울이 아닌 그 옆 선반 사이에 붙은 눈을 확인했다. 카메라였다.

촬영 중이구나. 그것도 라이브구나!

아, 열받아. 그러면 그렇지. 불체자는 얼굴이 공개되지 않은 사이버렉카 사악니의 얼굴을 최초로 공개하겠다고 공지를 띄웠을 것이다. 그것으로 어느 때보다 많은 후원금을 받았을지도.

재희는 너무 화가 났지만, 어느덧 이성적이고 냉정하며 남들보다 한발 앞서는 논리로 무장한 사이버렉카 사악니로 돌아가 있었다. 침대보에 굴러다니던 리모컨을 들어 정확히 불체자의 관자놀이를 향해 던졌다. 까앗! 불체자가 깜짝 놀라 뒷걸음질 쳤다. 재희는 더한 폭력은 고소를 부를 수 있기 때문에 주먹질은 피했다. 옆에 놓인 갑티슈로 얼굴을 가렸다.

"좆같은 년아. 내가 쉽게 당할 줄 알았냐? 세금 피 빨아먹는 불체자 년한테는 좆이 안 섭니다."

사악니의 체면에 걸맞게, 비교적 점잖게 타이르고 나왔다.

집에 돌아온 재희는 불체자의 채널에 들어가 조회수가 높은 영상들을 꼼꼼히 확인했다. 그리고 트집 잡을 만한 것은 전부 캡처하고 저장해두었다. 넌 뒤졌다, 오늘의 대형 먹잇감이었다. 사악니 채널 게시판에 '벗방녀 불체자 특별 3부작'이 올라갈 것을 예고했다.

재희는 숨을 고르며 거실 소파에 앉아 진한 에스프레소를 내려 마셨다. 책장에 꽂힌 〈인 더 미소 수프〉라는 무라카미 류의 소설이 눈에 들어왔다. 오래전에 읽어서 내용은 가물가물하지만 클럽에 있던 아무 죄 없는 사람들을 외국인이 살육하던 장면은 아직 생생했다. 이해 못 할 폭주였지만 시선을 잡아끌었고, 재희는 그 장면을 몇 번이고 다시 읽었었다. 그 외국인처럼 아무나 걸리는 대로 공격하는 무차별 폭격기가 되고 싶은 기분이 들었다.

수많은 유튜브 채널 중에 가장 더럽다고 여겨지는 사회악이었으니 사이버렉카 사악니가 작정하고 덤비면 사람 하나 매장하는 건 일도 아니었다. 그걸 혼자 하냐고? 당연히 아니었다. 150만 명에 달하는 구독자가 바퀴 역할을 했다. 오늘 죽어보자. 신내림을 받아 작두 타는 도령이 되겠다고 이를 부득부득 갈았다. 일진이 덜 사나웠으면 재희의 운명이 바뀌었을 거다.

재희가 다시 류의 소설을 꺼내 밑줄까지 쳐가며 읽었던 부분을 복습하는데, 말티놈에게 전화가 왔다.

말티놈은 동네 호프집 '인디언'의 사장으로 종업원인 재희의 엄마와 사귀는 중이었다. 어깨까지 내려오는 악성 곱슬머리를 반묶음 한 느끼한 스타일이었는데 희한하게 아줌마들 사이에서 인기가 좋았다. 말티즈같이 생겨서 재희는 말티놈이라고 불렀다. 같은 남자끼리 첫눈에 쓰레기 타입인 걸 알아본 재희는 죽이고 싶어 안달 냈다.

"재희야. 어쩌쓰까. 니 엄마가 다쳤어. 당장 병원으로 와야 쓰겠다. 너무 놀라지 말고."

말티놈의 목소리가 푹 삶은 행주처럼 젖어 있었다. 재희가 엄마가 어딜 얼마나 많이 다쳤냐고 묻자, 말티놈은 그냥 빨리 와서 얼굴 보고 얘기하자고 했다. 재희는 불안감으로 심장이 두근거렸다. 왜 말을 안 해주는지, 설마 죽은 건 아닌지, 아닐 거야, 불구의 몸이라도 됐다면 말티놈을 그 자리에서 죽여버리겠다고 속으로 되뇌었다. 운전하고 갈 힘이 없어서 택시를 타고 응급실로 향했다.

넋이 반쯤 나간 말티놈은 재희를 보자마자 자초지종을 설명했다. 홀에서 단골손님들과 맥주를 마시고 있던 말티놈은 갑작스런 비명에 주방으로 뛰어들었고, 그때 엄마는 바닥에 주저앉아 비명을 지르며 뒹굴고 있었다고 했다.

"니 엄마가 튀김기에 손을 넣었어야. 오른손을 실수로 담가 가지고…… 시뻘겋게."

말티놈의 말대로, 침대 하나를 차지하고 누운 엄마는 아파 죽겠단 표정으로 오른손을 침대 밖으로 떨어트리고 있었다. 붕대가 칭칭 감겨 있었다. 이미 많이 울었는지 눈두덩이가 퉁퉁 부었고, 진통제 효과 때문에 평소 괄괄하던 목소리는 기어 들었다.

"너는 사랑 같은 거 하지 마라……."

엄마의 말 한마디로 재희는 튀김기에 손을 넣은 것이 사고가 아니라, 엄마의 오랜 나쁜 습관이었던 자해를 시도한 것임을, 이 모든 일이 사랑의 대상이었던 말티놈과 관계가 있다는걸 알았다. 재희의 불주먹을 익히 경험해본 말티놈은 용서해달라, 나는 잘못 없다, 하는 문자를 보내놓고 일찌감치 튀었다.

그래서 예고했던 '벗방녀 불체자 특별 3부작'은 무산됐다. 재희는 약 기운이 사라지자 죽는소리를 하는 엄마 곁을 떠날수 없었다. 불체자보다 다른 아줌마와 바람이 났다는 말티놈을 어떻게 반 죽일까 고민했다. 합의금은 차고 넘칠 만큼 있으니 무서울 것도 없었다.

사악니는 그날 저녁 150만을 거느리는 유튜버로서는 드물게 한 번도 유튜브에 접속하지 않았다.

▷▷▷

다음 날, 포털사이트 메인 화면에 불체자가 자살했다는 속보가 떴다.

불체자가 누구냐, 웬 듣보? 첨 들어본다, 왜 예쁜 애들은 일찍 죽냐, 이게 다 페미들 때문이다. 별의별 댓글이 달렸고 재희의 손가락도 의견을 보냈다.

사악니 얼굴 깐다고 나대더니 지가 먼저 나락 갔네.

재희는 동정이나 후련함 같은 건 느끼지 않았다. 유튜버들이 악플로 목숨을 끊는 일은 아예 없던 일도 아니었으니까. 무감각했다는 편이 맞을 것이다.

엄마는 어제보다 더 고통스러워해서 옆에서 지켜보는 것조차도 힘들었다.

"엄마. 내가 말티놈 데려와서 엄마한테 무릎 꿇고 사과하라고 할게."

"가지 마. 아들. 내 잘못이야."

"웃기지 마. 엄만 잘못 없어."

재희의 엄마는 다혈질인 재희가 난리 칠 것을 알고 만류했다. 재희는 그런 일은 없을 거라고 새끼손가락으로 약속하고 나서 병원을 빠져나올 수 있었다. 집으로 돌아가 야구 방망이와 할로윈데이 때 썼던 괴물 마스크를 챙겼다.

인디언의 입구에는 개인 사정으로 쉰다는 종이가 붙어 있었다. 재희는 트렁크에서 야구 방망이를 꺼내고 괴물 마스크를 쓴 다음 가게의 더러운 판유리를 사정없이 내리쳤다. 와장창. 깜짝 놀란 인근의 상인들이 몰려나왔다. 다들 겁에 질려 무슨 일이냐고 묻지도 못하고 지켜만 봤다. 재희는 유리가 튈까 봐 썼던 괴물 마스크를 벗고 몰려든 사람들을 향해 씨근덕대며 말했다.

"빚 갚는 중이니까, 신경 쓰지 마셔들."

경찰이 오기 전에 말티놈을 먼저 찾아야 했다. 근거리에 살고 테니스에 미쳐 있다는 정보만 있지, 어디 사는지 들은 바가 없었다. 말티놈의 전화는 꺼져 있었다. 재희는 차를 한 블록 떨어진 주택가로 옮겼다. 가게가 난리 났다는 소식을 듣고 뛰어 올 말티놈을 잠자코 기다렸다.

유튜버 오픈톡방은 하루 종일 불체자 얘기로 불탔다. 어이없게 사악니가 죽인 것 같다는 의견이 한데 모였다. 재희가 보기에도 사악니는 불체자에게 앙심을 품기에 충분했다. 어젯밤 불체자 특별 3부작만 올렸어도 이런 뜬소문은 없었을 것이다.

떨리는 손으로 메시지를 쭉 훑어보던 재희는 전화 한 통을 받았다. 서초경찰서 사이버수사팀이라고 하면서 채기쁨 씨를 아냐고 물었다. 경찰이 맞는지 의심이 들 만큼 너무나 사무적인 여자의 목소리였다. 스팸이네. 채기쁨이 누구냐며 모르는 사람이라 말하고 전화를 끊으려 하자 저쪽에서 소리를 질렀다. 톤이 높아지자 여자의 목소리에서 기분 나쁜 쇳소리가 났다.

"유튜버 불체자요! 어제 15시 22분에 M모텔에서 나오셨잖아요. 차량 번호 확인했고요. 김재희 씨세요? 유튜버 사악니 씨고요?"

재희의 이마에서 식은땀이 흘렀다. 유튜브는 해외에 서버를 두었으니 쉽게 찾을 수 없을 거라 생각했는데 사람 하나 죽으니 그것도 아닌가 보았다. 참고인 조사로 나오라는 말에 재희는 자라목처럼 쪼그라드는 기분으로 알겠다고 했다.

전화를 끊고 나자 멀리서 헐레벌떡 뛰어오는 말티놈이 보였다. 혼비백산한 얼굴이 꼭 재희 자신을 보는 것 같았다.

재희는 잠시 고민하다 불체자의 일부터 처리하기로 했다. 죽어서까지 귀찮게 하네. 아오. 욕이 절로 나왔다. 죽을 거면 한 번 주지, 그렇게까지 생각했다가 너무했다 싶어 낯 뜨거운 낙서를 수정액으로 지워버리듯 생각을 지웠다.

사이버수사팀 여성청소년범죄과 오혜수의 명함을 받은 재희는 썩 기분이 좋지 않았다. 오 형사의 눈길이 노골적인 적개를 드러내며 재희를 훑었다. 놀란 마음에 허둥대다 옷 갈아입는 것도 잊어서 어제와 똑같은 옷차림이 괜히 찔렸다. 오 형사는 재희에게 프린트한 사진을 보여줬다. 어제 모텔에서 나가던 CCTV 화면이었다.

"본인 맞으시죠?"

"네."

"김재희 씨가 유튜버 사악니 씨가 맞고요?"

재희는 누가 자신을 알아볼까 봐 내부를 한번 둘러본 후 고개를 끄덕였다.

"채기쁨 씨와는 무슨 관계예요?"

"아무 관계 아닌데요."

"일면식도 없는 채기쁨 씨가 만나자고 해서 단순히 나갔다?"

"네. 그게 왜요?"

"모텔로 오라고 할 때는 이상하지 않았어요? 저라면 의심부터 했을 것 같아서요."

"불체자가……."

"채기쁨 씨요."

오 형사가 재희의 말을 정정했다.

"네, 뭐. 기쁨인지 슬픔인지 모르겠지만, 아무튼 비싸 보이진 않잖습니까?"

오 형사는 재희의 말을 제대로 이해 못 하겠다는 듯 황당한 표정을 지었다. 재희는 오 형사도 같은 여자라는 사실을 깨닫고 단어를 골랐다.

"순수한 영혼은 아니라는 거죠. 그리고 걔는 듣보잡이고 저는 유명 유튜버예요. 당연히 걔가 볼 땐 제가 멋있거나 부러워 보였을 수 있죠. 이런 유혹 받아본 게 처음도 아니고요."

거짓말이었다. 채널을 4년간 운영하면서 처음 받아본 유혹이었다. 유튜버들 사이에서 사이버렉카는 왕따나 마찬가지여서 연말 유튜버 모임에 끼워주는 법이 없었고 대형 소속사에 들어갈 수도 없었다. 툭하면 사이버렉카들을 곰팡이 취급하며 사라져야 한다고 욕이나 해댔지, 사람대접을 해주지 않았다. 옷 벗고 방송에서 조회수 올리는 것과 없는 말 있는 말 지어서 조회수 올리는 게 무슨 차이가 있다고. 생각하니 억울하고 분했다.

"형사님. 제가 피해자예요. 멀쩡한 남자 불러다 놓고서는 카메라 켜고 쇼를 했다니까요. 제가 몰카로 고소해도 걔는 할 말 없을걸요. 게다가 모텔비도 제가 낸 거 아세요? 스파도 되는 방이었다고요."

오 형사의 눈동자에 또다시 같은 단어가 떠올랐다. 경멸.

"헤어지고 나서 누굴 만나다거나 방송을 한다거나 그런 얘기는 전혀 못 들었습니까?"

"저녁때 방송을 한다고는 들었어요. 같이 하자고 해서 당연히 거절했죠. 그런 저질 방송 나갈 깜도 아니고."

"네. 그러셨군요."

오 형사는 재희의 잘난 척이 질린다는 듯 기계적으로 대꾸했다. 이후 따분한 질문을 몇 개 더하고 재희에게 돌아가도 좋다고 했다. 재희는 내내 궁금했던 질문을 던졌다.

"걔 어떻게 죽었는데요? 목을 맸어요? 유서는 나왔고요?"

오 형사는 하나도 대답을 해주지 않았다. 아예 투명인간 취급이었다. 시발년. 재희는 속으로 갖은 욕을 다하며 오 형사가 건넨 명함을 잘게 찢어버렸다.

재희도 너무했다는 것을 알았다. 굳이 고프로 카메라를 들고 채기쁨이 안치돼 있다는 성모병원을 찾아간 일 말이다. 하지만 걔 때문에 어제부터 길가에 내다 버린 시간과 오늘의 수

모와 누명을 콘텐츠로 보상받아야겠다는 생각이 들었다. 양복을 차려입고 도둑 촬영 때 쓰는 서류 가방에 고프로를 넣었다. 어차피 재희의 얼굴은 공개된 적이 없으니 적당히 친구라고 둘러대면 될 거였다.

여럿의 유튜버들이 포진해 있을 거라는 생각은 어리석었다. 2호실 장례식장은 지나치게 한산했다. 재희 또래의 사람들은 거의 볼 수 없었고 부모 연배가 많았다. 그마저도 친척 같았다.

재희는 조문을 하고, 채기쁨의 영정 사진을 바라봤다. 진한 화장을 지운 채기쁨의 맨얼굴은 고등학생이라고 해도 믿을 만큼 해사했다.

죄다 늙은이들뿐이라 누구 하나 관종 짓을 하지 않는 한 콘텐츠로 쓸 수 없었다. 재희는 부조금으로 3만 원을 냈기에 구석에 앉아 육개장을 맛있게 먹고 맥주 한 병을 시켜 마셨다. 서류 가방을 테이블에 둔 채. 커피땅콩을 입에 넣고 우적우적 씹고 있을 때 맞은편에 소복을 입은 여자가 앉았다.

"기쁨이 친구예요?"

"뭐야, 쌍둥이예요?"

거의 서로 동시에 물어보고 금방 경계했다. 여자는 채기쁨의 쌍둥이 동생이라고 했다. 재희를 보는 눈에 의심이 가득했다. 어쩌면 사이버렉카로 사는 재희의 피해의식인지도 몰랐다. 재희는 일단 사람을 만나면 그 사람이 자신을 어떻게 대하려는지 눈치를 살피고 조금만 불쾌한 구석이 있으면 불같이 화를 냈다. 분노 조절이 어려운 정신병 말기 환자였다.

"사회에서 만난 친구입니다."

"사회 어디요?"

오 형사에 이은 두 번째 취조인가.

"그냥 사회생활 하면서 만났어요. 제 친구들이랑 다 친해서 같이 술도 마시고, 같은 엘지 트윈스 팬이고요."

어제 본 영상 중 하나가 생각났다. 불체자가 야구장에서 야하게 리폼한 응원복을 입고 끼를 부리는 영상이었다.

"기쁨이는 엘지 트윈스 아니고, 두산 베어스거든요."

"아, 모르셨구나. 기쁨이 엘지 트윈스 옷이 더 예쁘다고 갈아탔어요. 그런데 동생분은 이름이 혹시 슬픔이에요?"

개드립은 어쩔 수 없는 직업병이다. 여자는 다시 무표정이 되었다. 일란성 쌍둥이라도 분위기가 완전히 달랐다. 이쪽이 조금 더 차분하고 냉정해 보였다. 아니면, 불체자가 직업병으로 웃는 상이 되어버렸는지도.

"나가주세요."

여자의 말에 재희는 3분의 1이 남은 맥주를 컵에 다 따르고 단숨에 마셨다. 어차피 오래 있을 생각도 없었다. 커피땅콩을 한 움큼 집어 양 볼이 터지게 넣었다. 여자의 혐오스러워하는 표정을 보는 게 재밌었다. 조롱하고 약 올리고 다치게 하는 건 재희의 전문 분야니까. 갑니다. 재희가 서류 가방을 챙겨 드는 순간, 여자가 가방끈을 잡고 늘어졌다. 악력이 생각보다 셌다. 어어? 하는 사이에 가방을 뺏겼고, 여자는 재희 뒤 벽면을 향해 세게 던졌다. 으악, 내 고프로! 재희가 깜짝 놀라 서류 가방을 집어 들고 안을 살폈다. 겉으로는 멀쩡해 보였는데 이 자리에서 꺼내 확인할 수 없는 노릇이었다. 언제 써먹을지 모르는 귀한 콘텐츠였다. 이 미친년이. 대번에 욕이 나왔다.

"너 스토커지?"

"내가? 내가요?"

입안에 굴러다니던 커피땅콩 찌꺼기가 멋대로 여자의 얼굴에 사방팔방 튀었다. 여자가 꺅 소리를 지르며 테이블에 있던 물수건으로 얼굴을 닦았다. 그러니까 왜 가려는 사람한테 시비를 걸어. 어른들이 모두 재희를 노려봤다. 마치 재희가 채기쁨을 죽게 한 장본인이라도 되는 듯한 눈들이었다. 재희는 위축되었지만, 철면피를 깔았다.

"스토커 아닙니다. 예? 아무리 슬퍼도 무작정 애먼 사람 잡는 건 아니죠. 증거 있어요?"

여자는 재희의 물음에 대답하지 못했다. 가족으로 보이는 누군가에게 안겨 통곡을 하고 있었기 때문이다. 싸늘했던 여자가 허물어지면서 우는 모습을 보니 재희도 더 전투적일 수는 없었다. 장례식장을 박차고 나왔다.

그 밤 내내 입안이 달았다. 커피땅콩을 너무 많이 집어 먹은 탓이었다.

▷▷▷

하룻밤 새에 사악니가 불체자의 자살에 관여했다는 몰아가기 영상이 급속도로 퍼졌다. 이때다 싶은 사이버렉카들이 앞다투어 모두 사악니를 욕했다. 재희는 채널 영상마다 달린 수만 개의 악플을 대충 읽었다. 불체자와 접점이 거의 없다고 생각했는데 과거의 영상에서 사악니는 여러 번 불체자를 언급했다. 비속어를 섞어가며 성희롱과 인신공격을 했다. 유튜브를 4년 동안 하면서 거의 하루도 빠지지 않고 영상을 올렸으니 없을 리가 없었지만, 이렇게 많은 줄도 몰랐다.

— 저는 고인이 된 불체자 님의 죽음과 어떠한 관련도 없음을 밝힙니다. 아울러, 거짓된 루머를 양산하는 유튜버들, 선처 없는 고소 진행 중입니다. 눈치 챙겨!

짧은 해명 글을 공지란에 올렸다. 올린 글마저 퍼져나가 다른 사이버렉카들의 먹잇감이 됐다. 단 3일 만에 3만 명의 구독자가 빠져나가자, 재희도 더 이상 가만히 있을 수 없었다.

사과문을 올리는 연예인이나 유명인들을 까기만 했지, 직접 사과 영상을 찍기는 처음이었다. 할 말이 없어서 대본을 쓰는 데 애를 먹었다. 재희는 사악니의 트레이드마크인 검은색 플라스틱 이빨이 박힌 가면을 쓰고 카메라 앞에 앉았다. 사과 영상의 국룰인 깨끗한 화이트 셔츠를 입었다. 고정 멘트로 촬영을 시작했다.

안녕하지 못한 구독자 여러분, 저도 안녕하지 못한 사악니입니다. 지난 5월 4일 유튜버 불체자 님께서 유명을 달리하셨습니다. 먼저 삼가 고인의 명복을 빕니다. 제가 영상을 늦게 올린 이유는 불체자 님과 관련하여 경찰 조사를 다녀왔기 때문입니다. 제가 이 자리에 앉아 있다는 것은 저의 결백이 증명되었다는 뜻입니다. 구독자 여러분, 저는 5월 2일 불체자 님의 갑작스러운 연락을 받았고 5월 3일 불체자 님을 만났습니다. 진실은 불체자 님의 영혼 속에 영영 묻혀 있겠지만, 가벼운 말다툼이 있었고 모욕을 당했다고 생각한 저는 불체자 님의 사과를 받기 위해 특별 3부작을 예고한 것입니다. 결코 불체자 님에게 보복하려는 것이 아니었습니다. 이제 와서 누구의 잘잘못을 따지기보다는 그저 고인의 명복을 빕니다. 그리고 저는 마지막까지 불체자 님의 가는 길을 지켜봤습니다. 뒤에 나올 쿠키를 꼭 확인해주세요. 죄송합니다.

사과 영상 촬영을 마친 뒤 1분 남짓한 분량으로 편집한 쿠키는 장례식장 스케치 영상이었다. '그날 불체자(고 채기쁨) 님의 장례식장을 찾은 유튜버는 저뿐이었습니다'라는 자막을 넣고 베토벤의 '월광 소나타'를 배경음악으로 깔았다. 재희가 보기에 꽤 조회수가 나올 영상이었다.

재희의 예상은 적중했다. 떨어져나갔던 구독자 5만 명이 다시 붙었다. 맨날 타인의 이슈만 다루다가 정작 사악니가 이 슈가 되니 영웅이 된 기분이 들었다. 뭐든 다 할 수 있을 것 같은 그런 기분? 어깨가 으쓱 올라갔다.

유튜브학과를 나와 날고 기는 똘끼 충만한 애들 사이에서 재희는 언제나 열등한 존재였다. 술자리에서 얌전히 남의 얘 기를 듣고 있으면 교수가 '야 너 내일부터 내 앞에 앉아. 콘 텐츠 팔아먹겠단 놈이 그렇게 자기 PR을 못해서야 되겠어?' 하고 핀잔을 줬다. 어렵사리 남의 방송 기획 PD로 취직해 한 달을 못 채우고 잘린 게 여러 번이었다. 요즘 트렌드를 이해 못 한다는 지적은 양반이었다. 눈깔이 이상해, 내가 관상을 좀 볼 줄 아는데 관상은 과학이잖아요, 재희 씨는 엑셀이나 복사에 탁월할 거 같아요, 같은 말들이 깊게 재희의 가슴에 칼을 쑤셨다. 튀고 싶어 하는 인간들 틈에 끼지 않고 밑에서 받쳐주는 교각 역할을 하고 싶었지만, 누구도 원하지 않는 것 같았다. 인간 김재희의 무던함을 센스 없음으로 받아들이 는 사회에서 재희가 열의를 갖고 할 수 있는 일은 사실 많지 않았다.

　하지만 이제 재희는 영웅이었다. 정확히 말하면, 사악니는 외롭게 죽은 여자의 마지막을 지킨 사람이었고, 인간쓰레기로 취급받는 사이버렉카계의 뉴웨이브였다. 고인을 추모하는 의미에서 일주일 정도 영상을 업로드하지 않겠다는 공지를 띄웠다. 이걸로 불체자 해프닝은 끝난 셈이었다. 정말 그런 줄 알고 기억에서 금방 지웠다.

▷▷▷

　꼬박 일주일을 입원해 있던 엄마가 퇴원하는 날이었다. 3도 화상을 입은 엄마의 오른손은 여러 번 피부 이식 수술을 해야 할지도 모른다고 했다.

　재희가 유튜브를 시작하고 매달 목돈을 손에 쥐게 되면서부터 엄마는 평생 매달리던 기사 식당을 접었다. 함께 백화점 쇼핑을 나가 에르메스 머플러나 구찌 가방 같은 것을 가격표도 보지 않고 구매했다. 재희가 성공하면 집에서 놀고먹겠다는 선언과는 다르게 엄마는 고작 석 달이 지나자 기사 식당을 그리워했다. 화장품 냄새에 머리가 아프다며 백화점에도 발길을 끊었다. 갖고 있던 명품 가방을 드는 일도 거의 없었다. 엄마는 그동안 일만 하느라 그걸 들고 만날 친구가 없어진

지 오래였다. 그렇다고 재희가 매번 무료해하는 엄마를 데리고 여행을 다닐 수는 없는 노릇이었다. 집 앞 호프집에서 하루 세 시간만 아르바이트를 하겠다는 엄마를 말리지 않은 것도 그래서였다. 재희와 달리 엄마에게 노동은 소비를 하기 위한 것만이 아니었다. 삶을 영위해가는 일종의 버릇이었다. 그것도 아무짝에도 쓸모없는 나쁜 버릇.

엄마는 곧바로 차에 타는 대신, 병원에서 횡단보도 하나만 건너면 나오는 공원에 가자고 했다. 벚꽃이 피는 봄이면 사람들이 떼로 몰리는 곳이었다. 평소라면 혼자 가, 하고 내뺐을 테지만 재희는 아픈 엄마의 손이 못내 눈에 밟혀서 묵묵히 뒤를 따랐다. 아들의 유튜브 콘텐츠에 대한 이해가 없는 엄마는 좋은 풍경을 보고만 있지 말고 카메라로 담아 방송에 내보내라고 했다.

"이야, 바람 좀 봐. 벌써 여름 기운이 오고 있네."

"바람을 어떻게 봐요, 아줌마."

들뜬 엄마는 툴툴대는 재희의 반응을 무시하고 사람들 사이를 걸었다. 그러다 먹기 쉽게 가운데를 꼬치로 꽂은 옥수수를 샀다. 왼손으로 먹는 게 익숙지 않은지 자꾸만 옥수수 알갱이들이 바닥으로 떨어졌다. 그 틈에 신난 비둘기들이 모여들어 재희는 허공에 발차기를 해댔다. 앞에는 비교적 맑은 하천이 흐르고 빛에 반사된 윤슬이 눈부시게 빛났다. 들숨에 봄

기운을 머금은 공기가 따뜻하게 들어왔다. 엄마 말대로 나오길 잘한 것 같았다.

"영일 씨가 가게 그렇게 만들어놓은 거 없던 일로 해준대. 가서 사과만 해."

"좆까. 고소하라고 해."

재희가 쏘아붙였다. 재희가 말티놈이라 부르는 인디언 사장 이름은 강영일이었다. 엄마는 손을 들었다가 이내 아물지 않은 아픔을 느끼고 다시 내렸다.

"그렇게 나쁜 사람 아니야. 너 없을 때 매일 와서 있다 갔어."

"그게 뭐? 재혼할 거처럼 행동하고 상처 준 건 사실이잖아. 엄마가 손을 튀김기에 넣을 만큼 그 새끼가 상처를 줬다는 사실은 바뀌지 않아."

"너는 겨우 세 번 왔잖아. 오늘까지 다 해서. 영일 씨는 매일 왔어."

"가해자가 매일 사죄하러 오는 건 당연한 거야. 아무 상관 없는 당신 아들이 오는 건 고마워해야 할 일이고."

"방송인지 유튜번지 하더니 말발만 세졌어. 너 어디 가서 그렇게 말하지 마. 미움받어."

미움받는 건 전문 분야였으므로 재희는 잘하고 있었다.

"혹시, 너도 사람들한테 악플받고 그러니? 뉴스에 계속 악플러 때문에 여자가 죽었다고 하던데. 그 사람 아는 사람이야?"

"악플도 관심이야. 그걸 못 견디면 여기서 못 살아남지. 그리고 난 모르는 사람이야."

재희는 습관적으로 핸드폰을 바라봤다. 살인적인 물가 폭등, 가수 B의 열애 소식, 대통령의 허무맹랑한 계획들, 말다툼이 칼부림으로 이어졌다는 뉴스……. 어디에도 유튜버 불체자의 기사는 없었다. 단 3일 만에 그와 관련한 의혹들은 신기루처럼 사라졌다.

"애가 아직 젊던데 안됐어. 가족들이 얼마나 슬플까."

엄마의 말에 재희는 그녀의 쌍둥이 동생의 얼굴을 떠올렸다. 진짜 이름이 뭘까. 슬픔 아닌가……

사악니의 영상을 봤다면, 그날 마주한 사람이 사악니라는 것을 알았을 텐데 봤을까 궁금해졌다. 엄마는 바닥에 떨어진 장미 꽃가지를 왼손으로 주워 눈을 감았다. 짧게 묵념했다. 정 많고 공감 능력이 뛰어난 그녀는 지금 이름도 모르는 여자의 명복을 비는 중이었다.

"채기쁨이야. 죽은 여자."

재희는 엄마에게 그 이름을 말하면서 바늘에 찔린 풍선처럼 영혼이 사라지는 기분에 사로잡혔다. 엄마는 재희의 말을 듣지 못했다.

3. 합방

〰〰〰

　불체자의 이름이 다시 수면 위에 오른 것은 그로부터 두 달 뒤였다. 게임 스트리머인 '두환이'가 '불체자가 죽어도 싼 이유'라는 아주 자극적인 제목을 달아 영상을 올렸다. 이국적인 외모로 불쌍한 불법체류자란 컨셉으로 방송을 시작한 불체자는 그 자체로 외국인노동자를 비하하고 있으며 성 상품화는 물론, 여성 혐오, 장애인 혐오를 심심찮게 했다는 주장이었다. 고인 능욕은 아니라면서 고인 능욕을 잘도 했다.

　채기쁨은 벗방을 하는 것만으로는 날고 기는 아프리카TV 여캠들 사이에서 인기를 끌 수 없다고 생각해 어느 날부터 불법체류자라는 컨셉을 만들었다. 푸른 계열의 컬러 렌즈를 끼고 금발로 탈색을 한 채, 후원을 안 해주면 당장 우즈벡으로 돌아가야 한다는 세계관을 만들었다. 그것도 세계관이라 할 수 있을지 모르겠지만, 자주 리본 달린 수갑을 차고 나와 남자들의 판타지를 자극하기에는 충분했다. 그런 점에서 채기쁨은 기본적으로 이 세계에서 살아남는 법을 정확히 알고 있었다. 우즈벡에서 온 혀 짧고 가슴 큰 불법체류자 세계관에 남자들은 열광했다. 그 시기에 여캠들에게 관심 없던 재희도 불체자의 이름을 듣기 시작했다.

두환이 악의적인 짜깁기를 얼마나 잘했는지 영상을 본 재희조차도 홀딱 넘어갈 것 같았다. 그러나 두환이 할 말은 아니었다. 그놈 자체가 여자가 할 줄 아는 건 꽃뱀 짓뿐이다, 같은 수위 센 발언을 해 여혐으로 여러 번 구설에 오른 인물이었다. 조회수를 노렸나. 여느 사이버렉카와 다르게 얼굴을 까고 방송하는 두환은 유가족들에게 고발당하기 딱 좋은 상황이었다.

굳이, 왜? 죽은 지 두 달이나 지난 시점에서.

댓글창에는 고인을 욕보이지 말라는 의견과 두환에게 동조하는 의견이 반반으로 갈렸다. 실시간으로 달리는 댓글을 보며 재희는 갑작스러운 두환의 도발에 쾌재를 불렀다. 병신. 스스로 진흙탕에 걸어 들어가는고만.

떡밥만 잘 받아먹자. 불체자의 상가까지 다녀온 재희는 당연히 불체자의 편에 섰다. 사악니는 불체자 사건으로 전에 없던 흑기사 이미지를 얻었다. 두환이 워낙 막말을 많이 해 깔 것을 찾을 것도 없었다. 아무 영상이나 누르고 개소리하는 것을 재편집했다. 5분 남짓한 영상을 시리즈로 만들어 세 편을 업로드했다. 반응은 재희의 예상과 딱 들어맞았다. 구독자들은 팝콘 각이라며 실시간으로 의견을 달고 누가 이길지 구경했다.

두환 덕분에 3개월간 주춤했던 수익이 크게 오를 거였다. 차곡차곡 넣고 있는 적금으로 내년에는 한강뷰 아파트로 이사할 예정이었다. 재희는 양반다리를 한 채 책상 앞에서 사발면 하나를 끓여 먹었다. 오랜만에 댓글창 보는 재미가 쏠쏠했다.

— 사악니, 경고하는데 이 일에 끼지 말아요. 당신 다칠 수 있어요.

두환에게서 짧은 메일이 도착했다. 오, 잿밥도 알아서 뿌려주네. 재희는 낄낄대며 두환이 보낸 메일을 캡처해 채널에 쇼츠 영상으로 공개했다. 제목은 '두환의 비겁한 협박'. 조회수가 미친 듯이 올라갔다.

사악니와 두환의 신경전이 포털사이트 메인에도 떴다. 오늘은 여기까지!

장장 열여섯 시간을 모니터만 보고 있었다. 평소 엄마가 자주 문을 벌컥벌컥 열어서 안쪽에 설치한 잠금쇠를 열고 거실로 나갔다. 서향인 집이라 해가 실내를 붉게 물들이며 넘어가고 있었다. 엄마는 나가고 없었다. 방문 앞에 김치볶음밥과 단무지, 초코우유가 든 스테인리스 식판이 있었다. 모두 재희가 환장하고 좋아하는 것들이었다. 재희는 식판을 들고 소파에 앉아 게걸스럽게 먹으려고 했다. 입을 벌려 초코우유를 마시려는데 초코우유가 앞섶을 흥건히 적시고 바닥으로 쏟아졌다. 영상에 몰두하다 보니 가면 벗는 걸 잊었다.

가면을 벗고 김치볶음밥을 먹었다. 20년을 산 오래된 집에서 재희의 씹는 소리만 들렸다. 쩝쩝쩝. 그다지 듣기 좋은 소리는 아니었다. 짧게 한숨이 나왔다. 지겨운 고독이랄까, 구질구질한 기분이 들었다. 많이 피곤했나 보다. 재희는 이 짓도 못 해먹겠다고 생각하며 한강뷰 아파트만 사면 업계를 떠나겠다고 막연히 생각했다. 해가 저무는 짧은 시간과 비슷하게 재희는 소파에 누워 그대로 기절하듯 잠들었다.

얼마 뒤 남녀의 숨죽인 웃음소리에 깼다. 원래 목소리는 낮출수록 잘 들리는 법이다. 재희는 소파에서 일어나 시간을 확인했다. 새벽 5시 45분. 안방에서 엄마의 목소리가 들렸다. 조용히 해, 애 깨, 하는 목소리에 교태가 가득했다. 말티놈과는 분명 헤어졌다고 했는데. 엄마도 엄마의 사생활이 있으니까, 조용히 방으로 들어가려던 재희는 그게 무슨 할리우드 마인드냐, 웃기지 마라, 하는 생각으로 안방 문을 열어젖혔다.

"이번에는 어떤 양아치 새끼야?"

침대에서 한 몸으로 뒤엉켜 있던(다행히 둘 다 옷은 입고 있었다) 늙은 남녀는 비명을 지르며 떨어졌다. 재희의 얼굴로 엄마가 던진 촌스러운 꽃무늬 베개가 날아왔다.

"김재희 너 프라이버시 몰라? 내 방에 왜 멋대로 들어와? 눈치껏 방으로 꺼질 것이지."

"강영일 다시 만나나 확인하려고 그런다 왜!"

재희도 똑같이 엄마를 향해 바락 소리를 질렀다. 그사이 커튼 뒤에 숨은 남자의 맨발이 꼼지락거렸다. 나이를 처먹을 만큼 처먹은 놈이 커튼 뒤에 숨은 거 보면 말 다 했지, 재희는 그쪽으로 걸어가 커튼을 확 열어젖혔다.

"아이씨. 깜짝이야! 빨리 벗어요!"

재희가 잠든 사이에 둘이서 재밌는 놀이를 하려고 했나 보다. 남자는 성난 이빨이 두드러진 사악니 가면을 쓰고 있었다. 가면 뒤로 악성 곱슬머리가 부슬거렸다. 또 말티놈이었다. 재희는 배신감에 엄마를 바라봤다. 다시는 안 만나겠다고 한 게 불과 두 달 전이었다.

"정미야…… 내가 이거 안 쓴다고 했잖아……. 재희야. 너무 그러지 마라."

말티놈이 웅얼거리며 사악니 가면을 벗었다. 재희의 사나운 눈초리가 무서운지 슬금슬금 뒷걸음질 쳤다. 재희는 가면을 챙겨 방을 나왔다. 엄마에게 다시는 용돈을 주지 않겠다는 통보도 잊지 않았다.

흥이 깨졌는지 곧 두 사람은 세상의 소음이란 소음은 다 내
며 번잡스럽게 나갔다. 늙어서 아들 새끼 눈치 보느라 죽겠다
는 엄마의 울먹이는 소리도 들렸다. 쾅! 재희는 애꿎은 방문을
발로 찼다. 깡패 새끼라고 당장 욕이 날아왔다. 말티놈의 침과
각질이 묻었은 가면을 세탁기에 넣고 세제를 몽땅 투하했다.

재희는 덜덜거리는 오래된 세탁기 앞에 앉아 멍하니 시간
을 죽였다. 사이버렉카를 하면서 만나는 친구가 한 명도 없었
다. 엄마는 재희의 용돈은 좋아했지만, 재희의 일을 좋아하지
않았다. 생산적이지 않다고 했다.

"그럼 술집 사장 만나서 연애하는 건 생산적인 일이야?"

아무도 없는 집 안에서 허공에 대고 물었다. 핸드폰을 켜
유튜브를 확인했다. 늘 모니터링하는 사이버렉카들의 섬네일
에 일제히 사악니의 이름이 들어가 있었다. 뭐야? 재희는 급
하게 새로고침을 했다. 어젯밤 신경전을 벌였던 두환의 채널
에 그사이 새로운 영상이 올라와 있었다.

조회수 120만 회. '사악니 실체를 폭로한다. 불체자와는 무
슨 관계?' 섬네일에는 모자이크 처리한 여자의 모습만 있었
는데, 재희는 그것을 보자 단번에 동영상의 내용을 알아챘다.

그날이었다. M모텔에서 불체자가 허락받지 않고 찍은 영
상이었다. 불체자에게 리모컨을 던지고 씨발년이라고 욕하는

사악니의 목소리는 음성 변조조차 되어 있지 않았다. 어떻게 입수했는지 복도를 걸어 나가는 인간 김재희의 얼굴이 고스란히 담긴 CCTV 영상도 있었다. 이렇게 보니 꼭 수배범 같았다. 화질이 좋지 않았지만, 자신의 얼굴이 만천하에 드러난 것만 같아 재희는 가슴에 바윗덩어리가 내려앉은 것처럼 일시에 숨이 막혔다.

시작됐나. 헉헉. 재희는 발작을 일으킬까 두려워하며 천천히 숨을 내쉬려고 노력했다. 가까스로 핸드폰 전원을 껐다. 숨이 잘 쉬어지지 않았다.

▷▷▷

"어렵겠지만, 핸드폰을 최대한 멀리하세요."

의사가 모니터를 보며 말했다. 어려운 정도가 아니라 불가능한 일이었다. 작년부터 시작된 공황장애는 불치병이 된 듯 좀처럼 사라지지 않았다. 재희는 의사의 당부에 고개를 끄덕였다. 운동도 꾸준히, 잠도 많이 자고, 사람도 많이 만나면 좋아질 거라고 하는데 그중에서 재희가 하는 것은 하나도 없었다. 처방전을 약국에 건네고 순서를 기다렸다. 유튜브에 들어가는 게 무서워 하루 내내 들어가지 못했다. 핸드폰에 등록되지 않은 전화가 계속 걸려 와 받지 않았다. 평소 재희의 핸드폰은 시계나 마찬가지로 조용한 편인데 오늘따라 연달아 모르는 전화가 많이 왔다. 꺼림칙해서 한 통도 받지 않았다.

여러 개의 알약을 급하게 털어 넣고, 맥도날드 드라이브스루에 들러 빅맥 세트를 샀다. 차로 15분 거리인 아파트 주차장에 차를 댄 재희는 집으로 다시 올라갈 힘이 나지 않았다. 파이프 관과 온통 회색뿐인 주차장이 오히려 편안하게 느껴졌다. 운전석에 앉은 채 빅맥 세트를 다 먹어 치웠다. 그러고도 한참을 앉아 있었다. 또다시 모르는 전화가 울렸고, 철렁 가슴이 내려앉았다. 화면에 카톡이 잔뜩 떠 있었다. 재희야. 김재희. 낯익은 이름들······. 재희는 초대된 단톡방에 들어갔다.

앗 김재희 톡 확인했다.

오 재희 보고팠으 잘 지냈냐?

단톡방 이름은 '20학번 D대 유튜브학과 모임'이었다. 재희가 졸업한 학과는 총인원이 열두 명이었는데 단톡방에 있는 애들은 일곱 명이었다. 오랜만에 떠오른 얼굴들이 반가워 재희도 답장을 보냈다.

아니 ㅋㅋㅋ 다들 어쩐 일이야? 단톡이 있었어?

재희의 답장에 신이 난 친구들이 근황을 물었다. 재희는 회사에 취직해서 그냥저냥 지낸다고 답했다. 본래 전공을 살려 업계에서 잘나가는 동기는 한 명이었다. 시골에서 흑염소와 고라니, 여우를 키우는 걸 촬영해 인기를 얻은 지은이뿐이었다. 콘텐츠의 특별함보다는 여기저기 예쁘장하게 뜯어고친 얼굴 덕분이었다. 학교 다닐 때부터 끼가 많아 주위에 친구가 많았다. 물론 재희도 1학년 때 잠깐 좋아했었다.

> 그럼 유튜브는 부업인 거야?

　지은이가 물었고, 재희는 허가 찔린 듯 당황했다.

> 뭔 유튜브? ㅋㅋㅋㅋ

　ㅋㅋ를 누르는 손에서 자꾸 땀이 났다. ㅋㅋ가 전염이 됐는지 모두 ㅋㅋㅋㅋ 하고 웃었다. 누군가가 유튜브 링크를 보냈다. 사악니의 채널이었다. 목소리랑 눈이 너랑 존똑이야ㅋ ㅋㅋㅋㅋㅋ. 메시지를 보고 재희는 단톡방을 나갔다. 그 행동이 자신이 곧 사악니라는 것을 인정하는 꼴이 되었지만, 실생활에서 재희는 그렇게 거짓말을 잘하는 사람이 아니었다.

> 왜 마음대로 나가? 떴다고 유세야?

은혁이 비아냥거렸다. 은혁의 얼굴조차 제대로 기억나지 않았다. 재희는 대답하지 않고 다시 나가기 버튼을 눌렀다. 그러자 몇 초도 되지 않아 다시 초대되었다. 각각 모든 이들을 차단해야 하나.

> 닮은 건 인정하는데 나 아냐.

그러자 ㅋㅋ ㅋ가 연달아 올라왔다.

> ㅋㅋㅋㅋㅋ

> ㅋㅋㅋㅋㅋㅋㅋㅋ

> ㅋㅋㅋㅋㅋ개웃ㅋㅋ

다시 나가기. 재희는 눈을 질끈 감았다. 의자에 던져둔, 하루에 두 번만 먹으라는 약을 몽땅 털어 넣었다. 답답해 견딜수 없어 차에서 내려 주차장 안을 정처 없이 서성거렸다. 핸드폰을 확인하니 다시 초대되었다. 나가기 버튼을 누르기 전 쐐기를 박은 건 지은이였다.

> 아니라고? 그럼 사악니 정체 내 채널에 밝혀도 되겠네?

> 내가 아니라니까 뭘 밝혀!!!!

재희가 발끈하자 동기들은 기정사실로 믿었다. 100만 유튜버, 그래서 돈은 얼마나 버냐, 너무 많이 변했다, 교수가 절대 하지 말라는 것만 하네, 돌아가며 조롱을 했다. 재희는 나갈 수도 없는, 그야말로 붙들린 인질처럼 단톡방에 갇혀버렸다. 그들은 단순히 유희와 화젯거리가 필요했을지도 모르지만, 이성을 잃어버린 재희는 사악니로 변신해 입에 담지 못할 험악한 욕설을 날렸다. 다시 한번 초대하면 그땐 정말 다 사지육신을 찢어 죽이겠다고 말했다. 나가기 버튼을 눌렀다. 다행히 더 이상 초대는 없었다.

재희는 내친김에 두환의 채널에 가서 두환에게도 죽이겠다고 경고했다.

— 두환 이 씨발놈아. 잘 알지도 못하면서 사람 몰아가지 마. 괜한 고인 모독하지 말라고. 함부로 입 놀리는 너 같은 새끼 조커처럼 입을 아주 찢어버릴 수 있어. 나 감방도 다녀왔어. 무서울 거 없는 놈이야. 너 잘못 걸렸어. 영상 당장 안 내리면 내가 너 죽인다. 어디 사는지 알고 있다.

또 다른 렉카 피라미들에게 먹잇감을 던져주는 일이었지만 신경 쓰지 않았다. 좆같아서, 될 대로 되라지.

그렇게 있지도 않은 악의 기운을 다 쏟아내고 나니 정말 죽을 거 같은 건 재희였다. 집에 돌아오니 신열이 올라 곧장 침대에 널브러졌다. 천장을 바라보며 한참을 누워 있다가 잘 움직여지지 않는 몸을 움직여 다시 밖으로 나갔다. 또다시 이런 상황을 겪게 될까 봐 두려워 핸드폰을 새로 개통해야겠다고 마음먹었다.

30도를 웃도는 여름 날씨였지만 왜인지 은근히 스미는 한기에 재희는 후드티를 입고도 몸을 떨었다. 가까운 핸드폰 가게는 인디언 건물 2층 상가에 있었다. 아직 그렇게 어둡지 않은데도 벌써 간판 불이 켜진 인디언은 한가해 보였다. 기름때가 뒤덮인 더러운 창문 너머에서 한바탕 웃음이 지나갔다. 소파 자리에 아줌마, 아저씨 들과 모여 앉아 있는 말티놈과 엄마의 뒤통수가 보였다. 재희의 엄마는 봄의 상처가 깨끗이 지워진 듯 환했다. 테이블에 놓인 물방울이 맺힌 생맥주가 무척 달고 맛있어 보였다.

말티놈이 달려와 문을 열었다. 재희는 얼른 몸을 돌리고 못 본 척 가던 길을 갔다.

"어디 가니? 밥은 먹었어? 문어초회 했는데 와서 먹고 가라, 재희야."

말티놈이 나와서, 아니 엄마가 나와서 먹고 가라고 붙들었으면 재희도 못 이기는 척 구석에 앉아 생맥주와 문어초회를 먹었을지도 모른다. 엄마도 뒤에서 이쪽을 보며 손짓을 했지만 어쩐지 얄미웠다. 재희는 말티놈의 말을 뭉개고 힘겹게 계단을 올랐다.

그런 시간이 필요했다. 이를테면, 철 지난 노래가 흘러나오는 구식 호프집에서 여자 얘기만 해대는 친구와 함께 떠드는 시간들. 오래된 기름에 절여졌는데 이상하게 맛있는 치킨을 씹다가, 놀 시간이 한참 남았으니 야 2차 가자, 그렇게 말할 수 있는 친구와 분위기가 그리웠다.

▷▷▷

죽이겠다는 경고를 받았으니 두환이 곧바로 맞받아칠 줄 알았는데 이틀이 지나도 감감무소식이었다. 재희가 남긴 댓글 밑으로 2000개가 넘는 답글이 달렸다. 그래서 죽였나요? 미리 성지순례 왔습니다. 시험 합격하게 해주세요, 두환이 쫄았냐, 같은 댓글을 클릭했다.

재밌지 않았다. 무감각했다. 환멸이 났다. 구독자 수는 소폭 상승했다.

처음 유튜브를 시작하고, 한 달 만에 구독자 수 1000명을 달성했을 때는 동네방네 자랑하고 싶어서 입이 근질거렸다. 뭔가를 이뤘다는 성취감이 있었다. 엄마가 늘 말하는, 보람 있는 일을 하라고 했을 때의 그 보람을 경험했다. 지금은 비공개 처리 했지만 재희가 처음 올린 동영상은 '지리산, 마미와 여행'이라는 제목의 여행 콘텐츠였다. 엄마와 함께 지리산 노고단의 일출을 보고, 화엄사, 천은사를 돌았다. 천은사의 수홍루 위에서 재희는 브이를 하고 유치한 농담을 하며 엄마를 웃겼다. 그들은 끊임없이 걷고 또 걸었다. 자연에게 말을 걸고 새소리에 귀 기울였다. 나이만 먹었지, 중학생 애들처럼 놀던 재희의 과거는 영상과 함께 사라졌다.

"엄마! 나 유튜브 그만둘까?"

재희는 거실로 나가 명상 채널 영상을 보며 가부좌를 튼 엄마에게 말했다. 쉿. 조용히 하라고 엄마가 손을 들었다.

"진짜야. 그만두고 싶어."

"그만둬 그럼. 남들처럼 회사 들어가서 월급쟁이로 사는 것도 괜찮지."

엄마가 마지못해 대답했다. 여전히 눈을 감고 있었고 아들의 얼굴은 보지 않았다.

쾅. 엄마가 깜짝 놀라 아들이 큰 소리로 닫은 방문에 대고 소리 질렀다. 이 새끼야, 문 부서져! 저게 아침부터 왜 지랄이야. 재희의 눈에 물기가 살짝 어렸다가 금세 사라졌다.

　두환이 며칠 동안 잠잠해서 정말 사악니가 죽인 것 아니냐는 소문이 돌았다. 사악니마저도 영상을 올리지 않았다. 둘이 현피를 뜬 것 같다는 등 각종 추측이 난무했다. 그사이, 재희는 정말 다른 일을 해보고 싶어서 해보지 않은 진로 고민을 했다. 중학생 때 유튜버가 되고 싶다는 꿈을 가진 뒤 한 번도 바뀐 적이 없었다. 자격증은 운전면허증이 전부였고 취업 사이트를 뒤져봐도 마땅히 지원할 곳이 없었다. 일주일이나 고민해 결국 돌고 돌아 할 수 있는 건 유튜버 아니면 개인 창업, 즉 치킨집 사장 같은 것밖에 없다는 걸 확인했다. 재희는 치킨을 튀기는 상상을 하다가 이 동네 터줏대감인 인디언이 떠오르자 금방 고개를 저었다. 말티놈 같은 어른이 되고 싶지 않았다.

　도망치지 마. 회피하지 마. 네 일에 자긍심을 가져.

　재희는 자기계발서를 읽고 나서 다시 분기탱천했다. 남들은 하고 싶어도 못 하는데, 초딩들의 꿈의 직업을 가지지 않았는가. 힘을 내, 사악니.

　꺼두었던 휴대폰을 켰다. 부재중 전화가 몇 건 떠 있었고, 두환에게 문자가 와 있었다. 사과드리고 싶으니 연락 좀 달라는 내용이었다. 찍힌 번호로 전화를 걸었다. 신호음이 두 번이 채 울리기 전에 두환의 날티 나는 목소리가 재희를 반겼다. 그는 난데없이 합방을 제의했다. 얼굴을 공개해서 미안하다며 이렇게 된 김에 함께 방송을 하면 어떻겠냐고 물었다. 같은 사나이끼리 기분 좋게 술 한잔 마시며 풀자고 했다.

"선생님은 무슨 술 좋아하시나? 위스키? 맥주? 소주? 와인? 막걸리?"

그때 재희의 머릿속에 떠오른 건 인디언에서 중년들이 모여 마시던 생맥주였다. 차갑고 물기 어린.

"생맥주요."

"굿 초이스! 마침 우리 집에 생맥주 기계가 있거든요. 밖에 나가서 사 먹을 거 없어. 진짜 맛있어요. 안주는 뭐?"

"치킨이요. 마늘 반 양념 반."

"브랜드는 상관없고?"

"네."

두환의 시원시원한 반존대 화법에 재희는 그와 금방 친해질 것 같은 느낌이 들었다. 인터넷에서 찾아보니 둘은 동갑이었다. 둘 다 구독자의 90프로가 남성이었고 인천 출신으로 고향도 같았다. 불체자와 찍은 영상의 원본을 어떻게 구한 건지는 가서 물어보면 될 거다. 합방에 응한 이유는 사과를 받아들이는 쿨한 사악니의 이미지를 얻기 위해서였다. 게다가 사악니보다 훨씬 많은 콘크리트층 구독자 200만 명을 거느린 두환이의 방송에 출연해 더 유명해지려는 계산까지 깔려 있었다. 물론 남의 얼굴을 멋대로 노출한 건 용서할 수 없었지만.

재희는 엄마가 애지중지하는 인삼주 중에 제일 큰 걸 하나 챙겨 나왔다. 짙은 선글라스와 사악니 가면도 잊지 않고 챙겼다. 곧 두환의 채널에 사악니와 합방을 할 예정이라는 공지가 올라왔다. 재희는 자기도 모르게 미소 지었다. 만남 자체가 설레었다. 누군가를 만나는 게 실로 오랜만이었다.

두환의 주상복합 아파트는 재희가 꿈꾸던 한강뷰를 자랑했다. 재희가 살고 있는 아파트와 평수는 비슷했지만 살짝 떠보니 집값은 약 세 배였다. 실제로 만난 두환은 재희의 어깨를 감싸 안으며 반가움을 표했다. 재희가 선글라스에다 사악니 가면까지 쓰고 올 줄은 몰랐는지 불편해하는 기색은 있었다.

"아시다시피 제가 이미 크게 한번 당해서요. 몰래카메라 탐지기 좀 써도 될까요?"

"그런 걸 가지고 다녀요? 쓰세요."

재희는 인삼주를 넣어 온 백팩에서 기다란 탐지기를 꺼냈다. 불체자에게 코가 꿰인 뒤 종로에서 50만 원을 주고 산 제품이었다. 한번 겪어보니 트라우마가 생겨 평소에 변태 새끼들이라고 단순히 욕하고 넘어가던 몰카범들을 증오하게 되었다. 구입하고 나서 쓸 일이 없어 구석에 처박아두었다가 처음

사용해보는 거라 버벅대긴 했지만, 초록불이 들어온 걸 보니 안전한 듯했다.

그런데 거실 옆 불투명한 문에서 투닥거리는 소리가 났다. 재희가 두환을 쳐다봤다.

"……혹시 누구 있어요?"

"아, 고양이. 낯선 사람 싫어해서 가둬놨어요. 신경 안 쓰셔도 돼."

두환이 양쪽 입꼬리를 올리며 안심하라는 듯 웃었다. 두환은 무표정일 때는 영리한 사람 같았고, 오히려 웃는 게 비열한 인상이었다.

"안전하네요."

"에이 그럼요. 내가 그렇게 방송에 미친 놈은 아니야. 다 먹고살자고 하는 짓이잖아요. 방송하는 것도 진짜 지겹다니까요. 사악니 님도 그럴 때 많죠?"

"그럼요. 저는 더하면 더했지, 덜하진 않을걸요. 두환 님은 방송에서 자주 웃잖아요."

"그쪽은 어차피 웃어도 보이지도 않잖아요. 계속 그렇게 있을 거예요? 나만 손해 보는 느낌인데 얼굴 좀 까봐요. 방송에서만 마스크 쓰면 되잖아."

안 그래도 계속 쓰고 있는 건 예의가 아닌 것 같아 재희도 군말 없이 마스크와 선글라스를 벗었다. 두환이 슬쩍 웃으며 내가 좀 더 낫네, 하고 말했다. 어이없었다. 재희가 스포츠 선수처럼 우락부락하게 생겼다면 두환은 그냥 못생긴 찐따였다.

"에헤이. 마스크 써야겠네. 자기 포커페이스 안 되는구나. 표정 그렇게 썩을 일이야? 아직 방송하려면 한 시간 남았으니까 맥주 딱 한 잔씩만 하자. 말 놔도 되지? 난 이게 편해서."

"그래. 좋아."

재희는 두환이 먼저 불체자 일에 대해서 얘기를 꺼낼 줄 알았는데 두환은 그러지 않았다. 두환은 맥주와 커피땅콩을 가져왔다. 커피땅콩을 보자 재희는 불체자의 장례식이 떠올랐다. 그런 재희의 기분을 모르고 두환은 전혀 다른 성질의 질문들을 했다. 인천에 어디 고등학교를 나왔는지, 여자 친구는 있는지 같은 사적인 얘기만 했는데 재희는 그래서 좋았다. 두환은 사람을 편하게 해주는 재주가 있었다. 기본적으로 말재간이 좋은 사람이었다. 괜히 구독자가 많은 게 아니었다. 작년 말부터 피티를 받기 시작했는데 남자들이 자꾸 아는 척을 해서 집에 굴러다니는 피에로 가면을 쓰고 운동했다는 얘기를 들었을 때 재희는 하하 크게 웃었다. 세상에 이런 미친놈이 다 있나 싶었다. 남자들 사이에서 미친놈은 최고의 칭찬이었다. 두환도 껄껄 웃었다. 기분이 좋아 보였다.

"자, 방송은 방송이니까 시작할 때는 내 컨셉대로 할게. 싸가지 개새끼로. 응? 너도 기분 나쁘면 그대로 표출해. 김재희가 아니라 사악니니까."

"알겠어."

재희는 웃음기를 거두고 선글라스와 사악니 가면을 썼다.

카메라 앞에는 맥주잔과 마늘 반 양념 반 치킨이 세팅돼 있었다. 방송을 켜자마자 채팅창이 미친 듯이 올라갔다. 두환은 평소대로 인사를 하며 옆에 있는 사악니를 소개했다. 사악니는 채팅창에 칼 안 들고 왔나요? 남자가 한 입 갖고 두말하나요? 사악니 실망이네. 빠르게 올라가는 댓글을 읽느라 바빴다. 라이브를 한 경험이 거의 없어서 긴장됐다.

두환이 먼저 사과를 한다고 말하며 의자에서 일어나 90도로 몸을 숙였다. 사악니는 뻣뻣하게 앉아 있었다. 같이 사과하는 건 고매한 사악니 컨셉과 맞지 않았다. 이후 진행은 두환이 했다. 사악니는 가면 밑으로 맥주를 홀짝거리기가 쉽지 않아 먹는 둥 마는 둥 하며 궁금해하던 것을 물었다. 불체자와 사악니 사이에 벌어진 사건의 원본 영상을 어떻게 구했는지 알고 싶었다.

"아, 그거요. 제보자가 보내줬는데 비밀로 하기로 약속해서 말할 수 없어요."

두환의 대답이 탐탁지 않았다.

"그럼 저도 사과받을 수 없습니다. 반쪽짜리 사과는 받지 않아요."

두환이 특유의 눙치는 말투로 분위기를 만회해보려고 했지만 사악니는 받아들일 수 없었다. 지난 짧은 시간 동안 재희를 골방에 갇혀 있게 한 영상이었기 때문이다. 얼굴이 만천하에 드러나 동기들에게 조리돌림을 당한 것까지 생각하면 이대로 넘길 수 없었다.

"방송에서는 말 못 합니다. 따로 말해드릴게요."

강경한 사악니의 태도에 당황한 두환이 사정하듯 말했다. 하지만 재희는 그 순간 방송이 끝나고 나서도 두환이 입을 열 것 같지 않은 예감이 들었다.

세 시간에 이르는 라이브 방송은 대부분 두환의 쇼로 이어졌다. 방송이 끝나갈 즈음 재희는 자신에 대한 환멸이 솟구쳤다. 남 욕만 할 줄 알았지, 라이브는 젬병이었다. 다시 교수에게 괄시당하던 대학생 때로 돌아간 기분이었다. 두환의 낄낄대는 웃음, 악플에 꺼지라고 윽박지르고 다시 맥주를 마시며 구독자들과 친분을 다지는 스킬, 느끼한 아이돌 댄스를 아무렇지 않게 추는 낯짝. 간간이 구독자들이 사악니는 대체 왜 나온 거냐고 시비를 걸었다. 두환은 이를 못 본 척 간단히 무시했다. 일종의 배려였다.

사악니가 한 말이 거의 없었는데도 불구하고 방송이 끝나자 녹초가 된 건 재희였다. 두환은 한잔 더 마시고 갈 거지? 하며 배달 앱을 켰다. 회 먹냐? 두환의 물음에 재희는 대꾸하지 않았다. 지갑과 마스크를 챙기고 선글라스를 다시 꼈다.

"불체자 구독자야?"

밑도 끝도 없는 재희의 질문에 두환은 아직도 그 얘기냐는 듯 피식거렸다.

"응."

"구독자 닉네임은?"

"뭐였지, 기억이 안 나네…….

"보복 같은 거 안 해. 그럴 시간도 없고. 정말 궁금해서 물어보는 거야."

"그럼 서로 궁금한 거 하나씩 물어보고 대답해주기로 할까?"

"좋아."

"정말 불체자랑 아무것도 안 했어? 걔 잘 주잖아. 이 남자 저 남자 안 가리고. 걸레같이."

잘 주는지 아닌지 재희로서는 알 턱이 없었다. 삿된 호기심이 발동한 두환의 번들거리는 눈동자가 불쾌했다.

"뭘 해. 영상 다 봤으면서. 그게 다야. 내 질문. 닉네임 알려줘."

"기쁨의 전당."

"기쁨의 전당?"

"어."

두환은 누군가와 카톡을 하는 듯 휴대폰에 무언가를 쓰더니 재희에게 화면을 보여줬다.

— 더 말하면 죽어. 협박받고 있어.

아니. 왜 말로 하지 않고, 갑자기 문자로 전달을 해? 재희는 의문의 눈으로 두환을 바라봤다. 두환은 얼른 휴대폰을 가져가더니 좀 전의 행동은 잊은 것처럼 다시 말했다.

"한잔 더 하고 가, 심심하다. 아냐, 그냥 자고 가. 먹고 싶은 거 필요한 거 다 시켜줄게. 제발!"

그 행동이 소름 끼쳤다. 방송이 끝난 뒤부터 두환의 행동은 ADHD를 앓고 있는 사람처럼 산만했다. 재희는 카톡창을 열어 손가락을 놀렸다.

— 방금 뭐야?

재희의 카톡창을 본 두환이 대답했다.

"뭐긴 뭐야. 노는 거지. 신나게."

"진짜 아무것도 아니야?"

"야. 오늘 죽을 때까지 마셔보자! 친구야."

두환의 거짓 억텐에 재희는 집에 간다고 할 수 없었다. 빨리 가서 오늘 방송을 모니터링하려던 심산은 지우고 의자에 눌러앉았다. 재희는 술을 좋아했지만, 혼술은 싫어서 생각보다 술 마실 일이 적었다.

작정하고 마셔보자고 서로의 주량을 확인했다. 두환은 소주 두 병, 재희는 소주 네 병은 거뜬히 마셨다. 먼저 재희가 가져온 인삼주로 시작했다. 두환이 시킨 모둠 회 세트는 어디서 시켰는지 몰라도 캐비아가 올라간 전복죽부터 망고 디저트까지 코스가 화려했다. 25만 원짜리라고 했다. 역시 잘나가는 놈들은 다르군. 재희는 식도락에는 관심이 없어서 캐비아나 참돔의 맛을 구별할 줄 몰랐다. 초장에 담뿍 찍어 회를 먹자, 두환은 아직 애기 입맛이라고 놀려대며 인삼주를 들이켜고 오만상을 찌푸렸다.

한 잔 두 잔 마시다 보니 재희도 흥이 올랐다. 그래서 아직 해결되지 않은 것이 있다는 걸 까먹었다. 주량이 소주 두 병이라던 두환은 허세가 심했다. 겨우 인삼주 몇 잔에 금방 혀가 꼬였다. 재희는 이제 불이 붙은 마당이어서 그에게 실망했다. 갑자기 토할 거 같다며 화장실에서 웩웩거리는 두환의 등을 두드려주는 대신, 남은 회를 다 집어 먹고 조용히 집을 나왔다. 등 뒤에서 재희야, 가지 마, 하고 두환이 자꾸만 불러댔다. 외로움이 사람을 미치게 한다더니, 딱 그 꼴이었다.

벌써 새벽 1시 20분이었다. 대리 기사를 부른 뒤 재희는 주상복합 아파트 입구에서 담배를 한 대 피웠다. 회사에서 만난 동료가 친구가 될 수 없듯 두환도 마찬가지였다. 그에게서 자신을 보았다. 그의 권태와 텅텅 빈 내면, 가볍고 쿨한 체했지만 그럴수록 공허한 속내가 더 잘 보였다.

대리 기사에게 전화가 왔다. 길을 잘 못 찾아 헤매고 있는데 5분 안에 꼭 도착하겠다고 했다. 재희는 네 괜찮아요, 하고 전화를 끊었다. 술을 깰 요량으로 아파트 정자에 앉아 하늘을 올려다봤다. 짙은 구름 사이에 눈썹달이 서서히 모습을 드러내고 있었다. 재희는 정자 기둥에 기댄 채 두환이 있을 24층을 봤다.

아…… 젠장. 마스크 놓고 왔다.

재희는 다시 두환의 아파트 로비로 들어갔다. 어찌 된 일인지 그사이 엘리베이터의 불이 꺼져 있었다. 올라가는 버튼을 눌러도 버튼에 불이 들어오지 않았다. 고장인가. 재희는 잠시 고민했다. 24층에서 마스크를 창문으로 던져달라고 할까. 두환에게 전화를 걸었지만, 술에 취해 뻗었는지 받지 않았다. 로비 유리문 밖에서 누군가 문을 똑똑 두드렸다.

"대리 부르셨어요?"

"아, 네. 잠시만요. 제가 뭘 두고 와서 그거 찾고 금방 내려올게요. 기다려주세요. 10분만요."

재희는 곧장 비상계단으로 향했다. 계단을 두어 개씩 뛰어 올라갔다. 기초체력이 좋은 줄 알았는데 평소에 운동을 전혀 하지 않은 터라 금방 헉헉대며 걸음을 멈췄다. 계속해서 두환에게 전화를 걸었다. 이젠 꺼져 있다는 기계음이 들렸다. 배터리가 방전된 모양이었다.

겨우 도착한 24층에는 세대가 단둘뿐이었다. 현관문이 서로 마주 보고 있었다. 두환의 집 현관문이 활짝 열려 있었다.

취해서 문을 안 열어주면 어쩌나 걱정했던 재희는 잘됐다 싶었다. 어떤 의심도 하지 않았다. 남자 혼자 사는 집에 뭔 일이 있으려고.

"두환아, 나 재희. 가면을 두고 갔네."

재희는 신발을 벗고 안으로 들어갔다. 잠시 두환이 쓰레기를 버리러 갔을지도 모른다는 생각이 스쳤다. 그렇대도 문을 열어두는 건 좀 이상한 일이지만.

복도를 지나 거실로 들어선 재희는 식탁 의자에 있는 자신이 두고 간 마스크를 집어 들었다. 사삭. 옷이 바닥에 스치는 소리가 들렸다. 뭔가 오싹한 기분이 들었다. 두환이라면, 제 집에서 도둑 걸음으로 걸을 필요가 없었다. 등 뒤로 인기척이 느껴지는 건 착각이겠지. 재희는 허전한 목덜미의 감각을 느끼고 재빨리 고개를 돌려 두환아? 하고 불렀다. 불쾌했다. 활짝 열린 남의 집 현관문을 넘는 게 아니었는데……

빨리 이곳을 빠져나가야겠다고 생각했다. 복도로 다시 걸어갔다. 아까 두환이 구토를 하던 화장실 문 사이에서 불빛이 흘러나왔다. 재희는 잠시 고민했다. 술 취해 뻗어 있을 두환을 흔들어 깨우느냐, 현관문을 닫아주고 조용히 집을 빠져나가느냐. 재희는 약간의 의리가 있어 전자를 택했다. 노크를 하고 응답이 없자 문을 열었다.

아악.

짧은 비명이 목구멍에서 다시 먹혀 들어갔다. 혀뿌리가 얼고 그 사이에서 신침이 흘렀다. 심장은 100미터 달리기를 전속력으로 달리고 난 뒤처럼 걷잡을 수 없이 펄떡거렸다. 최두환! 소리치고 싶었지만 역시 말은 나오지 않았다. 피 칠갑 된 화장실의 살풍경 때문에. 누군가 악질적인 장난을 친 것 같은 비현실적인 상황이 재희를 맞았다. 타일 바닥은 핏물로 젖어 있어 섣불리 들어갈 수가 없었다. 뒷걸음질 치다 엉덩방아를 찧었다.

재희는 누군가 보라고 전시해둔 게 분명한 살해 현장을 목격했다. 살해 현장이라고 단정 지어 말할 수 있었던 이유는 두환의 목이 반쯤 잘려나가 대롱거렸으며 빛을 잃은 두 눈이 눈꺼풀이 없는 물고기의 것처럼 동그란 동공으로 재희를 바라보고 있었기 때문이다. 평생을 통틀어 그런 장면을 목격한 적은 한 번도 없었다. 거의 대부분의 사람들이 그러할 것이다. 그런 면에서 재희는 운이 무척 나빴다. 두환의 왼쪽 입가가 6센티미터 정도 찢어져 피부가 너덜거렸고 그 근처에는 불과 30분 전까지 먹던 음식물들의 찌꺼기가 누렇게 들러붙어 있었다.

누가 목구멍을 틀어쥐고 놔주지 않는 것처럼 숨이 막혔다. 조금도 움직일 수가 없었다.

재희의 일시적 가위눌림 상태를 깨운 건, 안주머니에서 울리는 휴대폰 진동이었다. 재희는 몸을 부르르 떨며 꿈에서 탁 깨어나듯 짐승같이 비명을 질렀다. 제 성대에서 울리는 소리에 놀라 제트기가 곤두박질치듯 쏜살같이 현장을 탈출했다. 재희의 비명을 들은 맞은편에 사는 노파가 잠옷 바람으로 나왔다. 재희는 노파에게 달려들어 매달렸다.

"사람이 죽었어요. 안에. 사람이요……!"

노파는 도무지 믿을 수 없다는 얼굴로 매달린 재희에게 진정하라고 등을 토닥였다. 바닥에 주저앉은 재희를 두고, 죽음의 집으로 들어가려고 하길래 재희는 노파의 심장마비를 걱정하며 다시 소리를 내질렀다.

"사람이 죽었다고요! 빨리 신고 좀 해주세요. 나 여기 주소 몰라…… 잊어버렸어요."

노파가 알겠다고 고개를 끄덕이고 112에 신고를 하는 걸 보면서 재희는 차츰 안정을 되찾았다. 그래서 휴대폰 카메라를 꺼내 들었다. 벌벌 손가락이 떨렸지만 직업병이 두려움을 이겼다. 물론, 다시 두환의 집으로 들어갈 만큼의 용기는 나지 않았다.

경찰이 출동하고 폴리스 라인이 쳐지고 국과수에서 CCTV 영상을 회수하고 두환의 시체가 들것에 실려 나가자 그 밑으로 뚝뚝 떨어지는 핏방울을 담았다. 범죄수사과에서 나온 경찰이 다가와 최초 목격자인 재희에게 서로 함께 가달라고 요청했다. 오혜수 형사와 다르게 아주 강압적인 태도였다. 재희가 촬영한 영상은 형사의 손에 즉시 삭제되었다.

4. 살해금지 서약서

유튜버 최두환 살인 사건은 뉴스에 대대적으로 보도되었다. 자상은 두 군데, 경동맥을 가른 목덜미와 입가 안면 근육. 현장에서 발견된 발자국은 250밀리미터 사이즈의 남자 혹은 여자. 최초 발견자는 유튜버 김 모 씨. 흉기는 사라진 것으로 확인되며 최두환이 소장하고 있던 일본도로 추정됨. CCTV와 주변 블랙박스 확인 결과, 목격자인 재희와 배달원 최 모 씨 말고는 아파트 출입문을 드나든 사람이 없었다.

단순히 재희의 발 사이즈가 남자치고는 작은 255밀리미터이고, 마지막 현장 목격자라는 점에서 한동안 경찰서를 드나들며 고통받았다. 사실 경찰서를 열 번을 가든 스무 번을 가든 큰 상관은 없었다. 가장 재희를 힘들게 한 건 그 사건으로,

사악니 즉 김재희의 신상 정보가 노출되어 인터넷에 떠돈 것이었다. 번데기같이 못생긴 초중고 시절의 졸업 사진이 떠돌아다녔고 동창생임을 주장하는 인간들이 포털사이트에 허위 정보를 진짜인 것마냥 싸질러댔다. 물론 사실도 있었다. '맨날 창가 구석에 앉아 과자 심부름을 하는 개찐따였다'는 식의 댓글은 100프로 사실이었다.

재희는 정신이 피폐해져 엄마를 따라 이른 아침마다 명상원을 다녔다. 사오십 대가 주류인 명상원에서 요상한 자세를 취하고 잠이 오는 말씀들을 들으며 가부좌를 틀고 앉았다. 깊게 숨을 들이켜고 다시 내뱉으세요, 이제 내 몸에 나쁜 기운은 하나도 없습니다, 좋은 기운이 나를 감싸고 있어요, 같은 말은 힘이 되지 않았다. 재희는 그때마다 죽은 두환의 얼굴이 떠올라 눈을 감고 제대로 명상을 할 수 없었다. 옆에 앉은 엄마가 용케 알고 재희의 등을 쓸어내렸다. 익숙하게 보듬는 손길에 헉 막혔던 숨을 토해내곤 했다.

사악니 채널엔 한 달째 아무런 영상도 올리지 않았다. 그런데도 구독자 수는 떨어지지 않았다. 이 사람들이 뭘 원하는 걸까. 개돼지들, 재희는 밑도 끝도 없이 구독자들을 속으로 욕했다.

"며칠 강원도 같은 데 가서 쉬다 올까?"

명상원 선생님이 따로 불러 재희 씨는 여기가 아니라 병원에 가봐야겠다고 넌지시 얘기한 날이었다. 엄마의 제안에 재희도 솔깃했다. 너무 앞만 보고 달려왔으니까. 강원도 같은 곳에 있으면 툭하면 경찰서로 오라는 형사들의 전화에 적당한 거절을 할 수 있을 터였다.

"스파 있는 곳으로 알아봐. 영일 씨도 같이 가면 좋은데."

"엄마는 아들보다 영일이가 더 좋지?"

재희의 질투 섞인 물음에 엄마가 모처럼 시원하게 웃음을 터트렸다. 하하하하. 누가 아줌마 아니랄까 봐 목청까지 훤히 보이는 게 보기 좋아서 같이 웃어버렸다. 엄마는 슈퍼에서 찬거리를 사겠다고 하며 재희를 밖에다 세워두고, 슈퍼마켓 캐셔 아줌마와 한참 수다를 떨었다. 그때 재희는 시장 한가운데 서서 김이 나는 호박시루떡을 보고 있었다. 하나 살까. 고민하던 차에 누군가가 사악니! 하고 소리쳤다.

재희는 움찔하며 반응하지 않았다. 곁눈으로 소리 난 쪽을 확인하려는 찰나, 구린내가 나는 뭔가가 철썩 하고 재희를 덮쳤다. 역한 악취에 속이 울렁거렸다. 에구머니나, 똥이야! 재희가 떡을 살 것 같아 나와 있던 떡집 아줌마가 소리를 질렀다.

부우우웅, 거친 엔진음을 내며 빠르게 복잡한 시장을 빠져나가는 오토바이의 뒤꽁무니를 바라봤다. 찰칵찰칵 카메라 셔터 소리가 들렸다. 건너편에서 대학생으로 보이는 애들이 사진을 찍었다. 인근에는 대학교가 없어서 주말에 교회를 다녀오는 경우 말고는 대학생쯤 되는 애들이 떼 지어 다니는 일은 좀체 없었다. 그러니까 어디서 정보를 듣고 이 사건이 일어날 줄 알고 온 구경꾼들이었다. 똥물을 뒤집어쓴 재희에게 무리 중 하나가 살인자 새끼야! 하고 욕을 했다. 재희가 눈을 치켜뜨자, 애들은 우르르 달아났다. 분노가 전신을 휘감아 어지럼증마저 느껴졌다.

"개새끼들. 이 씨발놈들아! 너네 내가 샅샅이 다 뒤져서 감방 보낼 줄 알아! 병신 좆같은 새끼들아!"

재희가 사정없이 욕설을 갈겼다. 시장 상인들과 행인들이 모두 재희를 처다봤다. 캐셔 아줌마와 한참 얘기를 하던 엄마는 그사이 어디로 갔는지 보이지 않았다. 재희가 엄마! 하고 슈퍼 입구에서 소리를 질렀다. 총각 이리 와봐요, 떡집 아줌마가 고무 대야에 물을 한가득 퍼 와 급한 대로 재희에게 뿌렸다. 구경하던 그 옆집 생선 가게 아저씨도 호스를 가져와 똥물을 뒤집어쓴 재희의 몸에 물세례를 했다. 황갈색 똥 덩어리들이 하수구로 쓸려갔다. 고맙다는 말이 나오지 않아 그저 꾸벅 90도로 인사한 뒤 시장을 빠져나왔다. 집으로 가는 길이 이루 말할 수 없이 처참했다.

강원도에 가자던 엄마는 그날 집에 돌아오지 않았다. 그다음 날도 돌아오지 않았다. 어쩌면 아들을 마주치기 싫어 없는 날만 골라서 왔다 간 걸지도 몰랐다. 똥물을 뒤집어쓴 날의 사진은 재희의 예상대로 포털사이트 유머게시판 같은 곳에 도배되었다. 최초로 사진을 올린 이의 닉네임은 '기쁨의 전당'이었다. 기쁨의 전당이라, 어디서 많이 들어봤는데 기억이 나질 않았다. 그는 계속해서 사회의 적인 사악니와 전쟁을 벌일 것이라고 예고했다.

왜? 나는 잘못이 없는데 어째서 나한테 이래?

재희는 언뜻 인디언을 지나면서 말티놈의 눈을 피해 엄마가 있는지 살폈다. 레이더망이 광시야각인지 말티놈이 금세 재희를 알아봤고, 손짓으로 참새를 쫓듯 휘이휘이 저었다. 순간 욱했지만 일단 참고 꽤 오랜만에 가게 문을 열고 들어갔다.

"엄마 있나요?"

물어보며 주방 쪽으로 고개를 돌렸다. 구석에 앉아 간식거리를 주워 먹던 엄마는 보이지 않았다.

"엄마가 힘들대. 부끄러워서 동네에 얼굴을 못 들고 다니겠단다. 재희야. 사고 좀 그만 쳐. 너 나이가 몇이냐."

"아저씨가 할 소린 아니죠. 아저씨네 집에 있어요?"

"없어. 나도 연락 안 돼."

말티놈의 대답이 꼭 스토커를 대하는 투였다.

"정말 엄마한테 실망했다고 전해주세요. 인연 끊고 싶으면 그러자고…… 해주시고요."

말티놈은 그러마, 하고 행주를 들고 주방 쪽으로 사라졌다.

▷▷▷

삼재도 아닌데 어째서 마르고 닳도록 경찰서 문지방을 밟고 다니는지 알 수 없었다. 재희는 똥물 투척을 받았던 일과 인터넷에 신상 정보를 유출한 기록을 모아 고소를 진행했다. 배정된 담당 경찰에게 전화가 왔다. 깔깔한 목소리가 왠지 귀에 익은 느낌이었다.

"저 기억 안 나세요? 오혜수 경위입니다. 전에 채기쁨 씨 사건으로 뵀었죠."

그러자 둥근 얼굴에 경멸 어린 눈으로 재희를 의심스럽게 보던 오 형사의 얼굴이 떠올랐다. 재희는 떨떠름하게 기억이 난다고 대답했다. 오 형사는 경찰서가 아닌 외부에서 따로 보자고 했다. 안 그래도 경찰서라면 이골이 난 터라, 재희는 두 사람 모두에게 지나치게 먼 경기도 외곽의 인기 없는 카페를 골랐다.

거의 망하기 직전의 무인 카페에는 간간이 테이크아웃을 하는 손님만 있을 뿐, 등받이 없는 불편한 의자에 앉아 논밭뿐인 경치를 감상하는 사람은 없었다. 바닥은 오랫동안 쓸지 않아 먼지가 덩어리로 뭉쳐 돌아다녔다. 한마디로 쓰레기 같은 곳이었다. 재희는 원두 맛이 거의 느껴지지 않는 보리차 같은 커피를 마시며 오 형사를 기다렸다. 에어컨이 고장 났는지 뜨듯한 바람만 나와 연신 흐르는 땀을 닦았다. 오 형사는 구형 그랜저를 카페 앞에 세운 뒤, 안으로 들어왔다.

"와, 어떻게 이런 참신한 데를 알고 계세요?"

"예전에 폐가 체험 콘텐츠 찍으면서 온 적 있어요. 아직도 있을 줄은 몰랐지만."

"앉아서 가면 쓰고 말 지어내는 콘텐츠만 찍지 않았어요?"

오 형사의 말에 재희는 두 주먹을 꽉 쥐었다.

"학교 다닐 때 과제로 이것저것 많이 찍었어요."

아아. 오 형사는 건성으로 고개를 끄덕였다.

"바로 본론으로 넘어가죠. 최두환 씨와 7월 30일에 진행한 라이브 방송에 대해서 묻고 싶어요. 방송 중에 재희 씨는 최두환 씨에게 M모텔 CCTV 영상을 어떤 경로로 구했냐고 물어봤어요. 최두환 씨는 말할 수 없다고 했고요. 기억나세요?"

기억이 잘 났다. 그 때문에 순간적으로 방송이 껄끄러워졌고, 네티즌들은 그때 두환이 제대로 알려주지 않아서 사악니가 앙심을 품은 게 아니냐는 말도 안 되는 주장을 펼쳤다.

"네. 기억납니다."

"조사 기록 보니 당시 최두환 씨가 말한 닉네임이 기쁨의 전당이라고 적혀 있던데, 맞나요?"

그 순간, 재희는 며칠 전부터 포털사이트 유머게시판에서 사악니를 찾아 처단하겠다고 나대던 놈의 아이디가 생각났다. 두환에게 들었지만 까맣게 잊고 있었다. 저편에 사라졌던 기억이 다시 수면 위로 올랐다. 같은 놈일까.

"네."

오 형사는 생각에 잠긴 듯 말이 없었다.

"이상하군요."

"뭐가요?"

"김재희 씨 M모텔 CCTV 영상을 제보한 사람의 닉네임은 기쁨의 전당이 아니에요."

오 형사는 낡아서 가죽이 벗겨지기 시작한 가방에서 서류 다발을 꺼냈다. 형광펜으로 쳐진 부분을 재희에게 보여줬다.

"보여요? 뭐가 뭔지?"

오 형사가 집게손가락으로 종이를 툭툭 두드렸다. 최두환의 컴퓨터에서 뽑은 지난 6개월간의 인터넷 접속 로그 기록이었다. 단 두 곳에만 형광펜이 칠해져 있었다.

7월 23일과 7월 26일. 재희는 고개를 갸웃거리며 기억을 더듬었다. 핸드폰으로 메일함을 다시 열었다. 7월 23일, 최두환에게 참견하지 말라는 한 통의 메일을 받았다. 그럼 26일은 뭐지? 재희의 머릿속을 들여다보기라도 한 듯 오 형사가 말했다.

"7월 26일에 최두환은 제보를 받았어요. M모텔 CCTV 영상이요. 닉네임 'myjoy'로부터요."

이게 무슨 소리야? 재희는 멍한 얼굴로 오 형사를 바라보았다. 그러니까 재희가 두환에게 닉네임이 뭐냐고 물었을 때 두환이 거짓말을 했다는 소리였다. 'myjoy'가 어떻게 '기쁨의 전당'으로 바뀔 수 있지?

"아니, 이해가 잘 안되는데요. 그러니까 애초에 최두환이 구라 친 거라는 거?"

재희의 물음에 오 형사가 침착하게 고개를 끄덕였다.

"쉽게 설명하죠. 7월 23일 최두환의 인터넷 접속 아이피가 달랐어요. 누군가가 최두환의 이메일로 접속해 김재희 씨에게 끼어들지 말라고 경고를 했어요. 그리고 26일 최두환은 M 모텔 영상을 제보받았어요. 예상대로 아이피 주소가 같았죠."

오 형사는 사진 한 장을 꺼내 보였다. 단정한 검은 재킷을 입고, 똑똑한 신입사원처럼 예쁘게 웃고 있는 여자. 채기쁨과 똑같이 생겼으나 묘하게 닮은 구석이 없어 보이는 여자였다.

"아시는 분이죠? 채기쁨 씨 쌍둥이 동생 채수리 씨요."

상갓집에서 한 번 봤을 뿐이니까, 안다고 해야 할지 애매했다. 이름도 처음 알게 되었다. 슬픔이 아니었네. 재희는 천천히 고개를 끄덕였다.

"실제 제보자는 채기쁨의 친동생, 닉네임은 myjoy."

다시 오 형사가 질문했다.

"최두환 씨가 왜 거짓으로 닉네임을 알려줬을까요?"

"글쎄요."

"제 생각에는 일부러 그런 거예요. 협박받고 있다는 것을 재희 씨에게 알리고, 협박범 역시……."

"기쁨의 전당이라는 것을 알리려고 거짓말을 한 거고요."

재희가 오 형사의 말을 자르며 대답했다. 벌컥 들이마신 커피가 양잿물처럼 쓰게 느껴졌다. 젠장. 뭐가 어떻게 된 거야. 이런 재희의 혼란을 무시하고 오 형사가 핸드폰으로 동영상을 재생해 들이밀었다. 재희도 잘 알고 있는 영상이었다. '불체자가 죽어도 싼 이유'라는 제목으로 조회수를 올렸던 두환의 영상이었다.

"이게 왜요?"

재희의 물음에 오 형사는 4분 50초 사이에서 영상을 멈췄다.

"잘 보세요."

채기쁨이 화면을 보며 울고 있었다. 컴퓨터 의자를 밀치고 일어나 연신 죄송합니다, 사과드립니다, 하는 장면이었다. 30초 정도 노출되었고, 곧바로 다른 채기쁨의 영상으로 넘어갔다. 재희는 이상한 점을 못 느꼈다. 오 형사가 다시 구간 반복을 했다. 드디어 재희가 놀란 토끼 눈으로 오 형사를 바라봤다.

"사건 당일인가요?"

"네 맞아요."

채기쁨이 죽은 날 입었던 의상과 일치했다. 빠르게 올라가는 채팅창에 사악니한테 사과했냐, 제대로 사과해, 하는 대화가 보였다. 두환은 어떻게 채기쁨이 죽기 직전에 남긴 영상을 갖고 있었을까.

"최두환 씨 컴퓨터 하드디스크에서 해당 영상의 원본이 발견되었어요. 채기쁨 씨가 사망한 날 녹화된 영상이에요. 5분가량 잘못했다고 비는 영상이더라고요. 최두환 씨가 편집한 영상에 끼워 넣은 건 다분히 의도적이었다고 생각해요. 최두환 씨는 경고를 한 거예요. 재희 씨한테요."

잊었던 두환의 표정이 생생하게 되살아났다. 뭘 말하려고 했던 거지. 일개 이슈 몰이 유튜버에게. 만약, 만약에, 하는 가정들이 꼬리를 물었다. 그러다가 펑! 화가 났다.

"그래서 결론이 뭔데요?"

"어쨌든 김재희 씨가 최두환 씨를 마지막으로 목격한 사람이니까요. 범인은 아직 잡히지 않았습니다. 김재희 씨는 최두환 씨보다 적도 많고 이미 신상이 노출됐고요. 조심하셔야 해요."

"뭘 조심해요? 입조심? 두환이처럼 범인이 제 입 찢어놓을까 봐요? 범인 특정을 하긴 한 거예요?"

빨리 범인을 잡지 못해 하루가 다르게 경찰에 대한 비난이 치솟고 있었다. 게다가 유튜버들의 무자비한 유언비어 영상에 재희마저 혼란스러울 지경이었다. 자살이다, 타살이다, 말이 많았다. 오 형사는 스포츠머리에 가까운 머리를 비듬 털 듯 마구 털더니 재희를 바라봤다. 재희만큼이나 복잡한 모양이었다.

"기쁨의 전당도 그렇고, 채기쁨 씨가 엮인 게 우연은 아닌 것 같아요. 김재희 씨도 어느 정도는 엮여 있으니까 일단 몸조심하세요. 그 전까지 가짜 뉴스 퍼트리지 마시고, 호신용 뭐, 무기나 후추 스프레이 같은 거 항상 휴대하고 다니시고요."

"아니 시발. 뭐 제대로 된 설명을 해줘야 할 거 아니에요. 다짜고짜 조심하라고 하면 뭐 제가 조심해야 합니까? 경찰이 하는 일이 뭐예요? 제가 그렇게 걱정되면 경찰들 풀어서 집 주변에 세워두시든가요. 주소 불러드려요?"

재희가 자존심을 살살 건드리는데도 오 형사는 말려들지 않았다. 눈썹 한 가닥 흔들림이 없었다.

"집에 누구랑 같이 살고 있어요?"

갑작스러운 오 형사의 물음에 재희는 아들이 싫어 집을 나간 엄마를 생각했다.

"혼자 살아요. 그건 왜 묻죠? 두환이 죽인 범인이 집에 찾아올까 봐요?"

"네."

재희는 오 형사의 솔직함에 오히려 당황했다. 오 형사가 조소에 가까운 미소를 지었다.

"이상한 소문 퍼트리지 마시고요."

턱으로 가리키는 오 형사의 시선 끝에는 재희의 폴로 티셔
츠 앞주머니에 걸린 펜이 있었다. 오 형사는 0.5밀리미터 초
소형 렌즈가 달린, 펜으로 위장한 특수 카메라의 존재를 이미
알고 있었다. 재희가 정말 무슨 소린지 모르겠다며 어리벙벙
한 표정을 지었지만, 오 형사는 재희의 발 연기에 조금도 동
요하지 않고 나갔다.

오 형사가 사이버수사팀이란 걸 생각 못 했다. 이런 위장
카메라를 수도 없이 접했겠지. 재희는 펜을 빼서 전원을 껐
다. 밖으로 나선 오 형사가 운전석에 앉아 창문을 내리고 담
배를 물었다. 금방 갈 생각이 없어 보였다. 열기 위에 피어오
르는 아지랑이처럼 담배 연기가 사방으로 뭉게뭉게 올라가는
것을 보며 재희는 퍼뜩 따라 나갔다.

"혹시 최두환의 사망 현장에 채수리나 살인범이 있었을 가
능성은요?"

오 형사는 눈으로 재희의 앞주머니에 있던 볼펜이 사라진
걸 확인했다.

"모든 가능성을 열어두고 있습니다. 또 유튜브 영상으로 만
드실 건가요? 공공의 이익이다, 국민도 알권리가 있다, 정의
의 사도 흉내 내면서."

재희는 가까스로 오 형사의 재수 없는 시니컬함을 참아내

며 다시 물어봤다.

"아니요. 기억나는 게 있어서요. 거실 옆 팬트리에서 간간이 부스럭거리는 소리가 났어요. 최두환은 키우는 고양이가 있다고 했는데, 그 집에 고양이 물품은 하나도 없었어요."

"맞아요. 최두환은 고양이를 안 키웠어요. 그리고 이건 노파심에서 하는 말인데, 저는 채수리가 범인이라고 한 적 없습니다. 유언비어 퍼트리지 마세요."

그 말을 끝으로 오 형사는 담배를 입에 물고 인사 한마디 없이 급하게 떠났다. 멀어져가는 차가 흩뿌린 모래바람에 재희는 요란하게 기침을 내뱉었다.

다시 카페로 돌아가 보리차 맛이 나는 커피를 한 잔 더 시켰다. 메모지 같은 건 들고 다니지 않아서 티슈 위에 그때 상황을 대략적으로 그려보았다. 얼마 전, 떠돌아다니는 CCTV 화면 속 검은 옷을 입은 사람은 용의자가 아니라는 정정 보도가 나왔다. 회 세트 배달원이었다. 그날, 두환의 집 말고도 다른 집에서 비슷한 시간에 회 세트를 시킨 게 확인되었다.

결과론적이지만, 두환은 그때 자신이 죽을 것을 알고 있었던 것 같았다. 그래서 자꾸 집에 가려는 재희를 붙잡았고 몸을 가누지 못할 정도로 술을 마셨던 것이다. 그럼 팬트리에서 일본도를 들고 대기하고 있던 사람은 누구란 말인가. 아냐. 그렇다기에 두환의 행동은 너무나 태연했다. 일면식이 있는 사람일 가능성이 높았다. 두환이 생각하기에 자신을 죽일 가능성이 없는.

재희가 두환의 집을 빠져나가서 대리운전을 부르고, 담배를 피운 뒤 다시 두환의 집으로 올라가기까지는 대략 20분에서 30분 정도의 시간이 있었다. 범인은 그 짧은 시간에 일본도로 두환의 목을 자른 뒤 유유히 현장을 빠져나온 것이다. 어떻게 빠져나갔는지 현재로선 경찰도 제대로 설명하지 못했다. 벌써 한 달에 가까운 시간이 흘렀고, 최두환 살인 사건은 미제로 남을 가능성이 컸다.

이 모든 일의 시작에는 불체자가 있었다. 두환이 불체자를 욕하지 않았다면 서로 엮일 일도 없었으니까. 불체자. 채기쁨의 쌍둥이 동생? 채수리의 얼굴이 떠올랐다.

재희는 주변에 친하게 지내기는커녕 지인으로 둔 동종업계 유튜버가 아무도 없었다. 사이버렉카들은 각자 섬처럼 따로 움직였다. 그러니 불체자의 신상에 대해 물어볼 사람이 없었다. 오랜만에 들어간 불체자의 채널 영상은 전부 비공개 처리가 되어 있었다.

오 형사의 말대로 채기쁨의 동생이 두환을 죽인 용의자라고 단정 지을 수는 없었다. 하지만 원한은 충분했다. 재희는 인터넷에서 흥신소를 찾아봤다. 포털사이트 상단에 뜨는 아무 업체나 눌러봤다. 환히 웃고 있는 탐정들의 얼굴이 화면에 떴다. 재희는 그중에서 가장 똑똑하게 생긴 사람에게 전화를 걸었다.

"네. K지사 국장 강국입니다."

굵직한 목소리가 왠지 듬직했다.

"저, 사람을 찾고 싶은데요……."

"종류가 어떻게 되세요?"

"네?"

"불륜, 이혼, 채무 관계, 의부증?"

"아…… 아니요. 그냥 사람 찾기요."

"실종?"

"아뇨. 그냥 뒷조사요."

"짝사랑? 전 여친?"

이건 스무고개도 아니고, 제대로 대답을 할 때까지 물어볼 요량인 것 같았다.

"어…… 채기쁨이라고 최근에 죽은 여자가 있어요. 쌍둥이 동생이 하나 있는 걸로 아는데 이름은 채수리라고 합니다. 그 사람이 궁금해서요. 짝사랑 아니고, 전 여친 아니고요, 그냥 뒷조사요. 돈 드릴 건데 개인적인 것까지 계속해서 캐물을 건 아니죠? 요새 경찰서를 자주 가서 질문에 이골이 났거든요."

상대편 쪽에서 손가락으로 책상을 두드리는 소리가 났다. 탁탁, 타탁.

"몇 달 전에 그냥 사람 하나 찾아달라던 의뢰인이 있었어요. 선생님처럼 젊은 남자요. 그래서 찾아줬더니만, 그 남자도 그랬지요. 전 여친 아니다, 짝사랑도 아니다. 알고 보니 스토커더라고. 여자애가 죽었어요. 나 때문에 그런 건 물론 아니지만, 저도 이 일을 계속하려면 재발 방지를 위해서 필요하단 말이죠."

재희는 강국의 말에 어느 정도 동의를 하고 말았다. 그래서 그간의 일들을 자초지종 설명했다. 아무런 증거도 없는데 무턱대고 경찰서에 가서 채기쁨의 동생이 의심스럽다고 말할 수는 없는 노릇이고, 자신 또한 두환의 죽음 이후 심각한 트라우마가 생겼다는 것까지.

"견적서를 이메일로 드리지요. 그리고 한 가지 더. 서약서도 하나 보낼 건데, 읽어보시면 압니다."

5분 뒤, 이메일로 강국이 보낸 견적서가 도착했다. 재희가 예상했던 것보다 훨씬 낮은 금액이었다. 서약서라는 것은 의뢰자가 추후에 사람을 죽이지 않겠다고 약속하는 내용이었다. 순결 서약서도 아니고, 난생처음 보는 엉성한 살해금지 서약서가 웃겼지만 마우스를 꾹 눌러 전자서명을 했다.

맥도날드 드라이브스루에 들러 빅맥 세트를 사서 집 지하주차장에서 해치웠다. 두환의 잘린 목이 뻐끔거리는 아가미처럼 피를 토하는 환영이 떠올라 햄버거가 잘 들어가지 않았다. 거의 반 이상을 남기고, 콜라만 마셨다. 엄마는 아직도 연락이 없었다. 강국에게 엄마의 행방도 찾아달라고 할까 잠깐 생각이 스쳤지만 이내 지웠다. 시장에서 누구보다 재빨리 사라진 엄마에 대한 배신감이 아직 남아 있었다. 보호막이 되어주기는커녕 남들 편에 서는 사람을 뭐 하러 돈 주고 찾는단 말인가. 재희는 장거리 운전의 피로와 식곤증이 겹쳐 잠깐 눈을 붙였다.

▷▷▷

정신을 차려보니 누군가 차창을 두드리고 있었다. 젠장. 또 경찰이다. 단잠에서 깬 재희는 대번 짜증 나는 얼굴로 차에서 내렸다. 그사이 네 시간이 흘러 있었다.

"내 차에서 자는 것도 불법입니까?"

"김재희 씨 맞죠? 신고받고 출동했습니다."

"무슨 신고요?"

"어머니께서 신고하셨어요. 집에 한번 올라가보세요."

그들이 난감한 표정을 지었다. 재희는 경찰들과 함께 엘리베이터에 탔다. 그들 사이에 둘러싸여 있으니 왠지 나쁜 짓을 한 죄인의 기분이 들었다. 다른 층에서 엘리베이터를 기다리던 입주민들이 머뭇거리다가 타지 않았다. 재희는 문 앞에서 등을 지고 섰다. 시장 똥통 사건으로 동네에서 이미 알게 모르게 유명인이 된 상태였다.

"너무 놀라지 마세요."

셋 중에 가장 젊은 여자 경찰이 다독이듯 말했다. 재희는 잠깐 엄마가 두환처럼 목이 반쯤 잘려 죽은 상상을 했다.

"엄마가 죽었나요?"

"예에? 아, 아니요. 어머니는 집에 계세요."

다행이었다. 깊게 심호흡을 하자 땅 하는 소리와 함께 9층의 문이 열렸다. 여자 경찰이 먼저 내리라고 비켜줬다. 재희는 놀라지 말라는 경찰의 말뜻을 곧장 이해할 수 있었다.

902호. 재희와 엄마가 20년을 넘게 산 집의 문짝에 빨간색 스프레이로 크게 그어진 엑스 표시가 있었다. 누군가가 악의로 쓴 듯한, 정말 못 쓴 '살인자'라는 글씨가 문짝을 넘어 옆 콘크리트 벽까지 침범한 상태였다. 황당한 짓이군. 잇따른 충격에 무뎌진 것인지, 아니면 정신이 강해진 것인지 재희는 그다지 놀라지 않았다.

"이게 다예요?"

차분한 재희의 반응에 경찰들은 약간 민망해하며 그렇다고 답했다.

비밀번호를 눌렀는데 삑삑 소리가 나며 열리지 않았다. 놀란 엄마가 그사이 비밀번호를 바꾼 모양이었다. 이내 안에서 벌컥 문이 열렸다. 며칠간 연락 두절이었던 엄마는 재희를 보자마자 누가 채 가기라도 할 듯 냉큼 티셔츠의 끝단을 잡고 집 안으로 끌어들였다. 경찰들도 따라 들어왔다.

"누가 해코지 안 했어?"

엄마는 재희의 뺨과 목덜미, 어깨, 허리를 만지며 다친 데가 없는지 확인했다. 그 손을 거칠게 뿌리치며 재희는 인상을 썼다. 못 본 사이에 턱살이 올라와 있었고, 화장은 더 짙어졌다. 재희가 그런 수모를 겪는 동안 내뺀 사람다웠다.

"저리 가!"

툭 뿌리쳤을 뿐인데 엄마는 합이 잘 맞는 스턴트맨처럼 소파에 부딪힌 다음 튕겨져 나와 바닥에 푹 쓰러졌다. 오버액션에 경찰들이 엄마에게 몰려갔고, 아까 재희를 걱정하던 여자 경찰이 엄마한테 이게 무슨 짓이냐고 대신 화를 냈다.

5, 4, 3, 2, 1.

속으로 숫자를 셌다. 이윽고 예상대로 엄마의 흐느낌이 흘러나왔고, 아빠가 열아홉 살에 암으로 죽은 이후 쭉 들어온 타령이 이어졌다. 하나밖에 없는 아들 새끼 때문에 빨리 죽고 싶다고, 사는 게 사는 것 같지 않다고, 죽일 놈, 나쁜 놈, 개새끼, 소새끼……. 재희가 입에 달고 사는 찰진 욕의 9할은 엄마에게서 온 것이라, 귀가 따갑지도 않았다.

"그동안 나 버리고 뭐 했어? 강영일이랑 살림 차린 줄 알았는데, 왜? 그 새끼가 엄마 싫대?"

"야. 내가 동네 창피해서 고개를 들 수가 없어. 너 때문에 명상원에서도 왕따고, 인디언에서도 왕따고, 수영장 아줌마들 사이에서도 왕따야. 영일 씨네 안 있었어. 절에서 마음 좀 다스리고 있었어. 너 때문에 엄마 비구니 되고 싶다. 그래도 하나 있는 아들놈 걱정돼서 왔더니 문 앞에는 아주 누가 나쁜 짓을 해놓고, 저게 다 뭐야?"

"내가 그랬냐? 그걸 왜 나한테 물어봐?"

"너 지금까지 어디 갔다 왔어?"

재희는 마치 반항기 가득한 열아홉 살로 돌아간 기분으로 입을 꾹 다물었다. 이글이글 타오르는 분노로 엄마를 노려보자, 엄마는 겁을 먹고 옆에서 집안싸움을 구경하던 경찰의 옷소매를 붙잡았다.

"선생님들. 이 자식 어디 갔다 왔는지 내비게이션 확인해보세요. 아주 나쁜 새끼예요, 저거!"

"저거, 저거! 내가 저거야?"

"왜 말을 못 해? 어디 갔다 이제 왔냐고? 맨날 집에서 가면 쓰고 컴퓨터나 하는 찐따가 뭘 하다 이제 기어 오냐고. 엄마가 모를 줄 알지? 나도 눈이 있고 귀가 있어."

"그래서 내가 살인자라고? 그 말을 믿는다 이거야?"

"살인자는 아니겠지. 아직 빵에 안 가고 집에 있는 거 보면.

그런데 너 책임 없다고 할 수 있어? 네가 깨끗하다고 할 수 있냐고!"

다대일. 구석으로 몰린 재희는 어느덧 심판관으로 변모한 엄마의 추궁에 할 말이 없어졌다. 비참하고 쓸쓸한 기분이 들었다. 경찰관 하나가 조심스럽게 다가와서 그냥 엄마한테 빨리 잘못했다고 하고 낙서범을 찾자고 했다.

"내 집에서 나가."

엄마가 먼저 선수를 치고 말했다.

"그 말 후회 안 해? 나 지금 나가면 다시는 엄마 안 볼 거야. 매달 주던 생활비도 물론 없어."

"남 욕해서 버는 돈 필요 없고 부끄럽다."

먼저 아들 버리고 도망친 사람이 그런 말 할 자격이 있나. 등 뒤에서 경찰이 사고 접수를 해야 하니 경찰서로 가자고 말했다. 나가려 하자 현관에 놓인, 엄마가 신고 온 파란색 아디다스 운동화가 재희의 시야에 걸렸다. 연꽃무늬 패치가 부착된 특별한 디자인이었다. 엄마 생일에 맞춰 비싼 돈을 주고 커스텀한 것이었다. 사준 지 얼마나 됐다고, 흙이 잔뜩 묻어 걸레짝이 되어 있었다. 뭘 해줘봐야 이딴 취급이나 받지. 재희는 아디다스 운동화를 꾹 밟고 집을 나섰다. 주홍 글씨가 된 문짝은 잊어버렸다.

재희는 대충 짐을 싸서 근처에 보이는 아무 모텔로 갈까 하다가 M모텔로 향했다. 채기쁨이 불러서 갔던 VIP룸은 비어 있었다. 연박 할인을 받아 그 방으로 들어갔다. 기껏 싼 캐리어는 한 번도 열지 않았다. 성인 채널을 보면서 혼자 슬픔을 달래고 족발을 시켜 폭음을 했다. 소주를 까고 갑티슈에 붙은 광고를 보고 전화를 걸었다. 한 시간에 5만 원이라고 했다.

30분 뒤, 재희보다 스무 살은 많아 보이는 아줌마가 노크를 했다. 너무 말라 만질 것도 없는 가슴을 빨면서 절정에 도달하려고 노력을 기울였지만 잘 안됐다. 이런 것에 노력까지 해야 하나 자괴감이 들어서 아줌마에게서 물러났다. 술 마시기 전에 부르지 그랬어. 아줌마는 아쉽다는 듯 말하며 겨드랑이 사이로 재희의 머리통을 안아줬다. 독한 향수 냄새와 적당한 체취가 섞여 편안한 기분이 들었다.

"죄송해요."

재희의 말에 아줌마는 재희의 정수리에 짧게 뽀뽀를 했다. 어렸을 때 외출하고 돌아온 엄마가 해주는 느낌과 비슷했다.

재희는 금방 잠이 들었다. 꿈에서 채기쁨과 다시 만나 그때 하지 못했던 사랑을 나눴다. 마지막에 그 장면이 실시간으로 스트리밍됐다는 사실을 알고 끙끙 앓으며 깼다. 빌어먹을 악몽이었다. 눈을 뜨니 아줌마는 없었고, 지갑에선 정확히 5만 원이 사라졌다.

휴대폰이 시끄럽게 울렸다. 바뀐 휴대폰 번호를 아는 사람은 오혜수, 강국뿐이었다.

"문 좀 열어봐요."

강국이었다. 재희는 대뜸 문을 열라는 말에 얼떨떨한 기분으로 문을 열었다. 텁수룩한 수염 때문에 전체적으로 털이 많을 것 같은 남자는 사이트에서 본 사진보다 덜 똑똑해 보였다. 머리보다는 몸으로 뛰는 스타일처럼 보였다. 그가 한쪽 입꼬리를 올리며 미소 지었다. 그러면 본인이 매력적으로 보인다고 생각하는 모양이었다.

"여긴 어떻게 알고 오셨어요?"

재희는 방 안으로 절대 들이지 않을 생각이었는데 강국은 가볍게 재희를 밀치고 들어와 문을 잠갔다. 끙끙거리는 성인 채널을 리모컨으로 끄고 의자에 앉아 재희를 올려다봤다.

"저는 의뢰인을 뒷조사하지 않아요. 그래야 내 속이 편하거든요."

"그런데요?"

"옷부터 입고 얘기할까요?"

강국의 말에 재희는 팬티 한 장만 입은, 볼품없는 제 몸을 내려다봤다. 한쪽에 걸려 있는 샤워 가운을 걸쳐 입고 침대 끄트머리에 앉았다. 강국이 무슨 짓을 할지 모른다는 생각에 휴대폰을 꼭 쥔 채 눈을 부라렸다.

"재밌는 사람이더라고요. 김재희 씨, 사악니 씨? 뭐가 더 편하세요?"

재희는 움찔하며 불편한 심기를 드러냈다.

"저 부를 일 별로 없을 것 같은데요. 사장님이라고 불러주세요. 페이 받는 사람은 아저씨니까."

"좋아요, 사장님. 휴대폰 확인해보세요. 제가 카톡으로 내용 보냈습니다."

영화 같은 데서 보면 서류철로 해서 주던데, 강국은 모든 자료를 카톡으로 보냈다. 재희는 볼멘소리를 했다.

"아니. 나중에 포렌식 같은 걸로 걸리면 어떡하려고요. 왜 이런 걸 흔적을 남겨놓습니까?"

"사람 죽였습니까? 사장님 휴대폰을 누가 왜 포렌식으로 되살려요?"

"쑵."

재희는 입술로 바람을 들이켜며 휴대폰을 봤다. 그동안 강국은 냉장고에서 매실 음료수를 꺼내고 코딱지만 한 창문을 열어젖혔다. 대학 사보에 표지 모델을 했던 채수리의 사진이 떴다. 뒤에 후광이라도 켜둔 듯 환했다. 채수리의 부모는 경기도 양평에서 큰 국숫집을 운영 중이었고, 집안이 유복한 편인지 채수리가 사는 집도 저택에 가까웠다. 언니인 채기쁨이 연예인의 꿈을 버리지 못하고 아프리카BJ를 시작하면서부터 갈등이 시작됐다. 인터넷 방송을 하며 돈을 번 언니와 달리 동생은 서울에 있는 상위권 대학에서 의예과를 다니며 착실히 공부했다. 학점도 우수했다. 재희는 하루 만에 정보를 캐낸 강국에게 약간의 존경심을 느끼며 물었다.

"정말 감사한데요. 굳이 절 찾아온 이유가 있습니까?"

바로 그 질문을 기다렸다는 듯 강국은 야비하게 웃었다.

"아까도 말했다시피 전 의뢰인 뒤를 밟지는 않아요. 채수리의 뒤를 밟다 보니 여기까지 온 거죠."

"그 여자가 여기 있다고요?"

놀란 재희의 목소리가 커지자 강국이 몸을 낮추고 소리를 죽이라는 듯 손을 들었다.

"채수리를 쫓다 보니까 동선이 사장님이랑 겹치더라고요. 사장님이 체크인을 하고 한 시간 뒤에 바로 옆방에 들어왔어요. 사장님 뒤를 밟고 있었단 얘기죠. 굳이 나한테까지 의뢰를 하지 않아도 됐을 텐데요. 한 번쯤 뒤를 돌아봤으면요."

재희는 모노톤 벽지 뒤에 숨은 그 여자가 왜 자신의 뒤를 쫓는지 알 수 없었다. 그때, 재희의 머릿속에 스쳐 지나간 건 조심하라던 오 형사의 경고였다. 그 여자가 범인일지 몰랐다. 두환에 이어 재희를 죽이려고 호시탐탐 노리고 있었을 거다.

재희는 방 안의 조도가 갑자기 어두워진 듯한 착각이 들었다. 또다시 떠오르는 두환의 마지막 순간. 검은색에 가까운 선혈, 눈을 뜨고 있으나 막이 씌워진 듯한 두 눈동자, 찢어진 입. 재희는 자신도 모르게 입술을 잘근잘근 씹어댔다.

강국은 그저 이 상황이 흥미로운 얼굴이었다. 그는 재희가 패닉 상태에 빠지기 전에 박수를 세게 쳤다. 그리 큰 소리도 아니었는데 재희는 소스라치게 놀랐다.

"제가 뒤에서 신변 보호를 해줄 수도 있습니다."

"무슨 신변 보호요? 제가 그깟 여자애 하나 무서워서 보디가드라도 두겠어요……?"

하지만 스스로 느끼기에도 목소리는 겁에 질려 있었다.

"당신이 여기 온 거 채수리가 알 가능성은요?"

"아, 잠깐 편의점 간 사이에 온 거라 모를 겁니다. 생리대가 없던 모양이에요."

"제 신변은 제가 알아서 할 테니 신경 쓰지 마세요. 잘 알았으니 가면서 맛있는 밥이라도 사 드시고요."

재희는 지갑에서 5만 원을 꺼내 강국에게 건넸다. 강국은 5만 원을 받아 주머니에 쑤셔 넣으며 다시 한쪽 입꼬리를 올리며 웃었다.

"적이 많던데. 나보다 오래 사세요, 김 사장님."

강국은 거의 소리가 안 날 정도로 아주 조심히 문을 열고 떠났다.

재희는 당장 옆방에 있는 채수리를 만나고 싶었다. 그녀가 결코 두환을 죽였을 것 같지는 않았다. 키는 컸지만 보통 여자들보다 마른 체형이었다. 제 주먹 한 대면 나가떨어질 사이즈였다. 그런데 두환을 어떻게 죽여. 범인은 아니다. 하지만 동기가 너무 명확했다. 두환은 죽은 언니를 욕보였다. 게다가 채수리는 시체를 보는 데 익숙한 의예과다. 일본도로 한 번에 경동맥을 끊어낸 뒤, 다음 타깃인 재희를 죽이려고 쫓아온 것일지도 몰랐다.

그녀가 범인이다. 범인인가?

하…… 깊은 탄식을 흘리며 방 안에서 무기가 될 만한 것을 찾았다. 모텔에 그런 것을 둘 리가 없었다. 캐리어를 열어 그나마 무기로 쓸 수 있는 셀카봉을 챙겼다. 한주먹 거리잖아, 겨우 그런 여자애한테 쫄아서 이런 거까지 챙겨?

재희는 테이블과 의자를 가져와 문고리를 고정하고 입구를 단단히 봉쇄했다. 옆방의 투숙객이 문을 닫는 소리가 복도를 통해 미미하게 울렸다. 강국이 알려준 그녀의 핸드폰 번호로 전화를 걸었다. 오른쪽 벽면에 바짝 귀를 대자 지이잉, 울리는 낮은 핸드폰 진동 소리가 들렸다.

"여보세요."

안 받을 줄 알았는데 전화를 받았다.

5. 채수리

재희는 401호 문을 노려보며 서 있었다. 전화를 건 사람이 신원을 밝히자 채수리는 전화를 끊었다. 날 미행하는 것을 알고 있다, 잠깐 얘기 좀 하자, 수차례 메시지를 보냈지만 응답이 없었다. 채수리를 신사적으로 만나기는 그른 것 같았다.

프런트 직원에게 가서 방문이 잠긴 것 같다며 마스터키를 잠깐 빌려달라고 했다. 직원은 보기보다 엉덩이가 가벼워 마스터키를 꺼내 함께 가자고 했다.

아, 이게 아닌데. 함께 4층 복도에 내릴 때까지 재희는 잔머리를 굴렸다. 지갑에서 5만 원을 건넸다. 직원이 의아한 표정으로 돈을 받지 않고 재희를 쳐다봤다.

"저 401호 사람한테 볼일이 있거든요. 나쁜 짓 할 거 아니고 얘기만 하고 싶어서 그래요."

"어…… 그거는…… 좀 그렇죠."

"절 못 믿겠으면 옆에 계셔도 돼요. 아는 동생이에요. 모르는 사이 아니고요."

직원은 머뭇거렸다. 별로 믿지 않는 눈치였다. 전날에 여자를 부른 게 마이너스 요인이 된 것 같았다. 세게 나가야겠다. 재희는 거의 윽박지르듯 밀어붙였다.

"급하다고요! 동생이 자살했으면 책임지실래요?"

"자살이요?"

"네! 얘가 지금 힘든 상태예요. 자살했으면 어떡해? 걱정돼서 그런다고요."

"손님, 경고하는데요. 그렇게 살지 마세요. 401호 손님한테 무슨 일 있으면 가만 안 둡니다. 예? 사악니 씨."

원체 무표정하던 직원이라 재희는 자신의 부캐를 알 거라고는 의심조차 하지 않았다. 직원은 재희가 건넨 5만 원을 도로 내밀었다. 경멸의 눈동자에 기가 죽은 재희는 금방 움츠러들었다. 재희가 5만 원을 받지 않자 직원은 그대로 바닥에 던지고 갔다. 시발. 낮게 중얼거리는 욕설이 재희의 귀에 단단히 박혔다. 흩어진 만 원권 지폐를 주워 재희는 방으로 도망쳤다.

401호가 있는 벽면을 부술 듯 마구 두들기며 악을 썼다. 왜 나를 괴롭히는 거냐, 두환이 죽인 거 네년인 거 안다, 미친년아! 하고 행패를 부렸다.

방음이 그리 탁월하지 않은 곳이니 곧바로 프런트로 항의가 들어온 모양이었다. 401호 문은 절대 열어줄 수 없다던 직원은 멋대로 402호 방을 따고 들어와 재희의 배에 발차기를 했다.

으헉.

재희는 콩벌레처럼 몸을 구기며 아파서 끙끙거렸다. 개새끼. 급소를 치다니.

"너 자꾸 왜 그러니. 바퀴벌레 손님아."

아니요, 저기요. 피해자는 나라고, 내가 피해자라고! 스토킹한 건 내가 아니라 옆방 여자라니까. 그런데 재희는 입 밖으로 한마디도 내뱉을 수 없었다. 직원 뒤에서 401호 여자, 채수리가 야구 모자를 쓴 채 내려다보고 있었다. 모자를 푹 눌러써서 본인은 표정이 잘 드러나지 않는다고 생각했겠지만, 바닥에 구겨져 올려다본 재희는 또렷이 그녀를 볼 수 있었다. 앞니 네 개가 고스란히 보일 정도로 웃고 있었다. 약간 삐딱하게 기울어진 턱끝이 쿡쿡 웃음을 참느라 작게 경련했다. 채수리는 직원에게 키를 내밀며 말했다.

"체크아웃할게요."

재희가 어디가…… 가지 마, 시발년아, 하고 중얼거리며 일어섰다. 직원이 재희의 두 어깨를 강하게 붙잡았다.

"너 같은 놈들이 남자 망신 다 시키고 다니는 거야. 알아?"

아직 재희의 불주먹을 맛보지 않은 직원에게 재희는 참았던 주먹을 날렸다. 하지만 직원이 날쌔게 머리를 피한 덕분에 회심의 공격은 빗나갔다. 요즘 모텔 직원들은 체력장도 보는 건가. 멸치에서 근육맨으로 벌크업을 한 이후로 웬만해선 져본 적 없는 재희는 한 마리의 참새처럼 다시 모텔 방구석에 처박혔다. 직원의 오른쪽 손목에 걸린 성모마리아 묵주 펜던트가 눈앞에서 대롱대롱거렸다. 성모마리아가 네 이웃을 사랑하라 했거늘. 전날에 술을 너무 많이 마신 덕분일까. 재희는 그대로 쓰러졌다.

▷▷▷

강국이 보낸 뒷조사 내용을 토대로 재희는 채수리가 사는 집 근처에서 일주일 동안 어슬렁거렸다. 그 여자가 꼬리를 밟고 다니는 게 분명하니 자주 뒤를 돌아보고 낯익은 차가 보이는지 확인했다. 하지만 정체가 탄로 나 꼭꼭 숨어버린 듯 보이지 않았다.

재희는 그녀가 범인이라는 가정하에 그녀를 도발할 방법을 알고 있었다. 물론, 목숨은 반쯤 내놔야 했다. 보험도 필요했다.

— 저는 불체자에게 당한 퐁퐁남이었습니다.

검은 화면에 문구를 넣고 뿌옇게 모자이크 처리한 불체자의 실루엣으로 섬네일을 만들었다. 이미 불체자와 찍은 영상이 다 공유되어 이미지가 나락 갔으니 사악니는 더 잃을 게 없었다. 최대한 꽃뱀에게 놀아난 순진남이라는 컨셉으로 밀고 나가야 남자들의 동정을 자극할 수 있다. 두환이 죽고 한참이 지나 영상을 올리는 것이라 약간 늦은 감이 있었지만, 어차피 재희의 목적은 하나였다. 자신을 향해 이를 드러내고 웃던 채수리를 흔드는 것이었다. 복수심에 사로잡혀 제 발로 찾아오길 바랐다.

재희는 영상을 올린 뒤 컵라면을 먹으며 추이를 확인했다. 구독자들의 반응은 폭발적이었지만 아무런 감흥이 오지 않았다.

프런트 직원의 얼굴을 마주 대하기가 껄끄러워 빨리 거처를 옮기고 싶었다. 직원은 꼭 예비 범죄자 대하듯 재희를 감시했다. 편의점에서 맥주를 사 와 엘리베이터를 기다리고 있는데 직원이 '어이, 퐁퐁남. 퐁퐁은 샀어요?' 하고 빈정거릴 때는 얼굴이 화끈거렸다. 옆에 있던 젊은 커플이 이상하게 재희를 쳐다봤다.

"저기요. 제 구독자신 거 같은데 구독을 취소하든지 관심을 꺼주세요. 안 그러시면 다음번에는 여기 사장님 불러오셔야 할 거예요."

재희가 카운터에 가서 경고했다. 왼쪽에 붙은 은박 명찰에는 '이홍재'라는 궁서체 글자가 박혀 있었다.

"지랄하네."

패자에게 돌아오는 건 역시 욕뿐이었다.

며칠이 지나도 채수리의 꽁무니를 찾을 수 없었다. 재희는 사악니 마스크와 두고 온 촬영 장비를 챙겨 오려고 집으로 갔다. 그사이 살인자라고 낙인찍었던 빨간 스프레이 자국은 사라졌고, A4 용지 한 장이 달랑 붙어 있었다. 엄마 글씨였다.

― 여기 살지 않음. 다 이사 가씀. 범인 찾아냅니다.

재희는 엄마에게 전화해 비밀번호를 물으려다 열쇠공을 불러 문을 땄다. 2주 사이에 변한 건 아무것도 없었다. 엄마는 재희가 떠난 뒤 요리를 거의 하지 않았는지 냉장고나 냄비엔 먹을 만한 음식이 없었다. 재희는 냉장고에서 맥주를 꺼내 마시며 방으로 들어갔다. 데스크톱 컴퓨터를 분리하고 가져갈 준비를 마쳤다. 미처 챙기지 못한 옷과 신발을 챙겼다. 그런데 아무리 찾아도 사악니 가면이 보이지 않았다. 세탁기나 건조대 위, 엄마의 방을 뒤져도 없었다.

재희는 마지못해 엄마에게 전화를 걸었다.

"인디언이야?"

"왜?"

엄마의 목소리는 시베리아에서 남하한 한랭전선보다 차가

왔다.

"내 가면 못 봤어?"

"버렸어."

아 엄마! 소리를 지르기도 전에 전화가 뚝 끊겼다. 다시 전화하니 받지 않았다. 하는 수 없지. 사악니 가면이야 새로 주문하면 되니까.

재희는 문득 집 안을 둘러봤다. 건조대에 걸린 자기 것이 아닌 성인 남자의 속옷과 줄무늬 남방을 바라봤다. 엄마가 행복하게 지내고 있다는 생각이 들었다. 서운했지만 기분이 썩 나쁘지 않았다. 그녀도 행복해질 권리가 있었다.

부동산에 들러 저렴한 가격의 원룸을 알아봤다. 가장 빨리 입주할 수 있는 곳에 가계약을 걸고 나왔다. 부동산 사장이 젊은 사람이 시원시원하다고 좋아했다. 오랜만에 사람 좋아 보이는 미소를 지어 보였다. 그런 뒤엔 피시방에 가 게임을 했다. 프런트 직원 때문에 모텔로 다시 돌아가기 싫어서 시간을 하염없이 뭉갰다.

— 엄마. 집 계약했어. 입주 전까지만 집에 있을게.

엄마에게 허락 문자를 보냈다. 피시방에서 지칠 때까지 게임을 하고 만화방에서 만화책을 훑고 코인 노래방에서 두 곡을 부른 뒤에 시간을 보니 자정이 넘어가고 있었다. 불현듯 내 집인데, 왜 내가 허락을 구해야 하지? 하는 억울한 생각이 들었다. 집에 가자. 매트리스가 푹 꺼졌더라도 세상 편한 침대가 그리웠다.

아파트에 도착해 집을 올려다보니 불은 꺼져 있었다. 밤잠이 없는 엄마는 보통 1시쯤 잠자리에 들었다. 오늘 들어오지 않기로 작정한 건가.

— 너 못 들어와. 나한테 싹싹 빌 때까지 비밀번호 안 알려줄 거야.

도어록을 떼어버려 뻥 뚫린 문을 열기 직전에 엄마에게 답장이 왔다. 빌라고? 내가 왜? 억울해 죽겠다는 심정으로 재희는 휴대폰을 주머니에 넣고 집 안으로 들어갔다. 집에 돌아와 문에 구멍을 뚫고 들어온 아들을 보면 팔짝 뛰며 난리를 칠 것이다. 재희는 생각했다. 아빠가 암으로 빨리 죽은 건 엄마의 히스테리를 평생 감당한 스트레스 때문일 거라고. 현대 만병의 원인은 스트레스이니까. 스트레스는 코르티솔 호르몬 분비를 촉진한다. 코르티솔 수치가 만성적으로 높아지면 콜레스테롤과 인슐린 대사가 나빠져 뇌졸중 등을 유발한다. 천성이 히피인 말티놈도 엄마를 만났으니 분명 제명에 못 살 거다. 다른 여자와 시시덕거렸다고 튀김기에 손을 넣어 자해하는 여자를 어떻게 계속 만나. 갑자기 말티놈이 측은했다.

재희는 어두워진 실내에 불을 켜기 전에 멈칫했다. 점심때와 저녁때 빼놓지 않고 정신과에서 처방한 약을 먹어 한동안 잊고 있던, 비릿한 쇠 냄새가 코끝에 진동했다. 피비린내. 두환의 집에서 온몸으로 느꼈던 감각이 되살아나 각인됐다. 두 눈이 어둠에 익숙해질 때까지 움직이지 않았다.

괜한 헛기침을 하고 불을 켰다. 집 안은 재희가 나갔을 때와 똑같았다. 과민 반응이야. 재희는 안도하며 거칠게 몰아쉬던 숨을 다시 천천히 내뱉었다. 하마터면 공황발작이 올 뻔했다. 진정하려 물을 마시다가 냉장고가 돌아가는 급작스러운 기계음에 심장이 밖으로 튀어나올 것처럼 놀랐다. 망할 놈의 냉장고. 이번 참에 바꿔버려야지. 지난여름 갑자기 냉동고가 꺼지는 바람에 30만 원이나 주고 고쳤다. 부품을 새것으로 교체했다는데 오히려 잡음이 더 커졌다. 재희는 거실을 가로질러 자신의 방으로 들어갔다.

예상 못 한 방 안의 풍경에 재희는 뒷걸음질 쳤다. 누군가 다녀갔다. 가지런하게 정리했던 데스크톱과 모니터는 바닥에 나뒹굴었고 책장에 있던 책이 모두 빠져나와 있었다. 책을 비롯해 원목 가구, 침대보가 다 찢기거나 스크래치가 나 있었다. 칼로 마구 긁은 자국이었다. 출입문에 살인자라고 써놨던 놈들이 마침 문이 뚫려 있으니 잘됐다 싶어 들른 걸까.

"이 씨발. 개새끼들!"

재희는 바락 욕을 하면서 112에 전화했다. 집에 도둑이 든 것 같으니 빨리 와달라고 했다. 문 잘 잠그고 계세요, 하는 경찰관의 목소리를 들으며 도어록을 다시 달지 않은 자신의 어리석음을 욕했다. 호시탐탐 기회를 노리는 고양이에게 생선을 내준 꼴이었다.

화장실을 열어보고, 안방을 열어봤다. 다행히 또 칼자국이 낭자한 곳은 없었다. 그렇게 다시 문을 닫고 나가려다 멈칫했다. 안방 베란다에 뭔가가 있었다. 빛을 받지 못해 어둠에 싸인 무언가가.

재희는 불을 켰다. 베란다는 엄마가 좋아하는 화초들이 일렬로 가지런히 정리된 곳이었다. 초록으로 물든 그곳에 검은 그림자가 누워 있었다. 뒷모습이었지만, 큰 키와 곱슬거리는 파마머리만 보고도 그가 누군지 알아챘다.

"거기서 뭐 해요?"

재희의 목소리가 공허하게 울렸다. 마른침을 삼키지 못해 사레가 들려 기침이 나왔다. 재희의 거친 숨소리만 크게 들렸다. 마구 어질러진 이불(평소 엄마는 칼각으로 항상 이부자리를 정리했다)과 쓰러진 공기청정기가 보였다. 격투를 벌인 건가. 말티놈 주변에 피가 흥건했다.

조심하라고 경고하는 오 형사의 목소리가 귓가에서 댕댕 경고음처럼 퍼졌다. 다시 핸드폰을 꺼내 112를 눌렀다. 손가락이 부들부들 떨려 핸드폰을 쥐고 있는 데에만 온 힘을 다 써야 할 지경이었다. 그가 죽었나 살았나 확인할 용기 따윈 없었다. 확인했다간 심장마비로 죽을 것 같았다.

"아까 신고했던 희망아파트 4동 902호인데요. 도둑이 사람
도 죽인 것 같아요. 사…… 사람이 죽었어요."

"사람이 죽었다고요? 피해자와 관계가 어떻게 되시죠?"

"몰라요. 빨리 와주세요!"

경찰의 말을 더 듣지 않고 끊었다. 집을 들어왔을 때 느꼈
던 강렬한 피비린내의 근원지는 엄마의 베란다였다. 체리색
타일 바닥을 적신 빨간 핏물은 형광 불빛 아래 맹렬한 존재감
을 발했다.

재희는 한시도 집에 있고 싶지 않아 튕겨 나가듯 집 밖으로
뛰었다. 벌컥 문을 열자 악! 소리와 함께 누군가가 반대편으
로 넘어졌다. 너! 입에서 맴도는 그 이름이 입 밖으로 터져 나
오기 전에 여자가 계단으로 뛰어 내려갔다.

채수리, 저년이었어!

재희는 있는 힘을 다해 채수리를 잡으려고 뛰었다. 아파트
주민들이 다 듣도록 고래고래 소리를 지르는 것도 잊지 않았
다. 사람 죽였다, 저년이 사람 죽였어! 그러나 날쌘 달리기 실
력을 갖춘 채수리의 그림자가 점점 멀어지자 턱밑까지 올라
오는 숨에 입을 닫고 추격했다. 채수리는 쏜살같이 아홉 개의
층을 내려가 출입문을 빠져나갔다. 그리고 대로변 대신 미로
같은 아파트 단지 사이를 이리저리 달렸다. 한 번씩 뒤를 돌

아보며 달리기에 별로 소질이 없는 재희를 멀찌감치 따돌렸다. 반대편 큰 도로에서부터 요란하게 울리던 사이렌 소리가 가까워졌다.

갑자기 골목에서 튀어나온 배달 오토바이에 부딪힌 채수리가 툭 넘어지며 옆으로 쓰러졌다. 재희는 기회를 놓치지 않고 배달 기사에게 소리쳤다.

"그 여자 잡아요! 잡아!"

바닥에 쓰러진 채수리는 꽤나 충돌의 충격이 컸는지 한참을 일어나지 못했다. 당황한 배달 기사가 어딘가로 신고를 했고 그녀는 그사이에 절뚝거리며 일어났다. 부축해주려는 기사의 손을 거칠게 뿌리치고 뒤를 획 돌아보았다.

코앞까지 온 재희는 그 순간 멈칫하며 물러섰다. 당연히 그럴 수밖에 없었다. 흉기가 있을지도 몰랐으니까. 채수리의 짧은 반바지 아래 무릎에 피가 흥건했다. 잔뜩 일그러진 표정으로 노려보는 눈빛에 살기가 가득했다. 하지만 상대는 방금 교통사고를 당한 상태였고, 50킬로그램도 안 될 것 같은 여자였다. 연쇄 살인범이라고 해도 그다지 위협적이지 않았다.

"병신아. 내가 죽였다고 생각하면 아주 큰 착각이야."

"그러면 왜 도망쳤는데?"

채수리는 말문이 막히는지 대답을 하지 않았다. 대신 멍하니 선 재희를 무시하고, 어쩔 줄 몰라 하는 배달 기사에게

30만 원을 요구했다. 배달 기사는 정말 그걸로 괜찮겠냐며 사과한 뒤 채수리와 재희를 번갈아 보며 휴대폰으로 곧바로 이체했다. 계좌에 30만 원이 들어온 것을 확인한 그녀는 재희에게 고갯짓을 했다. 그제야 정신을 차린 재희가 우악스럽게 그녀의 팔을 잡았다. 꺄아아악. 채수리가 온 동네가 떠나갈 만큼 비명을 질러댔다.

"내 몸에 손끝 하나 대지 마. 더러운 자식아."

재희가 졌다는 듯 두 손을 들어 보였다. 마주 선 두 사람은 한겨울에 발가벗고 선 사람들처럼 바들바들 떨었다. 아마 그때 재희는 알았을 것이다. 그녀가 범인이 아니라, 목격자라는 것을.

▷▷▷

"병원 안 가도 돼?"

"그쪽은? 경찰서 가야 하는 거 아냐?"

"경찰서는 당신도 가야지."

재희의 말에 수리가 눈을 치뜨며 노려봤다.

아파트 단지에 있는 놀이터였다. 재희는 벤치에, 수리는 마주 보고 있는 그네에 앉아 있었다. 수리의 무릎께에서 검붉은 피가 묻어나왔다.

"우리 집엔 왜 온 거야?"

"네가 집으로 들어갔으니까."

"나는 그 시간에 집에 없었어. 집으로 가는 길이었지."

"알아."

수리가 그네를 가볍게 흔들었다. 고집 센 입매, 상대를 무시하는 말투로 보아 쉽게 말해줄 것 같지 않았다. 불체자와 똑같이 생겨 묘한 친근감이 들었으나 적개심으로 가득한 표정 때문에 재희는 위축됐다. 벤치보다 그네의 높이가 낮아서 내려다보고 있었는데도, 수리가 자신의 머리 꼭대기에서 노는 것 같은 착각이 들었다. 아직도 떨림이 멈추지 않은 것을 들킬까 봐 괜히 몸을 흔들며 헛기침을 했다.

"봤어? 아니면 네가 죽였어?"

피식. 재희의 질문에 수리가 콧방귀를 뀌었다. 재희는 휴대폰에 뜬 엄마의 전화를 무시했다. 말티놈을 죽도록 사랑한 엄마가 걱정됐고 그 생각을 하니 거짓말처럼 떨림이 잦아들었다.

"질문은 내가 먼저야. 네가 우리 언니 죽였어?"

이게 무슨 뚱딴지같은 질문인가.

"불체…… 아니, 네 언니는 자살한 거잖아."

"아냐!"

수리가 벌떡 일어나 금방 재희를 한 대 칠 것처럼 바짝 다가왔다.

"살해당했어."

"뭐? 악플러들한테? 지금 그 얘기를 하는 거야?"

"말귀를 못 알아먹네. 사람에게 죽임을 당했다고. 그쪽 집에 있는 당신 아버지처럼."

"아버지 아냐. 엄마 애인이야."

"그딴 건 내 알 바 아니고."

"증거 있어?"

"뭐?"

"언니가 살해당했다는 증거 있냐고."

수리가 뜸을 들이다 말했다.

"알려줄 수 없어. 네가 범인일 수도 있잖아. 넌 죽은 언니와 마지막 날 같이 있었고, 최두환이 죽기 직전에도 마찬가지였지. 이번엔 네 집에서 사람이 죽었네. 그런데 내가 널 어떻게 믿어? 가장 강력한 용의자인데 말이야."

재희는 수리의 의심에 고개를 끄덕일 수밖에 없었다. 만약 자신이 경찰이라면, 가장 먼저 현장 근처에 있던 자신을 의심할 것이다. 한 번도 아니고 세 번째다. 말티놈의 죽음에 충격받을 엄마보다 자신을 걱정할 때였다. 퍼뜩 정신을 차려보니 외줄타기를 하는 초보 곡예사처럼 위태로운 상태였다. 까딱하다간 아득한 계곡으로 떨어질 위기였다. 다시 누가 목을 죄는 듯 숨이 막혀왔다. 재희는 크게 한숨을 쉬었다. 심장이 벌컥거리며 뛰어댔다. 후우, 후우. 연거푸 심호흡을 했지만, 호흡이 가라앉지 않았다.

"너 뭐냐?"

재희의 상태가 이상한 것을 느끼고 수리가 물었다. 잠시만, 재희는 그렇게 말하고 벤치에 등을 기대 누워 눈을 감았다. 그녀가 가까이 다가오는 것을 느꼈지만 그대로 내버려두었다. 수리가 팔짱을 끼고 서서 재희를 내려다봤다.

"공황?"

"그래."

"가지가지 하네. 키 170 정도, 검은색 나이키 모자, 어깨까지 오는 단발머리."

시구를 읊듯이 채수리가 나지막하게 내뱉었다.

"그게 무슨 소리야?"

"내가 본 범인 인상착의."

채수리는 그 말을 남기고 한쪽 다리를 절면서 공원을 빠져나갔다. 야, 잠깐만! 잠깐만 기다려봐, 외치는 재희의 말은 들은 체도 하지 않고.

▷▷▷

집에 가까워질수록 사이렌 소리가 크게 들리고 경광등이

선명하게 반짝였다. 벌써 사람들이 웅성웅성 모여 있었다. 아파트 입구에 쫙 깔린 경찰들을 보자 재희는 바짝 입이 말랐다. 집에 들른 뒤 피시방이며 코인 노래방을 열심히 돌아다닌 덕분에 알리바이는 충분히 입증될 거였다. 그런데도 재희는 뒷걸음질 쳐서 혼란으로 가득한 그곳을 빠져나왔다.

하지만 얼마 못 가, 어디서 튀어나왔는지 형사들이 재희의 앞길을 막아섰다. 공무원증을 보여주며 경찰서로 가서 이야기를 나누자고 했다.

재희는 도망쳤다. 도망치면 더 의심받을 거라는 걸 알면서도 그랬다. 저 범인 아니에요! 소리치며 뛰었다. 형사들이 빠르게 달라붙었다. 스텝이 꼬여 아스팔트 바닥으로 제대로 추락한 재희의 코에서 뜨끈한 코피가 흘러나왔다. 형사들이 양쪽에서 인간 햄버거처럼 재희에게 올라탔다.

"저 자식 죽여요. 저게 괴물이야!"

사나운 목소리가 나는 쪽을 따라 고개를 들어보니 엄마였다. 산발이었고 신발을 신는 것도 잊었는지 맨발이었다. 엄마는 형사들에게 붙들려 일어난 재희에게 다가와 마구 주먹질을 해댔다. 무지막지하게 아팠다. 차라리 자신이 범인이었으면 했다. 그러면 엄마를 좀 덜 미워했을 테니까.

　형사가 테이블에 비닐백에 밀봉된 사악니 마스크를 툭 내려놓았다. 겉면에 '증 1'이라 적힌 인식표 스티커가 붙어 있었다. 장난스럽게만 보이던 마스크는 강영일의 피를 뒤집어쓴 탓에 섬찟한 흉기처럼 보였다. 재희를 용의자로 생각한 형사들은 미란다 원칙을 고지하고 동작경찰서 강력범죄수사과로 데려왔다. 경찰서까지 오는 동안 재희는 한마디도 하지 않았다. 그 때문에 더 범인처럼 보였을 것이다.

　복코와 상대적으로 작은 입 때문에 어딘가 코믹한 인상의 형사가 매섭게 재희를 노려보며 마주 앉았다. 재희는 방송을 생각했다. 이걸 방송했으면 월척인데…….

　"동작서 강력범죄수사과 이경춘입니다. 본인 것 맞으시죠?"

　"네."

　"유명 인사더군요."

　"나름대로 그렇습니다."

　더 이상 숨길 것도 없었다. 이제는 세상 사람들 전부가 재희를 아는 것처럼 느껴졌다. 사악니, 150만 명 구독자를 가진 대형 유튜버, 실상은 히키코모리와 마찬가지였고 그 스트레스를 남을 헐뜯는 것으로 푸는 쓰레기.

　"김재희 씨……?"

이경춘이 의아한 얼굴로 재희를 살폈다. 재희는 그의 눈초리에서 자신을 향한 불쾌한 시선을 찾아내려고 했지만 그런 기미는 보이지 않았다. 오히려 피곤에 찌든 직장인처럼 보였다. 빨리 집에 가고 싶은 얼굴로 노트북 키보드를 두드릴 뿐이었다. 이경춘은 재희가 볼 수 있도록 노트북을 돌렸다.

아파트 출입문 CCTV 영상이었다. 재희가 경찰에 신고를 한 뒤 얼마 지나지 않은 시각이었다. 그러니까 잽싸게 튀는 채수리와 1분 정도 시간차를 두고 쫓아가는 재희의 모습이 담겨 있었다. 형사는 수리가 쫓아오는 재희를 확인하려고 뒤를 돌아보는 장면에서 일시정지 버튼을 눌렀다. 깊게 눌러쓴 모자 때문에 얼굴은 전혀 드러나지 않았다.

"이때 상황을 자세히 알고 싶습니다. 설명 좀 해주시죠."

"112에 신고하고 집을 나서려고 했어요. 경찰이 오기까지 기다리고 싶지 않았어요. 무서워서요. 문을 여는데, 문 앞에 누군가 있었고, 부딪칠 뻔했습니다. 도망가길래 본능적으로 쫓았고요."

"무서워서 현장을 떠나다가, 범인일지도 모르는 사람을 쫓아갔다는 거죠?"

"네……."

"혹시 아는 얼굴이었어요?"

재희는 이경춘의 질문에 잠깐 고민했다. CCTV 속 여자가 채수리라는 것을 말하는 게 이득일지 아닐지.

"네. 이름은 채수리고요. 제 스토커입니다. 더럽게 엮인 게 있어서……. 아무튼, 제가 가는 곳 어디든 따라붙어요. 문을 열자마자 그 여자가 놀라는 걸 봤고, 쫓아갔어요."

"쫓아가서, 잡았습니까?"

재희는 아파트 놀이터 CCTV와 인근에 세워진 차량들을 떠올렸다. 금방 들통 날 거짓말을 하는 건 어리석은 짓이었다.

"네. 잡아서 이야기를 나눴습니다."

"이야기요? 무슨 이야기를 나눕니까? 용의자와 이야기를 나누고, 그대로 보내줬다는 거군요."

이경춘이 마우스를 클릭하자 놀이터 CCTV가 화면에 떴다. 역시. 다 알고서 물어본 거였다. 화면 끄트머리에 마주 앉아 있는 재희와 채수리는 어쩐지 사이가 좋아 보였다. 꼭 심야에 데이트를 하는 연인처럼 보였다. 이경춘이 다시 말했다.

"이미 사람이 죽은 것을 알고 있었는데 현장으로 돌아온 사람은 재희 씨 혼자였습니다. 영상을 보니 그냥 보내줬던데요."

"그러게요. 제가 이상하게 행동했군요……. 뭐가 제대로 된 행동인지 판단할 수 없었어요."

재희는 형사가 지적한 부분을 순순히 인정했다. 이경춘의 가자미 같은 눈이 더욱 가늘어졌다. 170센티미터, 검은색 나이키 모자, 단발머리……. 재희가 범인의 인상착의를 떠올리며 그녀는 목격자일 뿐이라고 말하려는데 형사가 쏘아붙였다.

"어떻게 그냥 보내줄 수 있는지 납득이 안 되네요. 재희 씨가 범인이 누군지 알고 있어서 그럴까요?"

"예?"

그가 영상 속 수리를 검지로 콕 찍었다.

"이 사람이 목격자일 가능성도 있습니다만, 목격자에게 본 것을 절대로 말하지 말라고 협박했을 수도 있고요."

"누가 협박을 해요?"

재희가 멍청하게 물었다가 금방 표정을 굳혔다.

"그 말씀은, 지금 제가 범인이라는 건가요?"

이경춘은 대답하지 않았지만, 그의 두 눈은 똑똑히 재희가 범인이라고 단정 짓고 있었다. 피곤에 찌들었던 두 눈동자가 어느새 빛을 발하며 재희의 표정 변화를 예의 주시하고 있었다. 재희는 이렇게 말하면 안 된다는 것을, 그의 의심에 쐐기를 박는 일임을 알고 있었지만 궁금증이 일어 참을 수 없었다.

"혹시 강영일, 입이 찢어져 있었나요?"

재희의 질문에 이경춘은 김이 샌다는 표정으로 슬쩍 웃음을 흘렸다. 지금 나랑 장난하자는 거야, 하는 실소였다. 그 태도로 미루어 재희는 강영일 또한 최두환과 비슷한 방식으로 살해당했다는 걸 눈치챘다. 글래스고 스마일. 누군가에게 보여줘 경고하거나 과시하려고…… 범인은 일부러 강영일의 입을 찢었다.

"그렇다면, 이건 연쇄 살인입니다."

"그걸 판단하는 건 저희 일입니다. 다른 질문을……."

재희가 빠르게 이경춘의 말을 끊었다.

"맞아요. 최두환이 입이 찢겨 죽은 걸 두 눈으로 똑똑히 확인했습니다. 제가 최초 목격자였으니까요. 강영일이 제 마스크를 쓰고 있지 않았다면, 입이 찢어진 채 죽을 일도 없었겠죠. 범인은 저를 노린 겁니다. 엉성한 새끼라 인터넷에 쫙 깔린 제 얼굴과 못생긴 강영일의 얼굴도 구분 못 한 것 같지만."

"두 번 다 공교롭게도 현장을 목격했네요. 김재희 씨가."

재희는 말을 아꼈다. 수리도 지적한 부분이었다.

또다시 시작된 탐색전. 이경춘은 흐음, 작은 신음을 내더니 팔짱을 끼고 나지막이 말했다. 말 안 듣는 아이를 어르는 말투였다.

"김재희 씨. 사실대로 말하는 게 좋습니다. 어머니를 생각하셔야죠. 꾸준히 정신과 치료를 받으셨죠? 작년에는 자살 시도도 했고요. 집에 가니 피해자가 마스크를 쓰고 어머니 방에 있으니까 순간적으로 분노해서……."

"저를 마치 잘 아는 것처럼 말하시네요? 벌써 제 뒷조사도 하셨나요?"

이경춘이 건조해진 눈을 길게 감았다 떴다. 충혈된 두 눈이 재희를 보고 웃었다. 넌 못 빠져나가, 하고 말하는 눈동자였다.

"유력한 용의자에 대해 조사하는 건 뒷조사가 아니라, 사건 조사라고 합니다. 최두환 사건이 아직 종결되지 않았지요. 용의자를 좁히다 보니 김재희 씨를 눈여겨보게 되었습니다. 두 번째 피해자가 이렇게 빨리 나올 거라 예상 못 한 게 저희 실수군요."

"변호사 부르겠습니다."

재희는 그렇게 말하고 입을 다물었다.

강국에게 전화해 아는 변호사가 있는지 물었다. 강국은 침착하게 재희의 상황을 듣다가 다짜고짜 질문했다. 당신이 죽였어요? 아뇨. 절대 아니에요. 살해금지 서약서도 썼잖아요! 재희가 결백을 주장하며 말했다. 수화기 너머에서 강국이 끄덕하는 동작이 보이는 듯했다. 힘을 준 목소리로 말했다. 죽이지 않았으면 변호사는 필요 없어요, 구속 영장도 나오지 않을 테니 괜히 헛돈 쓰지 말고 가만있어요. 강국은 자신이 상황을 알아보겠다고 하며 전화를 끊었다.

그의 말은 적중했다. 하루를 꼬박 새워 조사를 받았지만, 스물여덟 시간이 지났을 즈음 이경춘은 재희에게 집에 가도 좋다고 했다. 그러면서도 조만간 다시 입건 조사를 할 테니 전화를 잘 받으라고 으름장을 놨다. 왜 경찰은 연쇄 살인이라고 공표하지 않는 걸까. 어쨌거나 범인은 채기쁨과 깊은 관계가 있을 것이다. 채기쁨을 욕한 최두환, 김재희를 차례로 죽이려 했으니까. 재희는 유치장에 갇혀 있는 동안 골몰했다. 다시 채수리에 대한 의심이 피어올랐다.

▷▷▷

인디언 앞에는 상중이라는 안내문이 붙었다. 그 밑으로 친절하게 장례식 장소와 일시가 적혀 있었다. 차분한 손 글씨는 재희도 익히 아는, 엄마의 글씨였다. 인근 단골들이 가져다 놓은 국화꽃이 입구에 놓여 있었다. 어두운 가게 내부와 대비되어 더욱 을씨년스러웠다. 발인은 내일 오전이었다. 재희는 자신 대신 죽은 강영일에게 죄책감이 들었다. 가도 되는 처지인가 고민했다.

아침 동이 트기 전, 재희는 강영일의 장례식장으로 향했다. 그래도 가야 후회하지 않을 것 같았다. 자신을 범인이라고 확신했던 엄마의 얼굴을 보고 싶기도 했다. 엄마는 재희가 경찰서에서 꼬박 이틀을 있었는데도 두부는 고사하고 연락 한 통 없었다.

새벽녘이라 사람이 없을 거라 예상한 것과 달리 입구에는 광이 나는 구두가 여러 켤레 놓여 있었다. 정중앙에서 양복을 입은 중년 남자들이 고스톱을 치고 있었고, 비슷한 연배의 여자들이 모여서 술판을 벌이고 있었다. 그 사이에 재희의 엄마도 끼어 있었지만 처음에는 서로 알아보지 못했다. 아무도 재희를 신경 쓰지 않았다.

재희는 고개를 푹 숙인 채 강영일의 영정 앞에서 헌화를 했다. 젊을 때 사진을 영정 사진으로 해놓아 평소 재희가 말티 놈이라고 비하하던 이유인 곱슬머리가 멋지게 귀밑으로 내려와 있었다. 지금은 늙은 한량에 불과했지만, 젊을 적 그는 누구라도 매력적이라 여겼을 매끈한 외모였다. 사악니의 가면을 쓴 채 애인의 집 베란다에서 최후를 맞이하리라고는 그도 예상하지 못했을 것이다.

"네가 여기가 어디라고 와?"

원래도 톤이 높은 엄마의 목소리가 하늘을 찌를 듯한 성량을 과시하며 장례식장을 울렸다. 돌아본 재희는 단 이틀 사이에 머리가 하얗게 새어버린 엄마의 초췌한 몰골에 할 말을 잊었다. 가발이 아닐까, 정말 이 사람이 자신의 엄마가 맞는지 의심이 들 지경이었다.

고스톱을 치던 아저씨들과 노가리를 까던 아줌마들이 일제히 이쪽을 바라봤다. 아줌마 둘은 벌써 재희의 엄마에게 다가와 양팔을 잡고 말리려고 준비 자세를 취했다.

"얘기 좀 해."

재희는 침착하게 응수했다. 아들에게 분노할 에너지가 있는 엄마가 부럽기도 했다.

"내가 자식새끼를 낳은 게 아니라, 괴물을 낳았지. 하나 있는 자식이라고 태어날 때부터 머리통이 커서 나를 그렇게 괴롭히더니……. 꼬박 스물여섯 시간을 진통했어. 그때부터 나를 잡아먹으려고 했던 거야. 나를 죽이려고 작정한 거야."

"엄마?"

"엄마아?"

스물여덟 해를 써온 엄마라는 호칭이 새삼 마음에 들지 않는 듯 재희의 엄마는 발작에 가까운 성질을 냈다. 갈퀴 같은 두 손을 쫙 펴서 재희에게 돌진했다. 양옆을 지키고 있던 아줌마 둘은 예상과 달리 드디어 재밌는 구경거리가 생겼다는 듯 말릴 생각을 하지 않았다. 재희는 엄마를 그냥 내버려뒀다. 하고 싶은 대로 하라고. 머리를 쥐어뜯고, 어깨며 가슴을 주먹으로 치고, 힘줄이 툭 튀어나온 튼실한 다리를 내뻗어 재희의 엉치뼈와 정강이를 마구잡이로 때렸다. 왜 그랬어, 왜! 하고 울부짖었다. 재희는 할 수만 있다면 어디서부터 왜 그랬는지, 설명하고 싶었다. 어째서 우리가 이렇게 되었는지, 왜 말티놈이 처참하게 죽었는지 누구보다 알고 싶었다.

아줌마들이 뒤늦게 재희의 엄마를 말리려고 했지만, 죽을 힘을 다해 아들을 패는 엄마를 말리기에는 역부족이었다. 세 명의 아줌마가 차례로 패대기쳐지자, 결국 고스톱을 치던 아저씨들이 몰려와 두 팔과 두 다리를 한쪽씩 맡아 들것에 실어 가듯 엄마를 날랐다.

"죽어. 죽어버려, 악마 새끼야. 사탄 같은 새끼야."

끊임없는 욕설은 그녀가 하얀 거품을 물며 끝났다. 고개를 꺾고 거품이 잔뜩 섞인 토를 내뱉었다. 검은 눈동자가 희번덕 위로 까뒤집히는 것을 보고 누군가 의사를 부르러 황급히 밖으로 나갔다. 원통해 죽겠다는 그 행동은, 영화나 드라마에서 억울한 죽임을 당한 피해자의 가족이 당당하게 모습을 드러낸 가해자를 마주했을 때 나타내는 전형적인 반응이었다.

"재희야, 한복집 아줌마야. 기억하지? 느이 엄마가 기댈 곳이 어디 있었겠어? 자식은 맨날 집에서 게임만 하고, 기사 식당 접고 가게 꾸리는 재미도 없지, 영일 씨가 느이 엄마한테는 천사였어. 그런 사람이 너 때문에 비명횡사했으니, 네가 얼마나 싫고 밉겠어? 천륜이라는 거 다 옛날 말이다. 돈 때문에 자식이 부모 죽이는 세상이야. 안 맞으면 서로 원수나 매한가지야. 가. 다시는 나타나지 마. 그냥 이 동네에서 떠나는 게 어떻겠어?"

재희는 가끔 인디언에서 엄마 옆에 앉아 수다를 떨던 눈매가 사나운 한복집 아줌마를 기억했다. 두 아들이 서울대와 고려대를 졸업했다고 침이 마르도록 말하고 다니던 여자였다. 재희는 엄마가 한복집 아줌마를 평소에 재수 없어 했으며, 말티놈에게 수작질을 부린다며 욕하던 것도 기억했다. 사실 엄마는 인디언을 드나드는 또래 아줌마들을 모두 질투의 대상으로 여겼다. 늙은 아저씨가 뭐라고.

재희는 꺼져달라는 한복집 아줌마의 말에 순순히 따랐다. 젊은 강영일이 재희를 향해 여전히 웃고 있었다. 기분이 아주 더러웠다. 엄마는 장례식장 안에 딸린 유족실에 들어가 모습을 드러내지 않았다.

"엄마, 건강 챙겨."

문 앞에 대고 마지막 말을 남겼다. 그렇게 장례식장을 나왔다. 복도에 붙은 거울 속 몰골이 더없이 창백했다. 새삼 예전의 엄마가 그리웠다. 엄마의 행복을 위해서 죽었어야 할 사람은 강영일이 아니라, 재희였다. 장례식장 유리문을 지나 입구 계단 끄트머리에 앉아 연달아 담배를 피웠다. 세 개비쯤 피웠을 때, 한 통의 문자가 왔다.

— 청승 그만 떨고 여기로 와.

핸드폰에 저장되지 않은 번호였다. 재희는 고개를 들어 미상의 문자를 보낸 사람을 찾으려고 고개를 두리번거렸다. 멀지 않은 곳에 택시 한 대가 서 있었는데 뒷좌석에 누군가 있었다. 모자를 푹 눌러썼지만 재희는 그녀가 채수리라는 것을 직감했다. 재희의 시선이 그곳에 머물자, 택시는 술래잡기를 시작하려는 듯 장례식장을 빠져나갔다. 언제부터 지켜봤던 거지? 재희는 곧장 자신의 SUV에 올라타 그녀가 남긴 주소로 향했다.

대학가 앞에 즐비한 빌라 중 하나였다. 재희는 혹시 모를 함정에 대비해 초소형 위장 카메라와 몰카 탐지기를 챙겼다. 여름 한낮인데도 빌라 내부는 빛이 들어오지 않아 몸서리치게 써늘했다. 3층으로 통하는 계단을 올라 304호 앞에 섰다. 벨이 없어서 조심스럽게 문을 두드렸다. 똑똑똑. 안쪽에서 여자 목소리가 또렷하게 들렸다.

"들어와."

문은 열려 있었다. 재희는 현관문에 서서 내부가 환히 보이는 원룸의 풍경을 살폈다. 현관 옆으로 싱크대 두 개가 달린 작은 주방이 있었고 미닫이문을 지나면 침실 겸 거실이 있었다. 하얀색으로 도배된 침실에서 타닥타닥 키보드 자판을 두드리는 소리가 들렸다. 바퀴 달린 의자를 끄는 소리가 들리더니 수리가 고개를 내밀어 까닥했다. 들어오라는 눈짓이었다. 재희는 신발을 벗고 들어가 냉장고 앞에 붙은 스티커 사진을 확인했다. 얼굴은 똑같지만, 수리와는 전혀 다른 분위기의 여자가 다양한 표정과 몸짓으로 찍은 사진들이 덕지덕지 붙어 있었다. 여긴 죽은 채기쁨의 집이었다.

"거기 앉아."

수리가 노트북 화면에 시선을 고정하고서 무심히 체크무늬 침대보 위에 앉으라고 했다. 재희는 한 손에 든 몰카 탐지기가 신경 쓰여 발밑에 두었다. 수리가 보면 왠지 비웃을 것 같았다.

"날 언제까지 미행할 거야?"

재희는 장례식에서 엄마에게 두들겨 맞는 장면을 수리가 봤는지 물어보고 싶은 것을 꾹 참고 돌려 말했다.

"너 맞을 때 속이 다 시원하더라."

수리가 독심술이라도 있는 것처럼 재희의 궁금증을 단번에 해결해줬다. 씨발……. 욕이 나오는 것을 가까스로 참고 별것 없는 방을 구경했다. 퀸 사이즈 침대 옆에 자잘한 뽑기 인형들이 놓여 있었다. 수리가 앉은 컴퓨터 책상에는 촬영용 장비들이 두서없이 자리를 차지하고 있었고, 그 옆으로 채기쁨이 생전 스튜디오에서 찍은 예쁜 컨셉 사진들이 A3 사이즈로 액자에 담겨 있었다. 창문에는 플라스틱 알전구들이 흉물스럽게 매달려 대롱거렸다. 죽은 지 꽤 시일이 지났는데도 집기들이 그대로 보관되어 있어서 그런지 금방이라도 문을 열고 채기쁨이 나타날 것 같았다.

"여기로 왜 불렀어?"

재희는 꼿꼿하게 앉은 수리의 옆모습을 보며, 그녀가 의예과라는 사실을 뒤늦게 깨달았다. 사람 시체를 쉽게 다룰 수 있을 것이며 급소 역시 잘 알 거라는 생각이 들었다.

"보이지? 문고리에 달린 버버리 스카프. 저기다 목을 매서 죽었어."

침대 맞은편에 난 작은 문이 보였다. 아마 화장실인 것 같았다. 거기에 리본으로 묶은 버버리 체크무늬 스카프가 달려 있었다. 마치 문고리를 꾸민 듯 맵시를 낸 리본이었다. 재희는 저걸 저렇게 해놓은 건 물으나 마나 수리일 것이라 생각했다.

"너희 언니, 지독하네."

수리에게 세 보이고 싶어서 재희는 심드렁한 표정을 지으며 말했다.

"여기서 이렇게 작업을 하다 보면, 언니가 등 뒤에서 지켜보는 기분이 들어. 범인을 빨리 잡아달라고 재촉하는 것 같아."

수리는 무슨 속셈인지 재희에게 언니의 일을 털어놓기 시작했다.

"언니가 집을 나간 후 네 번, 그래 네 번이었어. 자살 시도를 한 게. 한 번, 두 번은 부모님도 놀라서 병원을 쫓아갔지만, 그게 세 번째가 되니까 자연스럽게 보호자는 내가 되었어. 언니는 이상이 매우 높은 사람이었어. 그저 그런 인생을 살게 될 거란 것을 받아들일 수 없는 부류. 언젠가 세상에서 주인공이 될 거라고 믿는 사람은 필연적으로 불행할 수밖에 없어. 언니는 그런 사람이었어. 내가 언니의 보호자를 자처한 후, 가장 먼저 한 일은 언니가 운영하는 채널의 멤버십 회원이 되는 거였어. 일정액을 내고 언니의 상태를 모니터링하려고 노력했어. 그런데 회원들은 내가 생각했던 것과는 전혀 달랐어. 언니가 스스로 올가미를 맸다고도 할 수 있지. 똘똘 뭉친 회원들은 몇 푼의 돈으로 언니를 조종하려 들었어. 회원들에게 따로 제공한 영상이 마음에 들지 않는다고 항의가 들어오면 언니는 사과 영상을 올리기도 했고 그들이 원하는 대로 옷을 벗기도 했어. 다섯 번째 자살 시도를 하던 날은 너도 잘 알겠지. 사악니를 만난 날이었으니까……."

그날 일을 얘기하려는구나. 재희는 자세를 고쳐 앉고, 그녀에게 몸을 기울였다.

"왜 하필 사악니의 얼굴을 까발리겠다는 미션이 생겼는지는 나도 잘 모르겠어. 아마 그즈음 네가 가공한 연예인 불륜설로 뉴스에 이름을 올리던 때여서 그랬던 것 같아. 일이 벌어졌어. M모텔에서는 내가 말하지 않아도 너도 잘 알겠지. 미션은 실패로 끝났고, 언니는 욕받이가 되었지. 정말 처참할 정도로. 사악니를 처단하라던 회원들은 금방 태도를 바꾸고 사악니의 편을 들었어. 회원 중에 분위기를 들었다 놨다 하는 사람이 있었어. 회원들은 그놈을 필두로 언니에게 지나친 요구를 했어."

"무슨?"

재희는 내내 무표정하던 수리의 표정에서 오래된 슬픔과

분노를 읽었다.

"죽으라고."

"아……."

"그날 언니는 사과 영상을 찍어서 급하게 올렸고, 저녁 무렵부터는 연락이 되지 않았어. 언니는 멤버십 회원 전용 단톡방을 나왔어. 그 전까지 그런 일은 한 번도 없었어. 아침, 점심, 저녁마다 본인이 뭘 먹었고 뭘 했는지 쉴 새 없이 사진을 올리고 소통을 하던 사람이었으니까. 보통은 그렇게까지 팬관리를 하진 않아. 언니는 그걸 즐거워하는 사람이었어. 몇몇 회원들이 동요하기 시작했어. 언니가 나쁜 행동을 할 거 같고. 내가 학교를 마치고 이 집에 왔을 땐 이미 상황이 끝나 있었어."

그래서 그게 어떻게 타살로 단정 지을 수 있는 근거인지 재희는 묻고 싶었지만, 입을 다물었다. 문고리에 걸린 스카프를 보자 채기쁨이 곁에 앉아 우리의 이야기를 듣고 있는 듯한 착각이 들었다.

수리는 노트북으로 하던 작업을 멈추고 마우스를 눌러 페이지를 접었다. 그러자 바탕화면이 드러났다.

아!

그렇게 끔찍한 바탕화면은 처음 보았다. 재희는 자기도 모르게 고개를 돌렸다.

"언니의 마지막 모습이야. 경찰에서 보여준 걸 몰래 찍었어."

수리가 담담히 말했다.

재희는 다시 볼 용기가 나지 않아 바탕화면 대신 그녀를 똑바로 바라봤다. 아직 짙게 깔리지 않은 오후의 그늘 아래, 그녀는 채기쁨이 환생한 듯이 똑같은 얼굴이었다. 크고 신비로운 눈동자에 스며든 한기. 그 속에서 침착하게 가라앉은 비통이 느껴졌다. 재희는 그 순간 수리라는 여자에게 호기심과 함께 무섬증이 일었다. 그녀의 바위 같은 본질, 자신과 똑같이 생긴 핏줄의 죽음을 잊지 않고자 하는 의지, 한 번도 본 적 없는 복수심. 재희는 망치로 머리를 세게 얻어맞은 듯 얼얼했다. 인간 같지 않은 그녀를 보느니 바탕화면을 보는 편이 나았다.

"그거, 어…… 어떻게 된 거야?"

재희의 물음이 무거운 공기를 가르지 못하고 공허하게 퍼졌다. 재희는 채기쁨에게 욕설을 날리던 순간을 처음으로 후회했다. 어차피 드러날 신상쯤 그녀에 의해 까발려졌다면, 그녀의 삶은 더 유예될 수 있었을 테니.

"저 칼자국 대부분이 주저흔이었어. 자해라는 거지. 하지만 자해는 보통 손목 안쪽, 팔, 가슴이나 목에 해. 얼굴을…… 자해하는 사람은 거의 없어."

"그런데 왜 얼굴에만 저렇게 상처가 있어?"

"누군가 지시한 거야. 지시하고 지켜본 거야."

수리의 대답은 간단했다. 바탕화면 속 채기쁨의 얼굴은 칼자국으로 원래의 형태를 알아보기 힘들 정도였다. 그동안 재희가 집착해온 글래스고 스마일은 없었다. 그냥 전체가 다 칼자국으로 낭자했다. 입도, 코도, 눈도 전부 상흔으로 벌어져 있었다. 그 상태로 목을 맨 채 문고리에 걸려 있었다.

재희는 최대한 침착함을 유지하려 애썼다. 당장이라도 이곳을 벗어나고 싶었지만, 이틀 새 변해버린 엄마의 백발이 떠올랐다. 같은 놈이다. 살해를 재미 삼아 하는 놈. 재희도 그놈을 향한 적개심이 서서히 불타올랐다.

수리는 바탕화면을 보여주기 전까지 몰두하던 작업 페이지를 열었다. 영어로 된 페이지엔 빨간색 경고 문구가 가득했다. 짧은 섬네일이 재빠르게 움직였는데, 제대로 보고 싶지 않은 화면이었다.

"언니의 컴퓨터는 깨끗하게 포맷이 되어 있었어. 어떠한 정보도 남기지 않았어. 이상하지 않아? 열여덟 번이나 얼굴을 그은 사람이 그 정신에 컴퓨터를 포맷한다는 게? 경찰 조사 결과 컴퓨터는 누군가에 의해 해킹당해 복제된 상태였어. 익명의 해커가 언니의 컴퓨터에서 증거가 될 만한 걸 전부 삭제해둔 게 틀림없어. 언니의 핸드폰도 사라졌어. 언니는 두 개의 핸드폰을 갖고 있었는데, 발견된 건 하나뿐이야. 포렌식으로 되살려 뭔가를 찾긴 했는데 단서라고 할 만한 것도 아냐. 핸드폰에는 열두 개의 화상 채팅 앱이 깔려 있었어. 텔레그램처럼 종단간 암호화 방식으로 수신자가 아니면 절대 접근할 수 없는 것들이 대다수였어."

"화상으로 지시를 받았고, 불체자, 아니 너희 언니가 실행에 옮겼다는 거야?"

"그래. 접속한 아이피를 역추적했어. 한둘이 아니었고, 알 수 없었어. 실패했어. 그사이에 최두환이 동영상을 하나 올려서 이슈화했지. 그걸 보고 확신했어. 그가 뭘 알고 있다는 걸. 괜히 네가 끼어들지만 않았어도……."

수리의 말투에 원망이 섞여 있었다. 재희는 원망을 무시하며 물었다.

"그럼, 그때 네가 팬트리에서 고양이 행세를 한 거야?"

"뭐라는 거야?"

시치미를 떼는 건지, 정말 아닌 건지 알 수 없었다. 수리가 이어 말했다.

"나는 최두환이 알고 있는 진실을 듣길 원했어. 그래서 제보를 한 거고. 내가 범인이었다면 벌써 경찰서에 잡혀갔겠지. 멍청한 놈이 그 영상을 겨우 너랑 싸우는 데 쓰더라."

수리의 말은 앞뒤가 맞았다. 두환이 업로드한 동영상에 삽입된 30초짜리 언니의 영상을 보고 두환이 비밀을 알고 있다고 확신해 접근한 것이었다. 기쁨의 전당이 아닌 myjoy로. 일단 팬트리 고양이가 수리가 아니라면, 범인은 기쁨의 전당일 확률이 컸다. 재희가 물었다.

"혹시 멤버십 회원방 이름이 기쁨의 전당이야?"

"맞아. 그리고 그들이 재미 삼아 우리 언니를 죽였어. 스너프 영상을 남겨뒀을 거야. 그래서 매일 세 시간씩 여기서 언니의 영상을 찾고 있어."

"나보다 네가 더 잘 아는 것 같아서 물어볼게. 그들이 왜 입을 찢었지?"

"난 그건 몰랐는데?"

새로운 단서를 발견해서인지 수리가 놀란 듯 말했다. 재희는 빨리 이곳을 벗어나기는 힘들 거라고 짐작했다.

"머리가 잘 안 돌아가기 시작했는데 밥 먼저 먹고 얘기하자. 배달 말고 나가서."

"우리가 같이 밥 먹을 사이는 아니지."

수리가 퉁명스럽게 대답하며 시선을 거뒀다. 의자에서 일어날 생각이 없어 보였다.

결국 재희는 홀로 인근에 있는 백반집에 가 밥을 먹었다. 맞은편에 등지고 앉아 혼자 밥을 먹는 여자의 뒷모습을 보니 수리가 떠올랐다. 독기로 무장했지만, 금방 허물어질 것같이 고독한 등이.

혼자서 불법 사이트를 뒤지고 있을 그녀가 가엾게 느껴졌다. 재희는 김치찌개를 포장해 채기쁨의 집 현관문 앞에 두고 왔다.

6. 단서

열흘 동안 가을비가 계속해서 내리더니 날씨가 돌연 서늘
해졌다. 창밖으로 안개가 잔뜩 낀 한강이 내려다보였다. 한강
뷰이긴 했지만, 재희는 아파트 대신 열 평 남짓한 오피스텔로
이사했다. 잘나가는 유튜버나 연예인들이 너도나도 한강뷰를
자랑하길래 질 수 없어 가진 꿈이었다. 유리창에 기대 우두커
니 한강을 내려다볼 때면 이것만큼 자살 충동이 일게 하는 풍
경이 없다는 생각이 들었다. 휴대폰 화면에 채기쁨의 예쁜 얼
굴이 떴다. 얼마 전에 바꾼 배경 화면이었다.

— ㅁㅂㅅ 회원 인증.

— 흔적 남는 거 싫으니 직거래 선호합니다.

오픈 채팅방 메시지가 떴다. 재희는 얼마 전부터 디시인사

이드를 비롯한 대형 포털사이트 카페에 채기쁨의 찐팬이라 주장하며 영상을 구매하겠다는 글을 도배했다. 채기쁨이 살인의 시작이었을 거라는 수리의 가설을 믿어보기로 했다. 스너프 필름이 정말로 존재하는지는 재희에게 그리 중요하지 않았다. 재희는 그것보다 기쁨의 전당의 실체를 파고 싶었다. 지독하게 위협을 가한 놈들에게 복수심이 일었다. 죄 없는 강영일을 죽이고, 엄마의 행복을 앗아간 그들을 잡아야 했다.

― 저도 직거래 선호. 장소, 시간 제시하면 맞춰드림.

재희는 답장을 보내고, 오랜만에 정장을 꺼내 입었다. 어제 동작서에서 연락을 받았다. 본가 아파트 현관문에 빨간 스프레이를 칠한 놈들을 잡았다고 했다. 불과 2주밖에 되지 않은 일인데 까마득하게 느껴졌다. 그들이 기쁨의 전당과 관련이 있을까. 가벼운 기대를 안고 경찰서로 향했다.

강영일이 죽었을 때 취조했던 이경춘 형사가 마중 나와 있었다. 자주 봤다고 반갑게 알은체를 했다.

"사건 수사하면서 같은 놈들일까 싶어서 일대 블랙박스 다 뒤졌어요."

"놈들이 아니란 소리죠?"

재희는 다소 실망한 기색을 숨기지 못하고 물었다. 이 형사가 뒷목을 긁적이며 턱짓을 했다. 둥근 테이블에 세 사람이 앉아 있었다. 남자애 둘은 키는 큰 것 같지 않으나 다부진

근육이 붙은 체형이었다. 그중 야구 모자를 깊게 눌러쓴 남자 애의 손을 중년 여자가 꼭 붙잡고 있었다. 옆에 앉은 놈은 휴 대폰에 시선을 떨궈 얼굴이 제대로 보이지 않았다.

"애들이에요. 중학교 3학년. 휴대폰 보고 있는 놈은 할머니 랑 단둘이 살아서 혼자고요. 애들인데 좋게 봐주세요."

이경춘 형사가 그들의 대변자라도 되는 듯 재희를 설득했 다. 재희가 가까이 다가가자 중년 여자가 화들짝 놀라며 자 리에서 일어섰다. 나이키 모자를 쓴 놈의 보호자였다. 놈들은 미동도 하지 않았다.

"죄송해요, 선생님. 애들이 스트레스가 많아서 그런 짓을 저질렀어요. 반성문도 제출하고, 금전적 피해보상도 최대한 해드릴게요. 정말 죄송합니다."

중년 여자는 평소 성미가 급한 듯 말투가 빨랐다. 재희를 탐 색하는 두 눈이 전혀 미안한 기색이 아니었다. 콩 심은 데 콩 나지, 그럼. 재희는 중년 여자를 일별하고 소년들을 살폈다.

보호자 없이 온 소년이 먼저 죄송합니다, 하고 사과했다. 까 무잡잡한 피부에 여드름이 심했으며 창피함은 느끼는지 귀 까지 빨갰다. 중년 여자가 옆구리를 푹 찌르자 나이키 모자도 사과했다. 친구와 다르게 피부가 뽀얗고 입술이 도톰해 예쁘 장한 외모였다. 둘 다, 재희보다 10센티미터는 작아 보였다. 그리고 하얀 두피가 보일 만큼 짧은 반삭 머리였다. 자연히 수리가 말한 인상착의가 생각났다. 단발머리는 아닌데…….

"키가 어떻게 되지?"

"170이요."

"저는 172요."

두 놈이 쭈뼛거리며 대답했다. 그러고선 힐끔거리며 재희를 뜯어봤다.

"10월 10일 저녁 8시에서 12시 사이에 뭐 했어?"

재희의 질문에 두 소년은 이 형사를 쳐다봤다. 이 형사가 대신 대답했다.

"선생님이 생각하시는 부분은 알리바이 확인했습니다. 둘이 영어 학원 친구인데, 함께 학원을 다녀오는 길에 우발적으로 그랬다고 합니다. 저 나이 때 반항심도 생기고, 일탈도 하고 싶고 그러잖아요."

"그래서 그날 알리바이가 뭔데요? 보호자 동반하신 나이키 씨, 네가 직접 말해봐."

"지금 뭐 하시는 거예욧!"

중년 여자가 금방이라도 삿대질을 할 듯 얼굴을 들이밀었다. 재희는 그녀를 무시하고 나이키 모자를 노려봤다. 나이키가 두 눈을 내리뜨며 괜한 제 발끝을 노려봤다.

"지금 여기서 말 안 하면 고소합니다."

"이봐요! 쓰레기 같은 유튜버 주제에 지금 누가 누굴 의심해. 우리가 어떤 집안인 줄 알고. 고소해요. 고소해봐, 어디! 동네도 후졌더만."

중년 여자가 다시 한번 소리쳤고, 이 형사가 금방 재희를 밀칠 것처럼 달려드는 여자를 말렸다. 그사이에 나이키가 입을 열었다.

"10시에 학원 끝나고……."

"끝나고?"

"여자 친구네서 잤어요. 부모님 여행 가셔서."

"여자 친구한테 확인했습니까?"

재희가 이 형사에게 물었다. 이 형사가 물론입니다, 하고 대답했다.

"여자 친구 집 CCTV 다 확인했다 이 말이죠? 얘가 오고 가는 것까지요."

나이키가 떨떠름한 얼굴로 재희를 노려봤다. 이 형사도 영문을 모르겠다는 듯 재희에게 왜 그러냐고 물었다. 그날 뭔가 본 게 있어요? 재희는 대답 대신, 나이키를 오랫동안 노려봤다.

짝.

이경춘이 말리는 바람에 뒤로 물러나 있던 중년 여자가 재희의 귀싸대기를 때렸다. 소리가 어찌나 찰지게 나는지 한두 번 해본 솜씨가 아니었다.

"내 아들 유도 특기생이야. 전국체전에서 금메달 딴 선수야. 나중에 국가대표 될 애들이고. 당신 같은 인간쓰레기랑 같은 줄 알아!"

중년 여자의 목소리가 경찰서 내부에 쩌렁쩌렁 울렸다. 어쩐지 둘 다 운동한 놈들같이 다부지더라니.

"인간쓰레기라 고소 진행하겠습니다. 얼마나 대단한 집안인지 볼게요. 생기부 기록 남으면 진학에 매우 불리한 거 잘 알고 계시겠죠. 아, 그리고 여기 있는 분들 다 보셨죠? 이 아줌마 폭행 건도 같이 고소할게요."

재희의 말에 중년 여자가 씩씩거리며 리놀륨 바닥을 구두 굽으로 탁탁 찼다. 당장 남편에게 전화를 하겠다며 휴대폰을 들고 어딘가로 전화를 걸었다. 두 소년이 인상을 찡그리며 서로를 바라봤다. 조졌다는 듯이. 재희도 잘 아는 표정이었다.

"아, 어머니. 그냥 사과하고 끝내세요. 선생님도 애들 범인으로 의심한 거 사과하시고요."

이 형사의 설득은 누구에게도 먹히지 않았다. 재희는 휴대폰을 꺼내 보는 척하면서 두 녀석을 카메라로 찍었다. 수리에게 사진을 전송했다. '맞아?' 짧은 메시지와 함께.

▷▷▷

고소장을 접수하고 경찰서를 나왔다. 그사이, 오전에 만나기로 한 거래자에게 메시지가 도착해 있었다. 저녁 8시, 명동 스타벅스. 흔적이 남을까 봐 직거래를 선호한다는 놈이 생각보다 탁 트인 곳을 좋아했다. 수리에게서 답장이 왔다.

— 모르겠어. 훨씬 호리호리했던 것 같기도 하고.

재희는 나이키 모자 놈을 용의선상에 일단 올려두었다. 강영일은 키만 멀대같이 컸지, 힘이 세 보이는 사내는 아니었다. 유도부 중학생들에게 충분히 당할 만했다.

명동엔 스타벅스가 총 다섯 곳이었다. 재희는 재차 약속 장소를 물었다.

— 호텔 맞은편에 있는 거. 나이키 모자 쓰고 있음. 파란 티셔츠.

오늘 무슨 나이키 데이인가. 재희는 코웃음을 치면서 단발머리, 나이키 모자가 얼마나 단편적인 단서인지 깨달았다. 정말 범인이라면, 그사이 눈에 띄는 단발머리를 잘랐을 가능성이 컸다. 수리를 더 닦달해서 자세한 인상을 알아내야 했다.

재희는 2층으로 된 스타벅스에 들어서서 나이키 모자를 찾았다. 2층 구석 창가에 앉은 모자 쓴 남자가 한눈에 들어왔다. 재희는 의자 하나를 사이에 두고 앉았다.

"알렉스?"

거래자의 닉네임을 말하자, 남자가 짧게 눈인사를 건넸다. 가져온 돈 봉투를 책 밑에 숨겨 옆으로 스윽 밀었다. 곁눈으로 본 남자는 속눈썹이 진했고 콧날이 뾰족했다. 대충 봐도 잘생긴 얼굴이었다. 그가 하얀 손가락으로 재희가 건넨 책을 받고서 돈 봉투만 슬쩍 꺼낸 뒤 책 밑에 USB 파일을 넣어 도로 건넸다.

"유출 금지예요. 고인이잖아요. 사람 도리입니다."

일부러 잔뜩 내리깐 듯한 목소리엔 무게감이라곤 없었다. 돈 받고 채기쁨의 영상을 파는 놈이 할 소린 아니었지만, 군말하지 않았다. 재희가 USB 파일을 챙겨 가방에 넣으려고 하자 남자가 다시 책을 제 쪽으로 가져갔다.

"이건 진짜 희귀 영상인데요. 멤버십 회원들 중에서도 소수에게만 공개된 겁니다. 대신 가격이 좀 비싸요. 한 장이요."

알렉스의 목소리가 더 은밀해져 거의 들리지 않을 지경이었다. 드디어 올 것이 온 건가. 재희는 고개를 틀어 정면으로 알렉스를 바라보았다. 그러자 알렉스가 지나치게 당황한 얼굴로 경계했다. 재희는 주사위를 던졌다.

"스너프?"

질문에 놀란 알렉스가 순식간에 일어나 도망쳤다. 아……왜 또 달려. 재희는 계단을 두세 계단씩 뛰어 내려가는 알렉스를 쫓았다. 쟁반을 들고 올라오는 손님을 치고 가는 바람에 음료가 바닥에 다 쏟아졌다. 재희는 미끄덩거리는 바닥에 보기 좋게 슬라이딩했다.

"잡아!"

재희가 외쳤다. 입구 맞은편에서 줄담배를 피우던 수리가 가벼운 몸을 날려 알렉스의 등 뒤에 올라탔다. 그가 팔꿈치로 수리를 떼어내려고 안간힘을 썼다. 수리는 이를 드러내고 굶주린 흡혈귀처럼 알렉스의 목덜미를 물었다. 으, 야만인. 재희가 표정을 구겼다. 달아나지 못하고 비명을 지르던 알렉스에게 다가갔다.

"경찰서 갈래? 조용히 따라올래?"

선택권은 없었다. 그는 뇌세포가 죽은 좀비처럼 수리와 재희를 따라갔다.

▷▷▷

영상 속 채기쁨은 하나둘 옷을 벗어 던지고, 알몸이 되었다.

뒷좌석에서 알렉스의 팔짱을 끼고 단단히 붙든 재희는 조수석에 앉아 노트북을 보는 수리의 눈치를 살폈다. 수리가 스킵해가며 영상을 확인했다. 22분짜리 동영상은 채기쁨이 알몸으로 노래하고 성행위를 연상시키는 동작을 하는 내용이었다. 끝으로 갈수록 수위가 높아져 채기쁨의 교성이 노트북 밖으로 흘러나왔다. 과장된 신음 소리가 살려달라는 비명처럼 들렸다. 제발 이어폰이라도 끼고 봤으면! 다음번엔 항상 이어폰을 휴대하고 다녀야겠다고 재희는 다짐했다. 수리는 작위적인 신음을 흘리며 자위하는 언니의 영상을 끝내 다 확인하고 물었다.

"이게 다야?"

수리의 목소리가 건조하게 들렸다. 알렉스가 고개를 쳐들며 네, 하고 짧게 답했다. 아까 수리에게 물린 목덜미가 울긋불긋 멍들어 있었다. 그는 차에 타서 수리의 얼굴을 확인하자마자 귀신을 본 듯 악 짧게 소리를 질렀고 그 뒤로 아무 말도 하지 못하고 있었다.

수리가 자신의 정체에 대해 알렉스에게 설명하지 않아서 재희 또한 가만히 있었다. 사실 설명할 필요도 없었다.

"그런데 불체자 님 살아있었어요? 분명히 죽었다고 했는데. 불체자 님 아니죠?"

"영상은 어디서 구한 거지? 멤버십 회원이었나? 회원이었다면 닉네임은 뭐지?"

수리의 질문이 빠르게 이어졌다.

"아이씨 불체자야, 아니야? 당신들 정체가 뭐예요? 이거 놔요. 안 놓으면, 어?"

수리만큼이나 재희도 빠른 대답을 원했다. 알렉스가 더 헛소리를 늘어놓기 전에, 재희는 팔짱을 풀고 팔꿈치로 아까부터 거슬리는 그의 잘생긴 코를 찍어 눌렀다. 크헉. 알렉스가 억눌린 비명을 지르며 옆으로 쓰러졌다. 코뼈가 부러졌는지 순식간에 어마어마한 피가 쏟아졌다. 의자와 바닥에 쏟아진 코피를 본 재희는 자기도 모르게 화가 났다. 고개를 숙인 알렉스를 문 쪽으로 밀쳤고 옆구리와 얼굴에 닥치는 대로 주먹질을 했다. 그만, 그만해! 말리는 수리의 목소리도 들리지 않았다.

너 같은 놈들은 왜 하나같이 그 모양이야, 여자를 왜 물건으로 대해? 그 여자의 삶에 대해 생각을 해봤냐고. 제대로 정리되어 나오지 않는 생각들이, 어쩌면 거의 처음으로 깨달은 생각들이 혀 대신, 주먹으로 나왔다.

"죽어, 그러다가! 그만하라고."

수리가 뒷좌석으로 상체를 틀어 재희의 뺨을 때렸다. 오늘 뺨을 두 대나 맞다니!

씩씩거리는 재희의 성난 눈이 수리를 노려봤다. 그녀는 조금도 겁내지 않는 표정으로 재희에게 말했다.

"우리 언닌데, 왜 네가 지랄이야."

"씨바알! 좆같잖아. 영상도 좆같고, 이 새끼도 좆같고."

코를 움켜쥔 알렉스가 연신 죽는 소리를 냈다. 그는 문이 잠긴 걸 알면서 계속해서 차 문을 열려고 손잡이를 잡고 늘어졌다. 수리는 글로브 박스에서 휴대용 티슈를 꺼내 통째로 남자에게 던져줬다. 나이키 모자를 벗기고, 턱을 잡은 채 얼굴을 이리저리 뜯어보고 다시 물었다.

"닉네임?"

"없어요. 나는 멤버십 회원 아니에요. 친구의 친구한테 받은 영상이에요."

"좋아. 친구의 친구 누구? 이름?"

"말해도 모를 텐데."

매를 버는 놈이었다. 재희가 참지 못하고 또다시 주먹을 들어 올리자, 알렉스가 새된 비명을 지르듯 이름을 뱉었다. 박현창! 박현창이요! 이번엔 수리가 재희에게 고개를 끄덕였다. 잘했다는 듯이. 재희는 왠지 영화에 나오는, 회장님 옆에서 몸을 쓰는 기술자가 된 기분이 들었다. 나쁘지 않은 기분이었다.

"자세히 말해. 어디서 뭐 하는 놈인지, 연락처 다 적고 가."

수리 회장님의 지시에 알렉스가 코맹맹이 목소리로 답했다.

"전번은 나도 몰라요. 그렇게 질 좋은 놈은 아니라서 두 번 정도 술자리에서 본 게 다예요. 깡패처럼 온몸에 문신해서 싸움 잘하는 놈들끼리 몰려다니는데 친해져서 좋을 거 없잖아요. 최근에 유튜버 한다고 해서 구독을 누르긴 했어요."

재희는 휴대폰을 꺼내 유튜브를 키고서 알렉스에게 들이밀었다. 이름을 쳐보라고 했다. 닉네임 '케타민 왕자'. 닉네임도 좆같군. 영상은 네 개뿐이었고, 구독자는 31명뿐이었다. 섬네일도 신경 써서 만든 게 아닌, 그냥 휴대폰에 있던 영상을 캡처해 올린 것에 불과했다.

수리가 재희의 휴대폰을 낚아챘다. 네 개의 영상 중 하나를 틀었다. 케타민 왕자라는 놈이 심야에 취객에게 시비를 거는 영상이었다. 길가에서 뻗어 자는 양복남의 옆에 붙어 가볍게 뺨을 치고 바지를 벗기는 등 성희롱을 했다. 화면 밖에서 낄낄대는 남자들의 목소리가 들렸다. 야, 이제 꺼봐, 잘 찍혔나 보게, 하며 영상 속 주인공이 카메라를 정면으로 바라봤다. 좁은 이마, 연한 눈썹, 이목구비는 전체적으로 살에 파묻혀서 그런지 둥글둥글했다. 반팔 티셔츠 소매 아래로 일본 게이샤의 얼굴 문신이 크게 새겨져 있었다.

"걔가 불체자 애인이라고는 들었는데, 친구도 저도 별로 믿진 않았어요. 자기 애인의 나체 영상을 돌려보지는 않잖아요. 물론, 그런 사람들도 있겠지만……. 원래 허세가 심한 놈이라 믿을 게 못 됐어요. 저는…… 영상도 불체자 죽고 나서는 안 봤어요. 용돈벌이나 하려고 했지. 잘못했어요."

뒤늦게 수리가 불체자의 핏줄이라는 것을 눈치를 챈 알렉스가 변명했다.

"그 새끼 불러낼 수 있어?"

수리가 차가운 얼굴로 물었다.

"아냐, 불러내. 잘생긴 코 완전히 으깨버리기 전에."

수리가 또다시 재희를 쳐다봤고, 회장님 옆 기술자답게 집

게손가락을 들어 알렉스의 두 눈을 찌를 듯 으스댔다. 그가 눈을 찔끔 감으며 미친 듯이 고개를 끄덕였다.

"그런 다음에 저 풀어줄 거죠?"

떨리는 목소리에 조금 안쓰러운 기분이 들어 재희는 그러겠다고 약속했다.

알렉스는 친구에게 전화를 걸었다. 케타민 왕자의 연락처는 쉽게 얻었다. 문제는 케타민 왕자가 알렉스의 연락을 받지 않는 것이었다. 영화 보나? 아니면 자나 봐요, 초조해진 알렉스가 계속 전화를 걸며 눈치를 살폈다. 초조한 건 재희도 마찬가지였다. 알렉스의 부러진 코에서 피가 멈추지 않고 흘러내려 이러다가 과다 출혈로 죽는 게 아닌가 싶을 정도였다.

보다 못한 수리가 케타민 왕자의 전화번호를 저장했다. 어디론가 전화를 걸더니 네 사진을 써도 되냐고 물었다. 허락을 맡은 듯 수리는 프로필 사진을 친구의 사진으로 바꿨다. 수리만큼은 아니지만, 충분히 예쁜 여자였다. 직접 연락하지 마. 재희가 경고했다. 들어먹을 애가 아니었다.

— 오빠 어디예요? 보고 싶은데.

수리가 카톡을 보내고 30초도 안 되어 핸드폰 액정을 자랑스레 보여줬다. 성공했다, 하고 빙그레 웃는 수리의 미소에 재희는 이상하게 가슴이 두근거렸다.

"저 하늘이요. 에이 저번에 포차에서 만났잖아요. 이상하다, 내가 헷갈릴 리가 없는데. 오빠 어깨랑 팔에 여자 얼굴 문신한 오빠 아니야? 그때 오빠 안 취했다더니 완전 취했었네. 하하하. 센 척하고 있어. 응응. 하늘이. 오빠 어딘데? 아, 거기로 갈게. 아냐. 한 20분이면 도착해. 대신에 기억 못 한 죄로 꿀밤 한 대 맞아야 해. 어~ 끊어요."

수리가 전화를 끊고 내비게이션을 켰다.

"오늘 다 죽는 거야."

중얼거리는 수리의 혼잣말에 알렉스가 움찔했다. 물론 재희도 움찔했다. 방금 전의 두근거림은 심장이 실수한 게 분명했다. 저런 미인계를 아무렇지 않게 쓰다니!

"그래서 우리 어디로 가는 거야?"

재희는 한 덩치 하는 영상 속 케타민 왕자의 모습을 떠올리며 물었다.

"지옥으로."

그게 수리의 대답이었다.

7. 행당 휴게소

〰〰〰

"그래서 범인이 케타민 왕자예요?"

나는 사악니의 이야기에 완전히 빠져들어 물었다. 잡설도 길었지만, 재미도 있었다. 갑작스런 장거리 운전에 어딜 가는 거냐고 물어볼 줄 알았던 이립은 차가 서해안고속도로에 들어설 때까지도 별말을 하지 않았다. 오늘따라 얌전했다.

케타민 왕자가 사건의 범인인가, 그래서 지금 그 사람을 만나러 천은사로 가는 거냐고 물어보고 싶었다. 입을 찢은 것도 모자라 지금까지 사람을 괴롭힌다니. 진짜 나쁜 놈이었다. 하지만, 깡패를 우리끼리 상대하면 100퍼센트 질 게 뻔한데.

이립은 그사이에 유튜브에서 찾아낸 케타민 왕자의 채널을 내게 보여줬다. 영상은 한 개뿐이었다. 유행하는 아이돌 그룹의 댄스 챌린지를 하는 영상이었다. 전형적인 돼지 상이라 재생 5초 만에 일시정지 버튼을 눌렀다.

"수리는 유튜브 안 해요? 지금은 어떻게 살고 있어요?"

잠자코 있던 이립이 물었다. 사악니는 짧게 고개를 저었다. 나는 아까부터 화장실을 가고 싶어, 행당 휴게소에서 잠깐 쉬어 가겠다고 말하고 차선을 변경했다.

"안 돼! 시간이 없어."

사악니가 곧바로 거절했지만, 운전자는 나였다. 나는 막무가내로 행당 휴게소 주차장에 아무렇게나 차를 내팽개치고 남자 화장실로 뛰어갔다. 이립도 따라가려고 하길래 눈을 부라렸다. 무슨 짓을 할지 모르는 놈이야. 내 뜻을 금방 알아차린 이립이 알겠다는 눈짓을 보낸 뒤 의자에 깊숙이 몸을 기댔다.

볼일을 마치고 나오며 시계를 보았다. 사악니를 만난 지 벌써 다섯 시간이 지났다. 오늘 이거 어떻게 되는 거지? 한 치 앞을 알 수가 없는 게 꼭 내 미래의 축소판 같았다.

그새를 못 참고 이립이 카톡으로 김밥과 소떡소떡을 사 오라고 시켰다. 나는 김밥과 소떡소떡, 그리고 커피 세 잔을 샀다. 원래 사악니를 만난 뒤 유미와 선약이 있었다. 3년 차 커플인 우리는 서로를 열심히 미워하고 사랑하는 중이었는데 핸드폰에 가득 쌓인 메시지를 보니 지금은 미움받는 중이었다. 여자 생겼냐는 유미의 말에 나는 주차장에 세운 마티즈 사진을 찍어 보냈다. 그사이 이립은 화장실을 갔는지 보이지 않았다. 하여간 제멋대로인 건 알아줘야 한다. 뒷좌석에 앉은 사악니는 나를 쳐다보고 있었다. 방금까지 함께 있었는데도 그의 입을 보자 나는 또 흠칫 놀랐다. 차에 타 그에게 사 온 것을 나눠줬다.

"입은 성형 수술 안 된대요?"

소떡소떡을 오물거리며 사악니가 대답했다.

"모든 게 끝나고 난 뒤 해보려고."

"될 거예요. 요새 기술이 좋잖아요. 하는 김에 전보다 더 잘생기게 고치면 좋죠."

"고마워."

기대하지 않은 고맙다는 인사에 나는 어색하게 얼버무렸다. 대화는 거기서 마무리됐다. 사악니는 배가 고팠던지 김밥과 과자를 순식간에 해치웠다. 나는 커피를 홀짝이며 룸미러로 흘끔흘끔 사악니를 살폈다. 그의 지난 얘기를 듣다 보니 자연스럽게 연민과 동정이 일었다. 생판 처음 본 사람에게 비밀 얘기를 막 털어놓는 그의 처지도 궁금했다.

"엄마랑은 아직도…… 안 만나세요?"

사악니는 대답하지 않았다. 창밖을 보는 처진 눈매가 슬퍼 보였다면 내 착각일까.

"네 친구가 안 오는 걸 보니 심한 변비이거나 튄 거 같단 말이지."

사악니의 말에 나는 잊어버렸던 이립을 떠올렸다. 벌써 30분이 넘었다. 전화를 걸자 이립은 금방 받았다. 작은 목소리가 웅얼거렸다.

"야. 왜 전화해. 내 카톡 못 봤어? 차 버려. 그냥 나와. 우리 빠져야 돼."

"무슨 소리야?"

"미친 새끼야. 전화 끊고 카톡이나 봐."

이립은 일방적으로 전화를 끊었다. 뒷좌석에서 사악니가 그럴 줄 알았다는 듯 말했다.

"튀었구나. 오랜만에 봐서 반가웠는데."

"잠시만요. 카톡 좀 확인하고요. 예? 뭐라고요? 이립이 아세요?"

나는 사악니가 지금 나를 갖고 장난을 치나 싶어 그의 얼굴을 살폈다. 특유의 비열한 미소가 싹 사라지고, 뭔가를 말하고 싶은 표정이 떠올랐다. 두 사람, 내가 없는 사이 뭔가가 있었던 건가. 이립에게 온 카톡을 확인했다.

— 우리 이러다 죽을 수도 있어. 도망가자.

"뭐래?"

사악니의 걸쭉한 목소리가 뒤쪽에서 날아왔고, 이마에서 송골송골 식은땀이 흘렀다. 나는 이 순간 누구를 따라야 할지 알 수가 없어졌다. 비밀스러운 구석이 있긴 했지만, 같은 대학을 다니며 2년 동안 친구였던 고이립이냐, 오늘 만난 사악니냐. 세 치 혀로 각종 유언비어를 퍼트려 돈을 벌어먹는 사이버렉카를 도와주러 가는 게 현명한 처사는 아니었다. 정말 위험에 처했다면, 경찰에 신고하는 게 더 나았다. 하지만 나는 이미 그의 많은 것을 알아버렸다. 더 이상 내게 사악니는 사악니가 아니라, 김재희였다. 나약하고 삐뚤어졌으며 외로움을 그림자처럼 달고 다니는 재희를 보았다.

— 너 그럼 버스 타고 가. 나는 컨설팅 비용 공짜로 해주기로 해서 가야 돼.

나는 고민 끝에 이립에게 짧게 답장했다.

— 에이 ㅅㅂ. 갈게.

"제가 지금 좀 헷갈리거든요. 이립이랑 어떻게 아세요? 둘이 무슨 사이예요?"

멀리서 헐레벌떡 뛰어오는 이립의 모습이 보였다. 사악니가 입을 뗐다.

"빚쟁이."

8. 함정
~~~~~~~

케타민 왕자의 쫙 달라붙는 민소매 티 밑으로 더부룩한 뱃
살이 도드라져 보였다. 트레이닝복 바지에는 프린팅된 루이비
통의 시그니처 무늬가 박혀 있었는데 아무래도 짭 같았다. 차
안에서 재희는 몸을 숙이고 수리와 케타민 왕자의 접촉을 지
켜봤다. 나이트클럽 앞에 도착하고 나서 수리는 즉시 알렉스를
길가에 버렸다. 알렉스의 휴대폰을 챙겨 경찰에 신고하면 케타
민 왕자를 팔아넘긴 게 너라는 걸 알리겠다고 협박까지 했다.
어쩜 저렇게 영악하지. 수리의 주도면밀함에 재희는 감탄했다.
카톡 프로필 사진과 전혀 다른 것은 물론, 죽은 채기쁨과
그토록 닮았는데도, 이미 취기가 올라 케타민 왕자는 눈앞의
수리를 별 의심 없이 반기는 눈치였다. 어떻게 자연스럽게 스

킨십을 시도할까 흑심만 가득해 보였다. 케타민 왕자가 수리의 호리호리한 허리와 엉덩이를 스윽 만지며 상가 안으로 들어갔다.

저게 겁도 없이!

5층 샴푸나이트클럽의 외관을 올려다보며 재희는 차에서 내렸다. 저런 양아치 놈들은 여자 남자 봐주지 않고 팬단 말이야. 재희는 곧장 그들이 들어간 곳으로 향했다. 대시보드에서 언젠가 넣어둔 과도를 찾았지만 보이지 않았다. 좀 쫀 건 사실이었다. 망할 계집애, 씨발 씨발 중얼거리며 엘리베이터에 올라탔다.

인간들로 가득 찼을 거라는 막연한 예상은 틀렸다. 장사가 안되는 곳인지 손님보다 웨이터들이 더 많이 보였다. 철이 한참 지난, 재희에게는 향수를 불러일으키는 유년기의 유행가들이 시끄럽게 울렸다. 링 마이 벨~ 링 마이 벨~ 나얼의 소울풀한 목소리가 스피커를 통해 들렸고, 무대 중앙에는 네댓 명의 남녀가 뒤섞여 춤을 췄다. 그리 신나 보이지는 않는 풍경이었다.

'이병헌'이라는 명찰을 단, 이병헌보다 훨씬 늙어 보이는 웨이터가 재희 옆에 딱 달라붙어 혼자 왔어요? 멋진 누나들 어때요? 하고 치근덕거렸다. 재희는 여자 친구 찾으러 왔으니 신경 끄라고 대답했다. 곁에서 보는 것보다 규모가 꽤 큰 곳이었다. 재희는 중앙 무대를 지나 반 계단을 더 올라가 아치형으로 된 소파석으로 고개를 돌렸다. 아마 비싼 양주를 시켜 먹는 VIP들의 상석 같았다.

수리는 단번에 눈에 들어왔다. 소파석 정가운데에 수리가 앉아 있었고, 그 옆에서 케타민 왕자가 몸을 배배 꼬면서 그녀의 목덜미에 금붕어처럼 뭐라고 빠끔거리고 있었다. 저 개새끼. 죽여버려! 재희는 알 수 없는 분노에 화르륵 휩싸여 당장 달려갔다. 스톱! 수리가 왼쪽 손을 들어 제지했다. 그 순간 핸드폰 진동이 울렸다.

— 여자 화장실로. 그때 덮쳐.

오케이. 재희는 알겠다는 신호를 보내고 방향을 틀어 소파를 지나쳤다. 케타민 왕자가 수리를 거의 소파에 깔아뭉갤 듯 덮치는 와중이었다.

여자 화장실? 좆까! 재희는 다시 방향을 틀었다. 테이블에 놓인 발렌타인 양주를 들어 그대로 케타민 왕자의 뒤통수를 후려쳤다. 동시에, 아이씨 병신아! 하는 수리의 상소리가 들렸다. 케타민 왕자의 친구들인지 순식간에 열 명쯤 되는 사내들이 몰렸다. 재희는 쓰러진 케타민 왕자를 발로 치우고, 눌려 있던 수리를 끄집어냈다. 곧바로 침 세례를 받았다. 초록색 사이키델릭한 조명에 비친 그녀의 표정은 엄청나게 화나 있었다. 심장이 철렁 내려앉을 만큼 예쁜 건 말할 필요도 없었다.

"비위도 좋네. 적당히 해. 너 미쳤어?"

재희는 마치 수리의 애인이라도 된 듯 선을 넘으며 따졌다.

"뭐야? 너 이 개새끼."

정신을 차린 케타민 왕자가 재희를 향해 소리를 질렀다. 재희는 수리의 팔을 잡고, 등 뒤로 가렸다. 이레즈미 문신을 한 양아치 패거리들이 재희와 수리를 둥글게 감쌌다. 쥐고 있던 깨진 양주병을 그들에게 들이댔지만 그다지 효과적이진 않았다. 다구리에는 장사 없다. 망했다. 재희는 무리 중 최약체로 보이는 놈을 빠르게 스캔했다. 그때, 등 뒤에서 수리가 속삭인 말이 정확히 들렸다.

"버린다."

"뭐?"

상황을 파악하기 전에 수리가 먼저 행동했다. 재희의 손을 강하게 뿌리치고 비명을 질렀다.

"왜 자꾸 따라와. 진짜 무서워 죽겠어. 저 새끼 스토커야! 오빠 괜찮아?"

수리는 여전히 소파에 기대앉은 케타민 왕자에게 쪼르르 달려가 금방 울음을 터트릴 듯 울먹였다. 케타민 왕자는 수리의 손길에 금방 위엄을 되찾았다. 자세를 고쳐 앉고 친구들에게 지시했다.

"저 새끼 조져!"

저 메두사 같은 년. 내가 미쳤지, 저년을 믿는 게 아니었는데! 재희는 온갖 욕설을 속으로 했다. 코요테의 노래가 흐르고, 양아치들이 재희를 밟기 시작했다. 처음에는 재희도 다가오는 상대에게 불주먹을 기습적으로 날렸지만 역시 다구리에는 장사가 없었다. 누군가가 던진 의자에 등이 맞아 그대로 바닥에 고꾸라졌고 윽, 악, 헉, 3단 비명을 지르며 구원을 요청했다. 웨이터 이병헌을 비롯한 웨이터들이 입구를 아예 막아 다른 손님의 출입을 원천 차단했다. 그러는 사이 수리는 뭐 했냐고? 케타민 왕자의 납작한 뒤통수에 호호 입김을 불어가며 유유히 현장을 빠져나갔다.

▷▷▷

그로부터 여섯 시간 뒤, 망할 년의 전화를 받았다. 재희가 병원 응급실에서 엑스레이를 찍고 2번 갈비뼈에 금이 갔다는 소식을 들은 후였다.

"주소 찍어 보낼 테니까 여기로 와. 지금."

"나 병원이라…… 못 가. 갈비뼈가 나갔대."

"너 그렇게 약하면 곤란해."

"네가 사람이야?"

그래도 눈곱만큼의 걱정은 해줄 줄 알았다. 재희는 한껏 서운해져 전화를 끊고 싶었다. 누구 때문에 이렇게 됐는데. 수리의 한숨이 전화기 너머로 들렸다.

"알았어. 그럼 나 혼자 처리할게."

"됐어. 간다. 몸조심하고 있어. 어디 다친 데는 없지?"

재희는 케타민 왕자랑 잤냐고 물어보고 싶었지만, 그 말을 삼키고 돌려 물었다.

"키스도 안 했어. 새꺄."

존나 강한 년. 웃차. 재희는 복대를 차고 침대에서 몸을 일으켰다. 수리가 보고 싶었다. 걔가 너무 걱정됐다. 빨리 가자.

▷▷▷

예전에 재희가 살던 아파트와 비슷한 분위기를 풍기는 가정집이었다. 문을 열어준 건 그 집 주인, 그러니까 케타민 왕자, 박현창의 엄마였다. 목이 다 늘어진 헐렁한 티셔츠를 입은 두 중년 부부는 소파에 앉아서 텔레비전을 보고 있었다. 케타민 왕자의 엄마는 재희를 위아래로 훑어보더니 사고 칠 거 아니지? 하고 초면에 반말로 물었다. 아마 재희의 얼굴이 상처로 가득해서 의심이 가는 모양이었다. 뒤에서 수리가 문을 열고 나왔다. 남의 집인데 하는 행동이 아주 태연했다.

"엄마. 저거 현창이한테 맞은 거예요. 둘이 화해시키려고 하니까 방에 들어오지 마세요."

누가 들으면 채수리 네 엄만 줄 알겠다. 케타민 왕자의 엄마는 현창이한테 맞았다는 말에 화들짝 놀라면서 남편을 바라봤다. 그때까지 핸드폰 게임을 하던 중년 남자가 재희를 올려다봤다.

"되도록 현창이랑 놀지 마요. 내 새끼지만, 품질이 영 썩어 빠졌어."

"아유, 그게 무슨 소리야? 현창이 착해."

케타민 왕자의 엄마가 싸고돌았다. 재희는 수리를 따라 그들을 일별하고 방으로 들어갔다. 문을 닫자마자, 방 밖의 텔레비전 볼륨이 최대로 커졌다. 아예 싸울 걸 예상한 눈치였다.

넓은 방 안 정가운데, 박현창이 컴퓨터 의자에 묶여 앉아 있었다. 수리가 커튼을 뜯어 그를 둘둘 말아 묶어버렸다. 매듭을 많이 지어본 듯 솜씨가 좋았다. 그의 입은 청테이프로 봉해졌고, 수리는 한 손에 커터칼을 들고 있었다. 바지와 팬티가 한꺼번에 내려져 그의 발목에 걸쳐 있었다. 덕분에 보기 싫은 놈의 거뭇한 사타구니가 형광등 아래 자비 없이 드러났다. 나이트클럽에서 봤던 케타민 왕자가 자기 방에 이 꼴로 갇혀 있는 걸 보니 별안간 불쌍하기까지 했다. 미인계에 속아 넘어간 어리석은 자여.

"좀 심하다."

재희가 그렇게 말했고, 곧바로 수리가 '지랄 똥 싸네' 하며 비아냥거렸다.

"이 새끼 멤버십 회원이었어. 닉네임 케타민 왕자. 이제 내할 일을 좀 해야겠는데……. 감시 잘해. 갈비뼈 나갔어도 그정도는 문제없겠지?"

수리는 커터칼을 재희에게 넘겼다. 눈알만 굴리며 눈치를 보던 케타민 왕자가 의자에서 몸부림을 쳤다. 읍읍. 청테이프 밑으로 놈의 침이 줄줄 흘렀다. 수리가 또 다른 커터칼을 들고 케타민 왕자에게 다가가 사타구니 쪽에 들이댔다. 커터칼에 안쪽 허벅지를 찔렀는지 피가 주룩 새어 나왔다. 수리는 멈추지 않고 제일 연한 부위에 별 모양으로 칼을 그었다. 재희는 자기도 모르게 고개를 돌렸다. 케타민 왕자는 몸을 부르르 떨더니 장판에 오줌을 지렸다. 오줌이 튀었는지 수리가 케타민 왕자의 정강이를 발로 뻥 차며 욕을 했다.

이제 됐어, 그만해. 재희는 기가 질려 수리가 시키는 대로 커터칼을 들고 침대에 앉아 케타민 왕자를 지켜봤다. 그사이, 수리는 구석에 있던 스툴을 가져와 놈의 컴퓨터 전원을 누르고 정보를 찾았다. 방 안에는 마우스 버튼을 누르는 소리와 가끔 타닥 치는 키보드 소리, 케타민 왕자의 흐느낌, 문밖 텔레비전 소리만 왕왕 울렸다.

벽면에 붙은 섬뜩한 포스터들이 뒤늦게 재희의 눈에 들어왔다. 피를 뒤집어쓴 여자의 이미지와 좀비 그림, 절단된 팔과 다리의 단면들, 분명 아트 포스터라 불릴 것이지만, 정신건강에는 좋지 않은 것들이었다. 케타민 왕자가 정말 채기쁨의 스너프 영상 제작에 가담했을까. 꼬라지를 보면 충분히 가능성이 있었다.

"멍하니 있지 말고, 그 새끼 핸드폰 뒤져봐. 카톡방도 다 찾아."

왜 자꾸 나한테 명령하지? 재희는 따지는 대신 수리의 뒤통수를 한번 노려보고, 바닥에 떨어진 핸드폰을 주워 들었다. 케타민 왕자의 묶인 손에 대고 지문을 인식해 핸드폰을 열었다. 배경 화면이 여자애와 뽀뽀하는 커플 셀카였다. 꼴에 여자 친구도 있어? 재희는 비웃듯 케타민 왕자를 쳐다봤고, 그가 기회를 놓치지 않고 열심히 눈짓을 했다. 입을 삐죽이 내미는 게 청테이프를 제거해달라는 눈치였다. 재희는 수리의 눈치를 살피며 잠시 고민했다.

"할 말 있어?"

그러자 케타민 왕자가 미친 듯이 고개를 끄덕거렸다.

"만약에 소리 지르거나 난리 치면 너희 부모님부터 담글 거야."

놈이 알겠다는 듯 고개를 끄덕였다. 수리가 고개를 돌려 이쪽을 주시했다. 재희가 조심스레 청테이프를 뗐다.

"지금 뭔가 잘못 생각하고 있어요. 회원들이 불체자 괴롭혔다고 생각하죠? 아니요. 불체자 혼자서 옷 벗고 춤추고 야동 찍었지, 아무도 하라고 보챈 적 없어요. 오히려 불체자 애인은 화를 냈어요. 그때마다 하지 말라고."

"불체자 애인이 누구야?"

수리가 물었다.

"아이디가 '레드썬90'이었어요. 끔찍한 불체자 오타쿠예요. 회원 중에서 제일 가까웠죠. 매너도 좋고 비싼 명품 선물도 잘해줘서 아마 사적으로도 몇 번 만났을 거예요."

"그걸 어떻게 알지? 사적으로 만났는지?"

"불체자 텔레그램 채널방이 있어요. 불체자는 없는……. 거기서 레드썬90이 사진도 올리고, 그랬어요. 물론 나체 사진이긴 했지만, 이제부터 내 여자라며 눈독 들이면 다 죽이겠다고 했어요."

그의 대답에 수리와 나는 눈을 마주쳤다. 수리는 채널방의 존재를 모르는 듯했다. 재희는 곧장 케타민 왕자의 텔레그램을 뒤졌다.

"찾아도 없어요. 불체자 죽은 뒤에 폭파됐으니까……. 이제 저 이불이라도 덮어주면 안 되나요?"

재희가 이불을 덮어주려고 하자 수리가 멈추라는 듯 손을 젓고서 케타민 왕자의 모습을 사진으로 찍었다. 케타민 왕자가 씨발년아, 하고 버럭 화를 냈다.

"보험은 필요하니까. 씨발놈아."

수리는 데스크톱과 핸드폰, 서랍을 뒤져 찾은 외장하드 두 개를 챙겼다. 책상에는 형사법 판례 문제집과 헌법 판례집이 보였다. 연습장을 펼쳐 흰 여백이 있는 부분을 뜯었다. 다시 케타민 왕자의 입에 청테이프를 붙였다. 수리의 눈빛이 이상하게 번들거렸다. 커터칼로 또 한 번 허벅지 안쪽에 길게 스크래치를 냈다. 신경질 난 어린아이처럼 주체가 안 되는 동작이었다. 야 너 미쳤어? 그러다 진짜 다쳐! 재희가 얼른 수리의 팔을 붙잡아 말렸다. 인질의 두 다리가 감전된 듯 덜덜 떨렸다. 수리는 바퀴 의자를 밀어 케타민 왕자를 책상 앞으로 옮겼다.

"채널방에 있던 놈들 아이디 기억나는 대로 다 적어. 미래에 민중의 지팡이가 될 경찰 오빠."

수리가 시키는 대로 재희는 뒤로 가서 케타민 왕자의 두 팔을 풀어주었다. 수리가 커터칼로 그의 목을 바짝 노렸다. 그가 A4 용지에 허둥대며 아이디를 썼다. 퀭해진 박현창의 두 눈에서 눈물이 흘렀다. 수리는 아이디 목록을 챙기고 재희에게 눈짓했다. 다시 두 팔을 결박했다. 그는 얌전했다.

가자. 오래 있어서 좋을 거 없어, 수리는 그렇게 말하고 먼저 방을 나섰다.

시끄럽게 들리던 텔레비전 소리는 더 이상 들리지 않았고, 수면 등만 켜진 거실엔 아무도 없었다. 창가는 남청색 빛으로 물들고 있었다. 벌써 아침이 오려 했다. 케타민 왕자의 방에서 쿵쿵거리는 소리가 들렸다. 컴퓨터 의자에서 벗어나려고 안간힘을 쓰는 모양이었다.

"이러다 우리가 먼저 경찰서 가겠어. 너 너무 막 나가."

재희가 경고했지만, 수리는 배시시 웃었다. 피를 봐가며 얻은 정보가 흡족한 모양이었다.

▷▷▷

집으로 오는 내내 뒤통수가 저릿했다. 쇠고랑을 차는 건 케타민 왕자가 아니라 재희와 수리일 가능성이 높았다. 밤새 누군가를 고문하고서 맞은 아침은 전혀 유쾌하지 않았다. 재희는 어제 스타벅스에서 알렉스를 만난 이후부터 한 끼도 먹지 않았다는 걸 깨닫고 집 앞 순댓국집으로 향했다. 아직도 몸이 뻐근해서 제대로 숨을 쉬기 힘들었다. 평소 좋아하던 칼칼한 국물마저 속이 쓰렸다. 밥을 먹는 둥 마는 둥 하고 가게를 나왔다. 그 이후부터는 어떻게 집까지 들어갔는지 기억나지 않았다.

집에 도착하자 잊었던 졸음이 쏟아져서 옷도 벗지 않고 침대에 누웠다. 내가 화장실 불을 켜고 갔던가. 재희는 불 켜진 화장실을 쳐다보며 생각하다 눈을 감았다.

터엉.

뭔가 부딪히는 소리에 눈을 번쩍 떴다. 한 시간은 지난 것 같았는데 실제로는 몇 분밖에 흐르지 않았다. 무슨 소리지? 머릿속에서 경고등이 깜박였다. 허벅지에 피를 흘리던 케타민 왕자가 집 안까지 쳐들어왔나! 도망쳐야 해. 재희는 좀처럼 놔주질 않는 잠의 수마와 싸워가며 간신히 몸을 일으켰다. 꿈인지 현실인지 분간이 되지 않았다. 주방 냉장고에 딱 붙은 그림자가 보였다. 아. 집에 누가 온 것은 확실했다. 무기가 없으면 질 게 뻔했다. 이미 재희는 만신창이였다. 핸드폰이 어디 갔는지 모르겠다. 재희는 스탠드의 코드를 소리 나지 않게 뽑았다. 긴 하품을 하는 척하며 침대에서 일어났다. 한 손에는 스탠드를 꼭 쥔 채.

"저예요. 오혜수요. 공격하지 말아요."

눈치 빠른 그림자가 환한 빛에 들어서며 모습을 드러냈다.

"경찰이 무단 침입을 하다니. 미쳤네요."

재희는 한 손에 들린 스탠드를 도로 내려놓았다.

"죄송합니다. 어쩔 수 없었어요. 재희 씨가 어제부터 하루 종일 연락이 되지 않았잖아요?"

"무슨 스토커예요? 여자 친구예요? 어떻게 들어왔어요?"

재희는 어제 알렉스를 만난 때부터 걸려 온 전화를 싹 다 받지 않은 걸 떠올렸다. 받을 수 있는 상황이 아니었다. 그렇다고 문을 따고 들어온 경찰은 뭐란 말인가. 초소형 몰래카메라가 어디 있었지, 재희의 생각을 읽기라도 한 듯 오 형사의 한 손에 재희의 펜슬 카메라가 들려 있었다.

"경찰에 신고하겠습니다."

재희가 말했다.

"진정하세요. 재희 씨가 걱정돼서 왔습니다."

"뭔 걱정이요?"

"대형 커뮤니티마다 사악니를 죽이겠다는 협박 예고가 떴어요. 어제저녁부터요. 못 봤어요? 하긴 못 봤으니 편하게 순댓국까지 먹고 왔겠죠?"

오 형사는 거기까지 말하고 재희에게 핸드폰을 보여줬다. 게시글에는 사진 세 장이 업로드되어 있었다. 집을 나서는 재희의 파파라치 컷과 자동차 사진 그리고 집 현관문 사진까지 정확했다. 그 밑으로 '사악니가 죽어야 하는 44가지 이유'가 길게 나열되어 있었다. 연예인 누구를 욕한 것부터 허위 사실을 유포했던 것들까지 재희가 업로드한 영상을 증거로 제시하며 친절하게 정리해뒀다. 재희가 밑에 달린 수십 개의 댓글을 읽기 전에 오 형사가 핸드폰을 도로 가져갔다. 대충 보아하니 사악니를 쓰레기라고 욕하는 글들이었다. 하도 충격을 많이 받아서 무뎌진 건지 재희는 무감각하게 물었다.

"그럼 글 올린 놈을 잡아야지, 왜 여길 마음대로 들어와요?"

오 형사가 재희를 관찰하듯 지켜봤다.

"맞아요. 글 올린 놈 잡으려고 아이피 주소를 확인하니 여기더라고요."

"예?"

농담을 하는 것 같진 않았다.

"이 집 비번을 아는 사람이 있어요? 주변에 친하게 지내는 이웃은요?"

"없어요."

재희는 대답을 하면서 집 안을 훑었다. 달라진 건 없었다. 아까 들린 마찰음은 오 형사가 움직이면서 음료수 캔을 떨어 트린 소리였다. 식탁에 던져둔 핸드폰을 찾아 사악니 채널에 들어갔다. 엥? 처음 보는 이미지가 메인 상단에 올라가 있었다. 쓰러진 채기쁨과 칼을 든 사악니의 합성 이미지였다. 동영상이고 쇼츠고 남아 있던 게시물이 전부 사라졌다. 내가 해킹을 당하다니. 누군가가 장난친 합성 이미지의 업로드 시간은 오늘 오전 2시 50분. 대략 재희가 수리와 함께 케타민 왕자를 고문할 때였다.

"형사님은 여기 언제 왔어요?"

"7시에 왔어요. 온 지 두 시간쯤 되었네요. 와서 컴퓨터 접속 기록 확인하고……."

"CCTV 확인하셨나요?"

"물론."

오 형사가 핸드폰으로 찍은 CCTV 화면을 보여줬다. 한 남자가 보였다. 후드티로 가려 잘 드러나지 않은 얼굴. 여러 장의 사진을 넘겼지만 제대로 찍힌 게 없었다. 남자가 엘리베이터 버튼을 누르고 있는 장면을 보다 재희가 인상을 찌푸렸다. 어디서 많이 본 듯한데 기억이 나질 않았다. 사진을 최대치로 확대했다. 뭔가가 떠오르려고 했지만, 곧 고개를 저었다.

"엘리베이터에서 이걸 주웠는데, 혹시 아는 물건이에요?"

오 형사가 반짝이는 무언가를 눈앞에 흔들었다. 성모마리아 펜던트가 붙은 끊어진 팔찌였다.

아. 번개처럼 한 장면이 빠르게 머리를 탁 치고 갔다.

"제 거예요. 고맙습니다."

재희가 재빨리 팔찌를 낚아채자 오 형사가 의심스러운 눈으로 말했다.

"가톨릭인 줄은 몰랐네요."

잠이 싹 달아났다. 그놈이 범인인가. 그놈도 기쁨의 전당 회원일까.

재희는 간밤에 얻어 온 증거물을 오 형사에게 건넸다. 케타민 왕자의 외장하드는 수리가 가져가서 데스크톱 하드디스크만 갖고 있었다. 수리가 알면 불같이 화를 내겠지만, 재희는 그런 것까지 신경 쓸 여력이 없었다.

"제집에 무단으로 침입하셨으니, 저도 부탁 하나만 할게요. 생전에 불체자, 그러니까 채기쁨의 멤버십 회원들이 채기쁨을 상대로 협박과 성폭력을 저지른 것 같아요. 확실하진 않지만 이게 증거가 될 수 있을 것 같은데요. 대신 확인해줄 수 있어요?"

"이게 누구 거죠? 사이버수사팀은 흥신소가 아니에요. 출처를 알 수 없는 하드디스크를 확인할 수는 없어요. 게다가 채기쁨이요? 당신 뭘 숨기고 있는 겁니까?"

오 형사의 말투가 딱딱해졌다. 아니 고까워졌다고나 할까.

"확인하셔야 할 거예요. 아니면, 제가 주거침입으로 형사님을 신고할 거거든요."

오 형사가 졌다는 듯 하드디스크를 받았다.

"김재희 씨는 대체 정체가 뭐예요?"

갑작스러운 질문에 재희도 궁금해졌다. 자신이 누구인지. 가십거리로 돈을 버는 데 눈이 먼 사악니인지, 친구 하나 없는 히키코모리 김재희인지.

엄마가 했던 말이 떠올라 재희는 그대로 대답했다.

"괴물이라던데요."

　M모텔의 프런트 직원은 여자로 바뀌어 있었다. 재희는 그 직원에게 인상착의를 설명하며 물었다. 쌍꺼풀은 수술한 것처럼 짙고요, 이마가 넓고, 약간 음…… 까만 눈이 사시처럼 보였는데. 재희의 말에 직원이 아아, 홍재요, 했다.

　그제야 재희도 그의 유니폼 명찰에 붙은 이름을 떠올렸다. 이홍재. 집 주소를 알려달라고 하자 직원이 경계하며 홍재에게 확인해보고요, 하고 말했다. 재희는 됐다고 손사래를 치며 모텔을 나섰다. 어떡하지……? 그렇게 별 소득 없이 집 근처를 배회하다가 차를 돌려 채기쁨의 빌라로 갔다.

　그날 수리와 헤어지고 며칠째 연락이 되지 않았다. 안부 문자를 보내면 꼬박꼬박 확인하는 것이 살아있긴 한 모양인데 제대로 대답을 해주는 법이 없었다. 그리고 오늘 재희는 그 이유를 알았다.

　빌라 뒤쪽 쓰레기장에서 큰 소리가 나서 보니 수리가 남자와 다투고 있었다. 가만히 앉아 들어보니 사랑싸움이었다. 우리는 대체 무슨 관계냐, 정말 이대로 헤어질 거냐고 남자가 따지고 있었고, 수리는 묵묵부답으로 노려보고 있었다. 보다 못한 남자가 헤어지자고 이별 통보를 했다. 남자가 빌라 쪽으로 혼자서 나오길래 재희는 몸을 틀어 핸드폰을 보는 척했다.

아니, 애인이 있었어? 하긴 연예인급 외모에 의예과지, 집도 잘 살지, 생각해보니 뭐 하나 빠지는 구석이 없는 여자였다. 수리 특유의 목적의식과 무뚝뚝함 때문에 당연히 재희와 같은 처지일 거라 생각했다. 친구도 없고 애인도 없고 인터넷만 하는 뭐 그런…….

"남의 싸움 구경이 재밌긴 하지. 졸잼? 관람료 내라."

담배를 물며 뒤늦게 나온 수리가 재희의 어깨를 세게 치며 지나갔다. 방금 차인 여자라고 볼 수 없는 평소의 찬기 도는 수리였다.

"재미없었어……. 야, 괜찮냐? 왜 카톡에 대꾸를 안 해?"

"친구인 척 굴지 마."

애인에게 방금 까여 기분이 안 좋아서 그런 거겠지. 재희는 상처받은 마음을 추스르고, 아무렇지 않은 척 그녀의 뒤를 따랐다.

집 안으로 들어가니 웬 기생오라비처럼 생긴 허여멀건한 놈이 채수리가 늘 앉던 컴퓨터 의자에 앉아 떡볶이를 먹고 있었다. 그놈이 재희를 보고 먼저 알은체했다.

"어머, 사악니? 말로만 듣던 그분?"

"여긴 내 친구 청담소년. 유튜버야. 기쁨의 전당 회원들 찾는 거 도와주고 있어."

쟤는 친구고, 나는 친구가 아니란 말이지. 이번에는 진짜 상처받았다. 재희는 입을 굳게 다물고 자신을 향해 실실 웃는 청담소년을 노려봤다.

"기쁨의 전당 회원들 찾는 건 우리 둘뿐인 줄 알았는데?"

"널 어떻게 믿고."

"듣보인 유튜버는 믿을 만하고? 둘이 언제부터 알던 사이야?"

재희는 자신도 모르게 화를 냈다. 아까 전, 빌라 뒤에서 화를 내던 수리의 애인과 레퍼토리가 똑같았다. 다만, 애인과 달리 재희에겐 그럴 자격이 없을 뿐. 청담소년은 어깨를 으쓱하더니 혼자 킥킥 웃어댔다.

"이 누나 또 괜한 남자 홀렸네. 혼자 썸 탔구만. 사악니 씨, 나 생각보다 그렇게 듣보는 아니야. 개나 소나 다 하는 사이 버렉카랑은 좀 다르지. 다른 사람 채널도 가끔 보고 그래요."

청담소년의 하이톤 목소리에 재희는 1차로 당황했고, 수리 못지않은 싸가지 없음에 2차로 화가 났다. 청담소년은 원래 채기쁨과 알던 사이라고 했다. 몇 번 합방을 하면서 친해졌단다. 모두가 자업자득이라는 둥 그럴 줄 알았다는 둥 자살한 불체자를 욕하고 사악니마저 몰카를 들고 장례식장에 잠입했을 때, 청담소년은 방송을 쉬고 친구였던 불체자의 명복을 빌었다. 수리가 먼저 청담소년에게 연락을 해 언니에 대한 사소한 정보라도 얻길 원했고 둘은 그렇게 친해졌다. 청담소년 역시 채기쁨에게 말 못 할 고민이 있다는 것 정도는 알고 있었다. 새벽에 전화해서 말도 없이 우는 일이 잦았다고 했다.

"좋아. 꼽사리는 나란 얘기지? 그럼 난 빠질게. 애초에 엄마 애인 죽인 범인이 불체자 죽인 놈과 같다는 가설도 틀린 것 같고. 경찰한테 맡기는 게 더 빠를 거야."

재희는 왜인지 애처럼 씩씩댔다.

"왜 유치하게 구는 거지?"

"내가 언제! 저건 뭐야?"

수리의 말대로 유치하게 굴었다. 확실히. 재희는 화가 나서 내뱉긴 했지만 진짜로 빠지긴 싫어서, 침대에 널브러진 화이트보드를 가리켰다. 전에는 못 보던 것이었다. 보드에 매직으로 쓴 제목이 보였다. '유튜버 연쇄 살인 사건'. 밑으로 피해자의 이름들이 나열되어 있었고, 단서들이 정리되어 있었다. 정리된 단서가 너무 빈약해 보였다.

"제가 만들고 있어요. 두 사람 너무 몸만 쓰는 거 같아서, 내가 이래 봬도 과학고 영재 출신이거든."

"저거 만드는 데 과학고 영재씩이나 돼야 한다고?"

"친구 하나도 없죠?"

괜히 시비 걸었다가 본전도 못 찾았다. 재희는 친구 있어, 하면서 수리를 가리켰다. 수리가 콧방귀를 뀌며 매직을 건넸다. 찾은 단서가 있으면 전부 적어두라 했다. 재희는 'M모텔 이홍재'라고 적었다. 그리고 집으로 경찰이 찾아온 일과 사라진 이홍재에 관해 말해줬다. 수리는 자신을 방어해줬던 모텔 직원에 대한 기억이 전혀 없었다.

"케타민 왕자 자료에서 뭐 나온 거 있어?"

재희가 물었다. 수리는 턱짓으로 청담소년을 가리켰고 그가 기다렸다는 듯 모니터에 정리한 파일을 보여줬다.

"이 미친놈이 야동 중독자였더라고요. 3테라짜리 외장하드에 영상 파일이 꽉 차 있었어요. 일단 기쁨 누나가 아닌 영상은 다 제외했고, 두 번째로 여자 얼굴이 모자이크된 건 '미상'으로 분류했어요. 기쁨 누나 영상은 총 35개요. 많죠? 희한하게 화상 캠으로 주로 방송을 했는지 기쁨 누나가 직접 녹화한 영상이 그중에서 30개고요. 우리 생각엔 누가 지시를 했다고 봐요. 그때, 박현창이 애인 얘기를 했다면서요? 레드썬90이요. 박현창 얘기가 사실이라면, 애인이었던 레드썬90의 지시 아래 영상을 녹화하고 저장한 게 아닐까 싶어요. 여기서 우리는 그 영상들을 보며 미친 듯이 올라가는 채팅창의 아이디를 분류하는 작업을 했어요."

"박현창한테 받은 아이디와도 대조했겠네?"

"응응. 물론이죠. 동일한 아이디와 처음 접하는 아이디를 선별했고 같은 사람이 아이디를 바꿔서 채팅했을지 모르니 오차까지 고려해서 참여 인원을 가늠했어요. 대략 스물다섯 명에서 적게는 열일곱 명으로 생각됩니다요."

재희는 청담소년이 정리한 엑셀 파일을 훑었다. 불체자 최고, 불법출입국에서 나왔습니다, 사랑해★, 레드썬90, KKK환, 환장한 낙타 등등 아이디가 쭉 나열되어 있었다. 그러나 이 중에서 범인을 어떻게 찾을지는 감이 오지 않았다.

"뭐 이건 합동 살인이야? 몇 명이야? 얘네가 다 같이 죽었다고? 스무 명 남짓한 사람들이 같은 비밀을 지키기가 얼마나 힘든 줄 알고 만든 가설이야?"

재희는 믿을 수 없어 따졌다.

"기쁨의 전당 멤버들은 누구든지 범인이 될 수 있다는 얘기야."

"스너프 같은 것도 있었어?"

"스너프까진 아니지만, 그래. 한 인간의 영혼을 말살시키는 영상은 보았지."

재희는 얘기를 들으면 들을수록 눈앞이 깜깜해졌다.

"박현창 다시 만났어."

"뭐?"

수리의 말에 재희가 껑충 튀어 오를 듯 몸을 일으켰다. 눈앞에 다친 데 하나 없이 앉아 있는 수리를 놀랍다는 표정으로 바라보았다. 어디서 저런 배짱이 나오는 건지 알 수 없었다.

"순순히 널 들여보내줘?"

"그 새끼 문신 지우고 있잖아? 경찰 공무원 준비 중이거든. 그런 놈이 제일 무서워하는 게 경찰서 가는 거야. 약점 있는 놈은 어려울 게 없지."

"형, 잘 생각해. 좋아하는 건 자유지만, 저 여자는 감당이 어려울 것 같아."

놀라서 벙찐 재희의 턱을 닫아주며 청담소년이 말했다. 수리는 개의치 않고 화이트보드에 뭔가를 적었다.

― 레드썬90＝최두환

"적어도 한 사람은 알아냈어. 죽은 최두환 역시 기쁨의 전당 회원 중 하나였어."

"뭐?"

청담소년이 자기 차례를 기다렸다는 듯 증거 사진을 노트북 화면에 띄웠다. 채기쁨의 적나라한 나체 사진이었다.

"외장하드에서 찾은 거예요. 여기 뒤 모서리에 네모난 황금색 보이죠? 뭔지 알겠죠? 형 집에도 있을 테니까."

재희는 사진 속 뒷부분에 보이는 게 뭔지 한눈에 알았다. 유튜브 골드버튼이었다.

"기쁨 누나는 이제 구독자가 8만이 살짝 넘은 상태라 이런 게 집에 있을 리 없죠. 그래서 대형 유튜버가 개입되어 있구나, 생각해봤어요. 대형 유튜버. 제일 먼저 떠오르는 사람은 당연히 몇 달 전에 죽은 최두환이었죠."

청담소년은 두환의 영상 속에서 어느 부분을 캡처해 증거로 제시했다. 골드버튼, 특이한 다이아몬드 모양의 벽지, 불꽃 그림이 걸린 액자가 차례차례 배경에 있었다.

"박현창이 레드썬90이라는 아이디와 기쁨 누나가 사귀었다고 말했어요. 톡방에 내 여자 친구니 건들지 말라고 하면서, 나체 사진을 뿌렸다고 했고요. 종합해볼 때, 둘은 사귀었다가 틀어졌을 거예요. 하지만, 두환이 어디서부터 참여했는지는 알 길이 없어요. 기쁨 누나가 죽던 날에 최두환은 아파서 몸이 좋지 않다는 공지를 올리고, 방송을 하지 않았어요."

청담의 말은 거기까지였다. 세 사람은 말없이 화이트보드를 노려보았다.

그때, 재희의 머릿속에 두환의 30초짜리 영상이 스쳐 지나갔다. 수리도 같은 생각이었는지 고개를 끄덕이며 말했다.

"내가 최두환에게 접근했던 게 그 영상 때문이었어. 실수로 삽입한 것처럼 보이는 그 사과 영상이 기쁨의 전당 회원들을 자극했을 거야. 비밀을 깨뜨리고 싶어 한 사람이 최두환이란 가설이 맞다면, 그는 살해당할 운명이었어. 최두환은 나름대로 양심의 가책을 느꼈겠지. 한때 사랑했던 사람이었으니까."

"그래서 입을 찢은 거야. 다른 회원들에게도 동시에 경고를 한 거야."

재희가 수리의 말에 제 의견을 덧붙였다. 왜 입을 찢었을까, 하는 의문이 스르르 풀렸다. 분명 입조심하라는 의미였다.

그 당시, 두환은 재희에게 뭘 말하고 싶었을까. 잘 기억나지 않았다. 그들은 재희에게도 경고를 하려고 했을 거다. 더 이상 파고들지 말라고. 엉뚱한 강영일이 죽어서 재희는 입조심할 필요가 없어졌지만.

탕탕탕, 탕탕, 배달이요!

갑자기 밖에서 들리는 노크 소리에 셋은 불에 덴 듯 깜짝 놀랐다. 서로 눈치로 보건대 아무도 배달을 시키지 않았다. 청담소년은 떡볶이 말고는 시킨 게 없다고 했다.

수리가 커터칼(그렇다, 그건 케타민 왕자의 허벅지 안쪽을 찌른 칼이었다)을 들고 나가려고 했다. 재희가 얼른 수리를 앉히고, 커터칼을 뺏어 들었다. 바짝 현관문에 귀를 기울였다. 계단을 내려가는 희미한 발걸음 소리가 사라질 때까지 그러고 있었다. 재희는 팍 문을 열었다. 사람의 그림자는 어디에도 보이지 않았다. 문 앞에는 프랜차이즈 치킨 봉투가 덩그러니 놓여 있었다. 재희는 그걸 들고 들어와 문을 잠갔다.

"열지 마. 그냥 버려."

수리의 말을 무시하고 재희는 봉투를 열었다. 치킨 무와 캔 콜라, 프라이드치킨이 전부였다. 배달 잘못 온 거 아니야? 청담소년이 봉투 위에 붙은 영수증을 확인했다. 주소는 정확했고, 배달 요청 사항이 소름 끼쳤다.

— 불체자 친구들 맛있게 드세요.

재희가 내용물을 뒤지려고 손을 뻗는 순간, 수리가 낚아채 곧바로 쓰레기통에 버렸다.

"놀랄 거 없어. 최근에 자주 있는 일이야."

"뭐?"

"뭐, 너만 살해 협박 받는 줄 알았어?"

수리는 어쩐지 화난 것 같았다. 재희는 한 가지 사실을 알았다. 수리는 무서울 때 화난 양 군다. 어금니를 꽉 깨물며 두려움을 가린다.

"놈들은 여럿이야, 우리를 결코 모르지 않을 거야."

"어떤 놈들인지 몰라도 좋은 놈이네. 배고플 때 맞춰서 배달 음식도 보내주고. 요새 치킨 비싼데."

청담소년이 분위기를 환기하려 웃으며 말했지만, 아무도 웃지 않았다.

재희는 배달 업체 고객 센터에 전화해 배달한 사람이 누군지 찾아봤냐고 물었다. 수리는 현장 결제를 선택하고, 음식을 마구 시킨 놈을 잡기 위해 배달 앱 고객센터에 전화해 차근차근 경위를 확인했다. 개인정보라 알려줄 수 없다는 대답과 함께 신고 접수를 하라는 안내를 받았다. 즉시 신고했다.

배달 앱 고객센터에서 해당 계정을 정지 처리 했다는 안내를 받았지만, 배달은 계속되었다. 수리를 조롱하듯이. 놈의 핸드폰은 여러 대인 것 같았다. 매번 새로 가입한 정체불명의 이용자였다.

"이 건은 따로 경찰에 신고하자."

"이게 배달됐다고 신고하면 접수가 될 거 같아?"

"되지. 수면제나 비슷한 약 같은 거 있어?"

재희가 쓰레기통에 통째로 버린 치킨 상자를 꺼내며 말했다. 수리가 책상 서랍을 뒤졌다. 오래전에 채기쁨이 처방받은 약봉지가 들어 있었다. 신경안정제와 항우울제, 수면제. 재희는 알약은 얇게 으깨고, 캡슐은 까서 치킨 상자 바닥에 깔아두었다.

"자, 이걸로 신고하면 경찰에서 접수하겠지?"

"애꿎은 배달원만 곤욕을 치를지도."

청담소년이 찬물을 끼얹었지만, 재희의 주장에 수리도 어느 정도 동의하는 눈치였다. 그녀는 곧장 인근 경찰서에 가서 신고하겠다고 들고 일어섰다. 하여간 추진력 하나는 이길 자가 없었다. 같이 가주겠다는 재희를 뿌리치며 수리는 망할 놈의 커터칼을 또 꺼내 들었다.

"꺼져. 네가 더 위험해."

"야!"

수리는 벌써 운동화를 꿰어 신고 집을 나섰다. 재희는 창문 쪽으로 가 채수리가 무사히 집 근처를 빠져나가는지 오래 지켜봤다.

청담소년과 둘이 남겨졌다. 그도 스너프 필름에 면역이 됐는지 해외 불법 사이트를 뒤지고 또 뒤졌다. 재희는 어깨 너머 언뜻 비치는 영상도 보기가 싫었다. 수리가 집에 돌아오는 것만 확인하고 갈 참이었다.

"누나, 죽고 싶어서 저러는 거예요. 물론 범인도 잡고 싶겠죠. 그런데 더 깊은 곳에서는 죽고 싶다고 소리치고 있어요. 아까 그 약들, 제가 처음 봤을 때는 더 많았거든요? 많이 사라졌더라. 이딴 사이트 하루 종일 보고 있으면 죽음이 그리 멀지 않다는 걸 깨닫겠지. 내 옆에, 고개만 돌리면 기다리고 있잖아. 이딴 것들이."

청담소년은 수리에게서 어떤 심연을 본 걸까. 재희는 질투가 먼저였다.

"넌 정체가 뭐야? 게이인 척하면서 수리한테 수작 부리려는 유사 게이야? 아니면 진짜 게이야?"

"참 무례한 헤테로군."

헤테로 뭐? 이 새끼 뭐라는 거야, 한주먹 거리지만 참았다. 아니, 재희는 청담소년의 튀어나온 짱구 머리를 한 대 툭 쳤다. 아얏! 청담소년이 이죽거리며 노려봤다. 찡그린 미간, 씩

웃는 예쁜 미소와 둥근 그의 뒤통수가 남긴 감촉. 밉지 않은 녀석이었다.

▷▷▷

재희는 강국에게 전화를 걸었다. 침대에서 전화를 받은 듯 목소리에 가래가 잔뜩 끼어 있었다. M모텔 프런트 직원이었던 이홍재를 찾아달라고 했다. 좋아요, 좋아. 강국은 졸린 듯 전화를 끊었다.

재희는 여태 집에 들어가지 못했다. 자신의 오피스텔 앞에서 머뭇거리다가 결국, 이틀간 차 안에서 노숙했다. 인터넷에다 찍혀 떠돌아다니는 집은 더 이상 집이 아니었다. 보금자리의 기능을 상실했다. 차 안에서 선잠을 잤고 그럴 때마다 악몽을 꿨다. 깨어나면 가죽 의자 밑에 식은땀이 축축했다. 이틀째에 목이 잠겼다 싶더니 기어코 감기에 걸렸다.

그때 M모텔에서 그놈에게 그렇게 두들겨 맞지만 않았어도 어느 정도 자신감이 있었을 텐데, 겁이 났다. 그놈이 기쁨의 전당 패거리라면, 혼자서 움직이지는 않을 것이다. 그놈과 무슨 수를 써서라도 결단을 내야 했다. 재희는 핸드폰을 가지고 시간을 때웠다. 청담소년의 유튜브 채널에 들어가 정체를 확인하고, 조회수도 올려줬다. 예상대로 게이였다. 사악니처럼 반쪽짜리 나비 가면을 쓰고 있어서 뭐랄까, 동질감이 일었다. 주변 시선 때문에 잘생긴 얼굴을 가리는 게 안타깝기도 했고.

얼마 전까지 하루에 수십 번도 들어가 확인하던 자신의 채널에도 들어갔다. 강영일이 죽고 수리를 만난 시점부터 영상 업로드를 팽개쳤다. 최두환에 이어 강영일까지 죽으면서 사악니는 주요 인물로 떠올랐고 사람들은 사악니를 연쇄 살인범으로 몰아갔다. 영상마다 악플로 가득했고 재희는 급하게 로그아웃하기 바빴다. 그리고 어느 때보다 높은 금액의 정산을 받았다. 고작해야 연예인이나 정치인 욕하는 채널에서 뭘 찾으려고 그렇게 열심히 지난 영상들을 보는지 아이러니했다.

오히려 채널이 해킹당해 모든 영상이 사라졌을 때는 속이 다 후련했다. 강영일의 피로 물든 사악니 가면을 두 번 다시 쓰고 싶지 않았다. 사실 이제는 쓸 필요조차 없었다. 이미 재희의 얼굴이 전국에 일파만파로 퍼졌다. 이 기회에 티브이 출연을 해보는 게 어떻겠냐고 방송국에서 연락이 왔다. 대부분 범죄 예능 프로그램이었다. 개인방송 채널들도 이때다 싶어 너도나도 합방 요청을 해 왔다. 개중에는 헉 소리가 날 정도의 출연료를 제시한 곳도 있었다.

그건 일종의 목숨값이었다. 아직 잡히지 않은 범인에게 표적이 될 게 뻔했다. 그런 위험 부담을 감수할 만큼 재희는 용감하지 않았다. 출연료를 전부 경호원을 고용하는 데 써야 할지도 몰랐다. 수리를 만나지 않았더라면…….

잡념에 빠져 있을 때 강국이 차창 문을 두드렸다. 재희는 한껏 뒤로 젖혔던 의자를 원상태로 올렸다. 못 할 짓을 하다 들킨 것처럼 얼굴이 화끈거렸다. 강국은 라이방 선글라스를 낀 채 영화배우처럼 웃고 있었다. 재희가 잠금을 풀자, 조수석에 올라타 사방을 한번 둘러보며 말했다.

"집에는 왜 안 들어가시는지?"

강국의 시선이 어제 먹다 남은 햄버거 찌꺼기에 머물렀다.

"비대면 선호하신다더니 자꾸 찾아오시네요."

재희의 말에 하하하, 강국이 털털하게 웃었다. 이번에는 카톡 대신 직접 서류 봉투에 자료를 넣어 왔다. 인쇄된 사진에는 멀리서 찍은 이홍재의 모습이 보였는데 재희는 익숙한 주변 풍경에 고개를 들고 강국을 바라봤다.

"이제부터는 카톡 대신 전부 오프라인으로 진행하겠습니다. 선생님 건은 안 그러면 추후에 귀찮은 일이 생길 것 같아서 말이죠. 보시다시피 채수리에 이어서 이번 사례도 찾는 사람이 의뢰인의 뒤를 밟고 있었습니다. 일부러 저 편한 일감을 몰아주시는지…… 참 재밌는 우연이에요. 그렇지요?"

사진을 넘기며 재희는 침을 꼴깍 삼켰다. 이홍재가 재희의 차 옆에서 재희를 들여다보고 있는 모습이었다.

"여차하면 나서려고 했습니다. 다행히 별일은 없었고요. 집에는 왜 안 들어가세요?"

"그러게요. 집에 있는 게 오히려 안전했을 것 같네요. 그래서, 이 인간 뭐 하는 놈이죠?"

"별다른 게 없어요. 너무 뭐가 없어서 심심할 정도였어요. 나이 서른셋, M모텔에서만 8년간 일을 했어요. 군대 다녀와서 얻은 첫 직장에 말뚝을 박은 셈이죠. 그런 놈이 M모텔을 그만두고 선생님 뒤만 쫓아다니니 이상하긴 합니다. 모텔 동료들 말로는 의협심이랄까, 상황이 이상하면 먼저 나서는 경향이 있었답니다. 예를 들어, 술에 떡이 돼서 남자 손에 이끌려 온 여자가 걱정돼서 참견하고, 미성년자처럼 보이면 경찰에 신고하고요."

"그 점은 저도 잘 압니다."

괜히 5만 원을 찔러줬다가 쓰레기 취급을 당했던 걸 떠올리며 재희가 말했다.

"아무튼 지금은 모텔 일을 그만두고 낮에는 서너 시간씩 배달 일을 하고 있습니다. 하루에 한 번은 꼭 여길 와서 선생님 동선을 파악하고요. 솔직히 뭐 하는 사람인지 전혀 감이 잡히지 않아요. 뭐 척진 일이라도 있었어요? 그 모텔에서요."

"당한 건 전데 왜 그놈이 설쳐대는지 저도 의문이에요. 전과 같은 건 없었습니까?"

"전혀요. 인사성 바르고 비교적 평판 좋은 사람이에요. 친구 하나 없는 게 걸리긴 합니다. 그런 사람들은 사회성이 결여됐거나 숨길 게 많거든요."

친구 하나 없는 건 재희도 마찬가지였다. 강국도 그 점에 대해서 금방 눈치를 챘는지 약간 미안한 미소를 지어 보였다. 그래서 더 기분이 나빴다. 강국은 얼른 화제 전환을 하려고 사진을 뒤로 넘겼다. 주소가 적혀 있었다.

"직접 가는 것보다는 경찰에 넘기는 게 좋을 것 같아요. 내가 이 일을 오래 해봐서 아는데, 촉이라는 거 무시를 못 하거든. 별거 없는 놈들이 어디로 튈지 몰라요. 예상이 안 되니까."

"알겠습니다."

재희는 강국의 충고를 한 귀로 흘려 넘겼다. 내 돈을 써가며 얻은 정보를 오혜수에게 넘겨주고 싶지 않았다. 게다가 멋대로 집에 침입했으니 괘씸죄가 있었다. 박현창의 하드디스크까지 넘겨줬건만 연락 한 통이 없었다. 어디서 뺑뺑이를 도는지 알 수가 없었다. 오 형사는 여전히 재희를 용의선상에서 빼놓지 않은 눈빛이었다. 그렇지 않다면 굳이 집을 뒤질 필요가 없지 않은가. 괘씸했다. 재희는 언젠가 진실을 담은 영상을 만들어 방구석에서 멋대로 떠드는 놈들과 오 형사에게 본때를 보여주고야 말겠다고 막연히 생각했다.

"잠깐만요!"

재희가 차에서 내리는 강국을 붙잡았다. 후. 깊게 숨을 쉬고 얼굴을 붉히며 말했다.

"집에 들어갈 건데, 찝찝해서 그래요. 같이 좀……."

"대신 위스키 있으면 한 잔 주셔야 합니다."

강국이 말했다. 앞장서서 가는 모습이 새삼 듬직하고 고마웠다.

집에 들어서자마자 강국은 베란다와 침대 밑, 옷장 안, 화장실 틈새를 꼼꼼히 살폈다. 재희는 그에게 제일 비싼 위스키인 발베니 21년산 한 병을 통째로 건넸다. 빽빽한 콧수염 아래로 흡족하게 떠오른 미소가 보기 좋았다. 문득 그에 대해서는 하나도 모른다는 생각이 들어 개인적인 질문을 했다.

"탐정님도 혼자 사시죠?"

강국은 과장되게 코를 킁킁거리며 자신의 체취를 맡는 시늉을 했다.

"비싼 섬유유연제 쓰는데, 홀아비 냄새가 납니까?"

"아니요. 그런 건 느낌으로 알아요. 나이는 많은 것 같은데 별로 안 늙으셨잖아요."

강국이 오 예리해, 탐정해도 되겠습니다, 하며 느끼한 윙크를 했다. 중년 남자의 윙크라니. 옛날 할리우드 영화에서나 나올 법한 제스처였다. 재희는 현관문을 열고 인사를 건넸다. 숙면하시길, 강국은 그 말을 남기고 떠났다.

재희는 이틀 만에 침대에 풀썩 누웠다. 사실 집에 온 순간부터 긴장이 풀려 빨리 눕고 싶었다. 하지만 막상 눕고 나니 이런저런 생각들이 머릿속을 떠다녀 잠을 이룰 수 없었다.

이홍재를 파면, 기쁨의 전당의 정체를 밝힐 수 있을까. 사악니가 죽어야 하는 이유를 44가지나 단 놈은 분명 정상은 아니다. 그 정도 정성이면, 재희마저 감복할 만했다. 인터넷에 떠도는 44가지 이유를 하나하나 읽어나가다 문득 계정을 닫아야겠다는 생각이 들었다. 채널에 들어가자, 그럴 필요도 없어졌다. 해킹을 당한 것도 모자라 부적절한 콘텐츠를 제공했다며 유튜브 측에서 일방적으로 정지시켰다. 다음 달 수입은 없겠군. 금방 곤한 잠에 빠졌다.

— 치킨을 왜 경찰서에 갖다 주니. 선물을 줘도 받을 줄을 모르네. 시도는 좋았어. 덕분에 오늘 바빴다.

11시 50분. 수리와 재희는 동시에 같은 문자를 받았다.

▷▷▷

수리는 일명 치킨 배달 사건에 빠져 있었다. 경찰서에 사건 접수를 했고, 머지않아 담당 경찰에게 결제한 사람을 찾았다는 연락을 받았다. 그 사람이 이홍재라는 말에 재희와 청담소년은 전율했다. M모텔 그놈이었다. 수리는 그렇게 쉽게 자신을 노출하는 게 이상하다고 말했다. 뭔가 함정이 있는 게 분명하다고.

경찰은 이홍재를 만나려고 여러 번 시도했으나 그때마다 부재중이었다. 유선 통화에서 이홍재는 횡설수설하며 약은 넣은 적이 없다고 발뺌했다(물론 그 부분은 사실이었다). 크게 해를 끼친 건 없잖아요, 아가씨 팬이라던데요, 하는 경찰의 말에 수리가 발작하며 난리를 쳤다. 팬?! 그게 스토킹이라는 거예요! 예의 그 싸가지 없는 민원인 말투를 옆에서 가만히 듣던 청담소년이 이거 방송감이다, 쇼츠 찍어도 10만 그냥 찍혀, 하고 계속 설레발을 쳤다. 재희 역시 청담소년의 말에 동의했다.

"우리가 그냥 이홍재 집에 가보자. 지가 싸움을 잘해도 우리는 셋이잖아. 형 주소 안다며?"

청담소년이 그렇게 제안했고, 수리가 대어를 잡은 어부의 표정을 지었다. 모처럼 생기가 돌았다. 점점 애들이 미쳐가고 있었다. 재희는 연이어 사건에 사건을 겪은 경험으로 위험하다 판단했다. 이건 경찰에 맡기자.

"그럼 넌 빠져."

수리가 말했다. 아니, 나보고 빠지라니? 얇디얇은 꼬챙이 같은 두 놈이 뭘 하겠다고. 게다가 범인의 정보와 주소를 제공한 사람도 재희였다. 재희는 발끈함으로써 수리의 수법에 또다시 말렸다.

라이브 방송을 진행하자는 건 청담소년의 아이디어였다. 어차피 사악니 채널은 정지되어 쓸 수 없으니 자신의 채널에서 기습 방송을 하겠다는 것이었다. 속이 빤하지, 조회수에 환장한 듣보잡 유튜버가. 인터넷에 벌써 며칠째 떠돈 사악니 살해 협박 글 게시자가 이홍재라는 것을 밝히는 순간, 방송은 볼 것도 없이 대박이었다. 재희는 수가 다 보이는 유튜버 청담소년, 아니 청담을 보며 말했다.

"그럼, 나랑 청담이만 갈 테니까 네가 빠져."

순전히 수리를 위험에서 지켜주고 싶은 마음이었다. 풋. 청담과 채수리가 동시에 비웃음을 흘렸다.

"어떡해? 이 형 진심인가 봐."

"뭐가 진심이야! 그냥 여자애 있으면 걸리적거리니까 그러는 거지!"

재희가 화를 내다시피 덧붙였고.

"겁에 질려서 집에도 못 들어가는 놈이 할 말은 아니지. 쫄면 새끼가."

곧바로 수리가 쪼인트를 까듯 말로 재희를 깠다.

"그래. 네 똥 굵다."

삑큐. 재희의 말에 수리가 가운뎃손가락을 들어 보였다. 청담이 사이가 좋은 건지 나쁜 건지 헷갈린다고 중얼거렸다. 그러면서 기습은 시간을 끌수록 손해라며 분주하게 손가락을 놀렸다. 멋대로 라이브 방송 시간을 저녁 9시로 정했고 자신의 채널에 공지했다. 많은 사람이 볼수록 우리가 안전해질 거라는 말엔 일리가 있었다.

재희는 구비해둔 호신용 후추 스프레이를 수리에게 건넸다. 그리고 수리가 언젠가부터 손에 휴대하고 다니던 커터칼을 뺏었다. 칼이나 총을 챙기는 건 직접 싸움에 뛰어들겠다는 뜻이니까. 재희는 수리가 그러지 않기를 바랐다. 커터칼은 재희가 챙겼다.

그사이 청담은 카메라를 챙겨 오겠다며 집을 나섰다. 7시에 다시 이곳 채기쁨의 집에 모이기로 했다. 재희는 굳이 집에 다녀오지 않고 여기에 있다가 수리와 함께 나갈 생각이었다.

"괜찮아?"

재희는 긴장되는 마음을 숨기며 수리에게 물었다. 수리는 재희가 건네준 이홍재의 파파라치 사진을 유심히 봤다.

"너 내 타입 아냐. 직업도 거지 같고. 못생겼고 싸움도 못하지."

수리가 눈도 마주치지 않고, 재희의 심장을 자동 권총으로 연사했다. 알고 있는 사실인데 새삼 상처를 받았다. 재희는 이런 푸대접을 받을 만큼 수리를 좋아하지 않았다. 그냥 불쌍해서, 애민 정신에 의한 동정이었다. 왜 저래, 진짜.

한동안 사나운 침묵이 흘렀다. 화장실 문고리에 걸어둔 버버리 스카프가 깔깔 웃는 듯한 착각이 들었다. 두 자매한테 농락을 당한 기분이었다.

"시발 누가 뭐래?"

발끈해놓고 보니 오히려 인정하는 꼴이 되었다. 수리가 입꼬리를 올려 싱긋 웃었다.

"고마워. 도와줘서."

이게 병 주고 약 주나. 약이 놀랄 만큼 효과가 좋은 게 문제였다. 이 여자한테 조련당하는 중인지도 몰랐다. 금방 기분이 좋아져서 스스로를 조롱하듯 웃어버렸다. 멍청한 비웃음이었다.

"뭘 도와줘? 착각은 네가 단단히 하고 있네. 내 일이라서 하는 거야. 나 죽이려고, 내 집 들어가서 난 줄 알고 멀쩡한 사람 죽인 놈 잡으려고 하는 거라고."

너무 공격적으로 말했을까.

"가족 중에 갑자기 죽은 사람 있어?"

아니다. 수리는 재희의 말투 따위에는 관심도 없었다. 이 와중에 그런 개인적인 질문을 던지다니.

"갑자기는 아니고, 아버지가 고등학교 때 대장암으로 돌아가셨어."

"힘들었겠네."

숨은그림찾기 미션이라도 걸렸는지 수리는 이홍재 사진에서 눈도 안 떼고 말했다. 평소의 잔정 하나 없는 말투 그대로 여서 그런지 재희는 술술 말이 하고 싶어졌다. 조금씩 거세지는 소나기가 침대 옆으로 난 유리창을 타닥타닥 때리기 시작했다. 조금은 습해졌고, 둘 사이의 거리가 심리적으로 가까워진 기분이 들었다. 기습 키스를 해도 좋을? 하지만, 재희도 자신만의 환상이라는 걸 모르지 않았다.

"난 별로 안 힘들었어. 엄마가 힘들어했지. 병간호를 3년 내내 했으니까. 마지막에는 병원에서 사셨고, 나는 혼자 생활했어. 아무도 터치를 안 해서, 또 오랜 병간호에 알게 모르게 지쳐 있었나 봐. 어린 마음에 이때다 싶어 열심히 놀았지 뭐. 집 안이 거덜 나고 있었고 아빠가 빨리 돌아가셨으면 했어. 위독하다고 연락받을 때마다 이번에는 제발, 하는 마음밖에 없었어. 그냥 편히 가시라 기도했지. 그래서 막상 돌아가셨을 때는 눈물 한 방울 나오지 않았어. 우리 엄마도 마찬가지였고."

재희의 아빠는 너무 늦게 갔다. 3개월 시한부 인생은 저주처럼 3년으로 불어나 세 사람을 절망의 늪에 빠트렸다. 발인 때까지 눈물 한 방울 흘리지 않은 엄마와 재희에게 친가 식구들 중 누구 하나 싫은 소리를 하지 못했다. 이른 봄이면 수줍게 피는 진달래꽃처럼 예뻤던 엄마는 그즈음부터 걷잡을 수 없이 늙었다. 엄마가 차라리 울었으면 했다. 금방 아빠를 지워버린 재희와 다르게 엄마는 한참이나 그 시절에서 빠져나오지 못했다. 아빠의 병간호에 매달리던 때보다 더 환자처럼 낮이 우중충했고 죽을 사람처럼 총기를 잃었다. 엄마의 혈색이 조금씩 돌아온 것은 말터놈을 만나고부터였다. 아. 짐승처럼 포효하던 엄마의 마지막 모습이 떠올라 재희는 더 말을 잇지 못했다. 그저 또 한 번 다짐했다. 엄마의 삶을 송두리째 뺏어 간 범인을 꼭 찾아내고야 말겠다고.

재희가 집을 나온 후 엄마는 다시 칩거 생활을 시작했다. 한복집 아줌마한테서 간간이 문자가 왔다. 엄마가 좀 이상하다, 미친 사람 같다, 다른 가게가 들어오려 한 적이 있는데 엄마가 난리를 쳤다, 여긴 인디언이라고. 나더러 어쩌라는 말인가. 요즘에는 천륜이고 뭐고 없다며.

"가족을 잃어본 사람이 우리 언니가 죽었을 때 카메라를 들고 구경 왔구나."

재희 혼자 촉촉이 젖은 무드를 완전히 깨버리며 수리가 말했다. 왜 수리가 자신이 찍어 올린 장례식장 영상을 봤을 거라고 생각지 못했을까. 드디어 이홍재의 사진에서 시선을 뗀 수리의 표정은 차디찼다.

"난 너 사이코패스인 줄 알았잖아."

"그때 일은…… 미안해."

"잊지 마, 김재희. 너도 명백한 가해자야. 그 사실은 영원히 변하지 않아."

수리가 쐐기를 박듯 말했다. 재희는 두 사람 사이에 고인 결코 건널 수 없는 커다란 물웅덩이를 본 기분이 들었다. 사적인 얘기를 마구 늘어놓은 것을 곧 후회했다.

▷▷▷

"뭐야, 차였어?"

분위기 파악에 일가견이 있는 청담이 도착하자마자 두 사람 사이의 묘한 기류를 눈치채고 재희에게 물었다. 으이구. 그럴 줄 알았다는 말을 덧붙이며 혼자 재밌어했다. 재희가 눈을 부라리며 주먹을 쥐고 금방 팰 듯이 으스댔지만, 그 정도에 쫄 청담이 아니었다. 깔깔 웃는 소리가 시원했다. 수리는 야구 모자를 푹 눌러쓰고, 마스크와 선글라스까지 쓴 채 얼굴을 가리고 거울을 보았다. 곧 있을 청담의 라이브 방송에서 자신을 가릴 변장을 했다. 재희는 이미 전국에 얼굴이 팔린 터라 맨얼굴이었다. 청담은 평소에 쓰던 반쪽짜리 나비 가면을 썼다.

라이브 방송 때 간접적으로 사악니가 출연할 것을 흘린 덕에 대기자가 기하급수적으로 늘어났다. 청담은 '유튜버 연쇄살인 용의자를 찾아서'라는 제목으로 올린 라방 예고에 대기자 수가 역대급으로 치솟자 흥분해서 평소보다 텐션이 올랐다.

"이홍재 집에 없으면 어떡하지? 그럼 방송 좆망하는 건데."

"없으면 기다렸다가 잡자."

두 사람의 얘기를 듣다가 재희가 소리 질렀다.

"뭐야? 있으면 경찰 불러야지. 너네 무슨 소릴 하는 거야. 상대는 살인범일지도 모른다고. 미쳤어?"

"당연히 잡아서 뭐라도 캐내야지. 주인도 없는 집을 뭐 하러 가. 가서 우렁각시처럼 방이라도 치워주게?"

수리가 비꼬았다.

"걱정 말아요. 수리 누나는 내가 지킬게. 이래 봬도 중학교 때부터 왕따여서 맷집이 좋아."

청담의 말에 하나도 안심이 되지 않았다.

셋이 함께 재희의 SUV에 올라탔다. 재희는 주머니에 과도와 커터칼을 챙겼는데도 핸들을 잡은 손이 떨리는 것을 멈출 수 없었다. 핸들에 땀이 진득하게 눌어붙었다. 뒷좌석에 앉은 수리는 목에 버버리 스카프를 두르고 있었다. 거슬렸다. 비장하게 채기쁨의 유품을 착용한 수리가 무섭게 느껴졌다.

차창 밖에선 그칠 줄 모르는 장대비가 내렸다. 이홍재가 배달을 나가 없길 바랐다. 횡단보도 앞에서 신호를 기다리는 틈을 타 재희는 몰래 청담소년 유튜브의 라방 링크를 오 형사에게 보냈다. 안전판이 필요했다. 청담은 라이브 때문에 그렇다 치고, 평소에 말이 없던 수리도 이상하게 들떠 보였다.

"잘못하다 죽을 수도 있어."

"바라던 바야."

"오호! 가자! 밟아!"

청담이 소리를 내지르며 분위기를 돋우었다. 라이브 방송 5분 전. 3만 5000명이 시청 대기 중. 이홍재의 집은 채기쁨의 집에서 차로 20분 거리에 있었다. 고장 난 한쪽 와이퍼가 삐걱거리며 신경을 긁었다. 언제 저 모양이 됐는지 기억조차 나지 않았다. 소용돌이 한복판에 들어와 있는 기분이 들었다. 사악니 마스크를 두고 와서 도로 최두환의 집에 들어가 살해 현장을 봤던 일, 도어록을 제거한 채 집을 비운 사이 살해당한 강영일을 발견하게 된 일이 차례로 눈앞을 스쳐 지나갔다. 갑자기 추진된 이 해프닝도 불행을 향해 달릴까 봐 불안했다.

끼이익. 재희는 급브레이크를 밟고 갓길에 차를 세웠다. 마침, 청담의 라이브 방송이 막 시작되었다. 청담이 밝은 목소리로 시청자들에게 인사했다. 정면을 보고 있던 재희에게 카메라를 들이댔다.

"이쪽은 사악니 씨. 알죠? 유명 인사. 오늘의 주인공입니다. 인사해주세요!"

재희는 카메라를 유심히 바라봤다. 가끔은 동그랗고 미끈한 유광의 카메라 렌즈가 기이한 생명체처럼 보였다. 마치 영혼을 훔쳐 가는 디멘터처럼. 청담이 옆구리를 푹 찌르며 뭐하냐고 보챘다. 재희는 가볍게 눈인사를 했다. 빠르게 올라가는 채팅창에 눈길이 멈출세라 얼른 다시 고개를 돌렸다. 청담이 내비게이션의 남은 시간을 확인했다.

5분.

"네. 현장까지 가는 데 5분 정도 남았습니다. 아, 뒤에 있는 분은 누구냐고요? 죽은 피해자 유가족입니다. 여기까지만 말하겠습니다. 저희는 목숨 걸었어요. 저희가 이 용의자의 존재를 인지한 것은 약 한 달 전인데요, 그때부터 이상한 배달물을 받거나 미행을 당했습니다. 결정적으로 사악니 님을 죽이겠다고 공개 살해 협박을 하고 나서부터는 더 이상 두고 볼 수 없다고 판단했습니다. 어? 사악니 님, 왜 출발 안 해요?"

재희는 뒷좌석에 있는 수리를 바라봤다. 수리가 핸드폰을 보라고 신호했다.

—다 된 밥에 초 치지 말고 빨리 가. 아까부터 계속 같은 자리 도는 거 알고 있어. 안 가면 절교야.

수리한테서 카톡이 도착했다. 언제는 친구 아니라면서, 절교? 재희는 한숨을 쉬었다.

"나만 들어갈게. 너희…… 아, 아니, 당신들은 차에 있어요."

재희가 더듬거리자 청담이 큭큭 웃었다. 청담은 우연히 사악니와 친해진 계기를 거짓으로 지어서 시청자들에게 설명하며 시간을 끌었다.

좁고 거미줄처럼 이어진 원룸촌을 돌고 돌아 목적지에 닿았다. 이홍재의 집은 4층짜리 빌라 지하였다. 비가 와서 원래도 우중충한 회색 건물이 더 우중충해 보였다. 건물 출입문 한쪽엔 길게 금이 가 있었고, 옆으로 사람 똥인지 개똥인지 모를 똥 뭉텅이가 입구를 막은 채 비를 맞으며 흐물흐물해지고 있었다. 청담은 그런 디테일을 놓치지 않고 카메라에 담으며 분위기를 조성했다. 목소리가 거의 들리지 않을 만큼 낮아졌다. 시청자들이 안 들린다고 아우성을 치든 말든 이제 청담도 스스로 만든 분위기에 한껏 몰입했다.

제일 먼저 내린 청담을 따라 재희와 수리가 차례로 금 간 유리문을 통과했다. 계단 아래, 양쪽 현관문이 서로를 마주 보고 있었다. 이홍재의 집은 계단 밑 오른쪽이었다. 다행히 계단 밑 공간에 못 쓰는 티브이와 사다리가 잡다하게 놓여 있어 사람 하나 들어갈 만한 공간이 있었다. 수리는 티브이를 엄폐물 삼아 자리를 잡았다. 재희가 준 후추 스프레이를 꺼내 한 손에 들고 언제라도 발사할 태세를 갖췄다.

현관문 외시경을 손바닥으로 가리며 재희가 벨을 눌렀다. 무릎을 쭈그려 앉은 청담이 문에 귀를 바짝 붙였다. 아무 소리도 들리지 않았다.

이번엔 문을 두드렸다.

"저기요, 윗집인데요. 저기요! 아무도 안 계세요?"

여자의 목소리가 경계심을 푸는 데 유리할 것 같다는 판단에 수리가 나서서 말했다. 수리가 엄폐물 사이에서 나와 건물 바깥을 한 바퀴 돌았다. 뒷면에 난 창문들은 전부 불이 꺼진 듯 어두웠다.

"없는 거 같아."

재희가 현관문을 다시 두드렸다.

"뭐야? 열려 있는데?"

무심코 손잡이를 잡은 청담이 말했다. 문 열지 마. 재희의 깊숙한 곳에 자리 잡은 공포심이 그렇게 소리쳤다. 열린 문은 전부 다 함정이었다. 재희는 금방이라도 졸도할 듯 극심한 스트레스를 받았다. 들어가려는 청담의 손목을 탁 잡았다.

"들어가지 말라고요? 에이, 여기까지 왔는데. 저에겐 여러분이 있잖아요."

시청자들이 들어가지 말라고 만류했는지 청담이 카메라를 향해 말했다.

"위험합니다."

재희도 카메라를 향해 말했다. 청담이 부드럽게 재희의 손을 떼어냈다. 저 맷집 좋다니까요, 하며 어두운 실내로 들어서는 청담의 발걸음에는 한 치의 주저함이 없었다. 시청자가 그에게는 안전판인가 보았다. 수리가 그를 따라 들어가려고 하길래 재희가 얼른 막았다.

"넌 여기 있어. 망보는 사람이 있어야지."

수리는 못마땅한 표정을 지었지만, 재희의 말에 수긍하고 물러났다.

재희는 호주머니에 있던 과도를 꺼냈다. 청담은 벽을 따라 붙으며 스위치를 찾았다. 씨발 너무 어두워, 청담의 목소리에 긴장이 묻어났다. 재희는 핸드폰 플래시에 의지해 방의 구조를 살폈다. 아담한 거실과 방 두 개. 방문은 전부 닫혀 있었다. 돌연 입안에서 쇠 비린내가 돌았다. 헉헉. 허억. 못 참겠다. 갑갑해지는 가슴 때문에 짧은 숨을 연달아 쉬자, 청담이 손전등을 비추었다.

"왜 그래? 괜찮아? 나가 있을래요?"

나가고 싶었으나 청담이 지하방 탐방을 멈추지 않을 것 같아 재희도 도리질을 쳤다. 약을 먹고 올 걸 그랬다.

픽!

갑자기 뭔가가 터지는 소리에 깜짝 놀라 재희와 청담이 동시에 비명을 지르며 몸을 낮췄다. 3초 뒤에 고개를 들어보니 거실 펜던트 조명에 빨간 불이 켜졌다. 마치 어딘가에서 집주인이 지켜보다가 타이밍을 맞춰 놀래킨 듯했다. 귀신의 집인가. 청담의 이마에 주르륵 땀이 흘렀다.

"형!"

청담이 소리를 질렀다. 재희는 청담의 시선을 따라 아래를 보았다. 펜던트 조명 아래에 덩그러니 앉은 못난이 인형. 못난이 인형의 한쪽 팔이 정확히 닫힌 방을 가리켰다. 변태 새끼, 무슨 이벤트를 준비한 거야. 뭔지 몰라도 놈이 재희와 청담보다 준비성이 좋았다. 미끼를 문 건 우리 쪽이었다. 재희가 방문으로 다가가려는 청담을 다시 붙잡았다.

"죽인다…… 아니 죽겠다. 존나 무섭다. 이 새끼 범인 맞나 봐."

청담이 중얼거렸다.

"가자."

재희가 식은땀을 비 오듯 흘리며 말했다. 청담도 이번에는 분위기가 심상치 않은지 고개를 미친 듯이 끄덕였다. 청담은 못난이 인형을 확대해 찍고, 못난이 인형이 가리킨 방으로 카메라를 패닝했다.

"여러분. 이거 저희가 할 사이즈가 아니에요. 일단 철수하고, 경찰에 신고하겠습니다."

등 뒤로 생중계하는 청담의 목소리를 들으며 재희는 이 빌어먹을 곳을 빠져나가려고 했다. 발밑의 익숙한 그것을 보기 전까지는.

"왜, 왜, 왜 안 나가는데? 왜!"

청담이 얼른 가자고 보챘다. 재희는 현관 신발장에 오도카니 놓인 파란색 아디다스 운동화를 보았다. 연꽃무늬의 패치. 특별한 디자인. 바닥 면을 뒤집어 사이즈를 확인했다.

235!

더 확인할 것도 없었다. 울음 비슷한 것이 터져 나왔다. 심장이 터질 것처럼 쿵쾅댔다. 못난이 인형이 가리킨 방문의 문고리를 흔들었다. 잠겨 있었다. 재희는 악을 쓰며 방문을 향해 곤두박질치듯 몸을 받았다. 어깨가 부서져도 상관없었다. 제발. 무겁고 오래된 공포가 찾아왔다. 소중한 것을 잃을 거라는 예감. 옆에서 지켜보던 청담이 함께 몸을 날렸다.

나무로 된 문이 퍼석 소리를 내며 부서졌다. 그 안에 손을 집어넣어 문고리를 돌릴 생각도 하지 못하고, 그대로 뚫린 구멍으로 무식하게 돌진했다. 성나게 부서진 목재가 재희의 목덜미를 푹 찍었으나 재희는 아무것도 느끼지 못했다.

"엄마!"

재희는 신음하듯 그 이름을 불렀다. 침대와 행거. 컴퓨터가 놓인 방 안 모서리에 편의점 봉지를 뒤집어쓴 사람이 앉아 있었다. 팔다리는 노끈으로 느슨하게 묶여 있었는데 피해자는 미처 풀 생각도 하지 못한 것 같았다. 검은 봉지 밑으로 축축한 피가 흘렀다. 재희는 엄마가 아니길 바라면서, 봉지를 양손으로 뜯었다. 봉지는 쉽게 벗겨졌다.

얻어터져 심하게 부은 엄마가 거기 있었다.

엄마는 두 눈을 동그랗게 뜨고 눈앞에 나타난 아들을 바라봤다. 전혀 믿지 못하겠다는 듯 얼굴에 가득 찬 두려움을 거두지 못했다.

"카메라 치워."

뒤에 서서 멍하게 있던 청담에게 말했다. 청담이 긴급 상황이라며 시청자들에게 양해를 구하고 급히 방송을 종료했다.

입에 붙은 청테이프를 떼어냈다. 엄마의 입속엔 재갈을 물린 듯 둘둘 말린 양말들이 가득했다. 재희가 서둘러 양말을 뺐다. 엄마는 구토를 할 것처럼 몸을 앞뒤로 크게 흔들었다. 그사이 청담은 밖으로 나가 경찰에 신고했다. 재희는 몇 달 만에 만난 엄마를 안았다. 몸이 죽은 사람처럼 차게 식어 있어서 덜컥 겁이 났다. 침대 위에 있던 이불을 집어 엄마에게 덮었다. 손과 발을 묶은 매듭은 예상대로 금방 풀렸다.

"어디, 어디 심하게 아픈 데 있어? 엄마, 내가 안고 나갈 건데, 응? 그래도 괜찮을 거 같아?"

말이 제대로 나오지 않았다. 눈물 때문인지 어두운 내부 때문인지 코앞에 마주한 엄마의 얼굴이 잘 보이지 않았다. 엄마는 들릴 듯 말 듯 조그만 목소리로 말했다.

"이번에도…… 너 때문이지?"

엄마의 말에 재희는 흘러나오는 눈물을 두 손으로 세수하듯 닦았다.

그래 맞아, 나 때문이야.

잔뜩 쉰 엄마의 목소리가 속상했다. 재희는 엄마의 몸을 이곳저곳 살핀 뒤, 두 팔로 안았다. 52킬로그램밖에 안 되는 작고 마른 엄마가 이상하게 무거웠다. 가상의 손들이 발밑을 붙잡고 놔주지 않는 것 같은 착각. 이 지옥이 영원히 지속되리라는 절망감이 올라왔다.

오 형사가 방송을 봤는지, 경찰들이 신고 후 5분도 걸리지 않아 현장에 도착했다. 수리가 위로하듯 재희의 어깨를 꽉 잡았고 재희는 붙들고 있던 엄마를 놔주었다. 구급대원들의 손에 의지해 엄마는 이송용 베드로 옮겨졌다.

"보호자세요? 같이 타고 갈게요."

대원의 말에 재희는 뒤를 한번 돌아봤다. 어둠 속에 잠겨 있던 빌라는 어느새 밝아졌다. 소동에 눈을 뜬 주민들이 불을 켜고 저마다 창문에 붙어 구경 중이었다. 수리가 어서 가라고 손짓했다. 손목에 차가운 감각이 느껴졌다. 엄마였다. 재희의 손을 꽉 잡은 엄마의 손은 지난 초여름에 입은 화상 자국이 드러나 울긋불긋했다. 손목에는 오랜 시간 묶여 있어 불그죽죽한 피멍이 들어 있었다.

엄마는 혼자가 나왔다. 애인과 아들 때문에 돌아가면서 고문을 당했다. 엄마는 구급대원의 연이은 질문에 제대로 된 대답을 하지 못했다. 정신이 드세요? 환자분, 눈 떠보세요, 하는 목소리를 날려버리고 의식을 잃었다.

혈압과 심박수를 체크하던 구급대원이 재희에게 환자가 평소에 앓는 지병이 있냐고 물었다. 아. 재희는 아는 것이 없었다. 항상 허리가 아프다, 어깨가 아프다 했지만 한 번도 되묻지 않았다. 엄마가 건강 검진을 받긴 했었나…… 기억이 나지 않았다. 재희가 난감한 얼굴로 얼버무리자, 오히려 구급대원이 괜찮다고 위로했다. 저혈당 쇼크로 잠시 의식을 잃은 거라 포도당 처치를 했다고도 말했다.

그놈을 죽여야겠다. 어떤 대가를 치르더라도.

▷▷▷

같은 시각, 경찰서로 한 통의 신고 전화가 들어왔다. 사람이 빌라 외관 파이프를 타고 3층에 매달려 있다는 내용이었다. 즉시 출동한 경찰이 현장에 도착했지만 매달린 사람은 없었다. 경찰은 3층 창문이 깨져 있는 걸 확인하고 범인의 퇴로를 전부 막았다. 3층에는 총 다섯 세대가 있었다. 빌라 구조상 304호에 범인이 있을 가능성이 컸다. 벨이 없어 노크를 했는데 조용했다. 이상하다. 안에 사람이 없는 것 같았다. 마침 퇴근하고 돌아오던 302호 집주인은 이 빌라에 또 경찰이 뜬 것을 보고 대번에 싫은 티를 팍팍 냈다. 또 304호죠? 경찰이 304호에 대해 잘 아냐고 물었다.

"알죠. 사람 죽은 집이잖아요. 유튜버 여자애. 왜, 또 사람 죽었어요?"

경찰들은 고심 끝에 강제로 문을 따기로 했다. 전동드릴을 가져와 도어록을 철거하려고 할 때, 안에서 문이 열렸다. 남자는 이제 막 샤워를 하고 나온 사람처럼 수건을 두르고 무슨 일이냐고 물었다. 신고받고 출동했다는 말에 남자가 갸웃했다. 죽은 집주인과 무슨 사이냐고 묻자, 남자는 친척이라고 했다가 사실은 남자 친구라고 했다가 횡설수설했다. 현관 앞에 축축하게 젖은 그의 운동화가 눈에 띄었다. 경찰들이 서로 눈짓했고, 신호를 읽은 남자가 경찰들을 밀치고 달려 내려갔다. 하지만 퇴로가 막혀 있어 올라오는 경찰들에게 금방 붙잡혔다.

남자의 낡은 잔스포츠 백팩에는 채기쁨의 집에서 훔쳐 온 외장하드 두 개와 채수리의 노트북, 고인의 원피스 두 개가 들어 있었다. 성의 없이 구겨 넣었는지 잔뜩 헝클어진 단발머리 가발과 함께. 경찰은 남자의 신원을 확인했고, 그가 얼마 전 304호에 수시로 배달을 시켜 치킨에 약을 탄 정신이상자라는 사실을 확인했다.

곧 동작서 강력범죄수사과 이경춘 형사가 사건을 이관해줄 것을 요청했다. 사이버수사팀 오 형사도 이홍재가 검거됐다는 말에 동작서로 향했다. 그리고 그를 확인한 순간, 재희의 오피스텔 CCTV에 찍힌 사람과 동일 인물이라는 것을 알았다. 그가 기쁨의 전당이라는 닉네임으로 인터넷에 살해 협박

글을 올린 이였다. 오 형사는 줄곧 궁금하던 점을 이홍재에게 물었다. 왜 김재희를 괴롭히는 것인지. 인터넷에 올린 44가지 이유 때문이냐고 하자, 이홍재가 박장대소했다.

"그게 다 나랑 무슨 상관이에요. 그냥 그놈이 싫어요. 44가지 봤으면 알겠네요. 그놈이 얼마나 위선자인지. 걘 배신자예요. 뒤져도 싼 놈이야. 실컷 남 욕하다가 이제 와서 해결사 노릇을 하려고 한단 말야. 가서 전해줘요. 가만히 있으면……역시 가만히 있겠다고."

이홍재의 가방에 들어 있던 물건들은 모두 경찰에 압수됐다.

▷▷▷

재희는 오 형사가 건네준 증거 사진을 훑었다. 이홍재의 집에서 발견된 사진. 폴라로이드로 박정미, 즉 재희의 엄마를 찍은 사진들이었다. 총 네 장이었고, 사진마다 엄마는 얻어터져 반죽된 고깃덩어리처럼 보였다. 폴라로이드 사진 밑에는 유성 매직으로 쓴 글씨가 적혀 있었다.

─ 내가 약을 타?

─ 느금마 맛없어 보여서 안 먹음.

─ 꼴 보기 좋다.

─ 다음엔 사악니 니 여자다.

오 형사가 폴라로이드 사진을 보는 재희를 걱정스럽게 바라봤다. 깊은 탄식이 흘렀다. 어느 것 하나 엄마의 모습이라 할 수 없었다. 종잡을 수 없는 감정들이 한데로 모여 분노라는 이름으로 팽창했다. 한 번의 화나 욕설로 표출될 수 없는 것들, 증오, 혐오, 살의라고 부르는 감정의 전이였다. 재희는 단번에 수리를 이해했다. 언니의 죽음을 전시해놓은 그녀의 노트북 배경 화면은, 그 시간을 절대 잊지 않으리라는 스스로의 다짐이자 맹세였다.

"피해자 최두환과 강영일 씨를 살해한 게 본인이라고 자백했어요."

오 형사가 말했다. 재희도 이미 알고 있었다. 병원 휴게실에 있는 텔레비전에서 하루 종일 이홍재에 대해 떠들었으니까.

재희가 구급차를 타고 떠난 그 밤 이홍재는 채기쁨의 집에 무단 침입을 했다가 검거됐다. 이홍재는 채기쁨의 열렬한 팬이었고, 그녀가 죽자 그녀를 욕되게 한 최두환도 죽였다고 자백했다. 몇 달 동안 오리무중이었던 범인의 출입 경로는 간단했다. 23층 비상계단 사이에 있는 창문으로 나가 거리가 2미터가 채 안 되는 최두환의 집 실외기를 타고 침입했다. 자칫하면 낭떠러지로 떨어질 아찔한 방법을 택해 오전부터 들어가 있었다고 했다. 비슷한 방법으로 채기쁨의 집에도 침입했으나 24층보다 4층 건물이 행인의 눈에 띄기 마련이었다.

"사악니 집은 식은 죽 먹기였어요. 글쎄, 하늘은 <u>스스로</u> 돕는 자를 돕는다더니. 문이 열려 있었습니다. 그 점이 고마워서 저도 선물 하나를 마련했습니다."

본인 집으로 쳐들어온다는 청담소년의 유튜브 예고 영상을 보고 일부러 문을 열어두고 쇼를 준비했다는 소리였다. 재희의 엄마는 대낮에 자택 아파트에서 납치되었는데 식칼을 들이밀자 찍소리 못 하고 따라나섰다고 했다.

"사이좋은 모자가 싸운 것 같길래 위기를 주고 싶었습니다. 원래 위기와 고난을 함께 나눌수록 사이가 돈독해지잖아요."

뉴스에서 대통령의 한마디 한마디가 기사화되는 것처럼 그의 잡소리도 기사화되었다. 포토존에서 그는 샐쭉 웃었는데, 그 꼴 보기 싫은 면상이 텔레비전만 틀면 나와서 재희는 거의 미칠 지경이었다. 더불어 그의 다음 타깃이었던 재희, 사악니에 대한 루머가 확인된 사실인 것마냥 보도되었다. 사악니, 그놈은 남 얘기만 하더니 천벌받았다, 당해도 싸다 같은 2차 가해가 썩은 물웅덩이 안에 모여드는 모기들처럼 들끓었다.

"제가 여기 온 건 일전에 준 하드디스크 때문이에요. 소유자가 누굽니까?"

"왜요? 뭐가 나왔어요?"

"하드디스크에서 M모텔로 추정되는 객실 몰래카메라 동영상이 수백 개 발견되었어요. 전에 채기쁨 씨가 멤버십 회원들에게 성폭력을 당하고 죽은 것 같다고 했죠? 이홍재에게 압수한 외장하드에서도 채기쁨 씨 동영상이 나왔어요."

"그렇겠죠. 같은 놈들이니까."

"저보다 잘 아시는 것 같아 다시 묻겠습니다. 이 하드디스크 소유주도 채기쁨 씨의 멤버십 회원이라 추정 중인 겁니까? 그래서, 그 밤에 유튜브를 켰고, 유가족 채수리 씨와 함께 사건을 파고 계신 거고요."

재희는 박현창의 이름을 말할까 말까 고민했다. 그때 수리가 허벅지를 고문했던 게 생각났기 때문이다. 고민은 짧았다. 이홍재가 챙긴 모든 자료까지 다 확보했으니 어쩌면 경찰이 더 빨리 범인을 찾을 수 있었다.

"네. 맞습니다. 소유주는 박현창입니다. 걔 하드디스크에 M모텔 몰래카메라 영상이 있다니까 확신이 듭니다. 둘이 아는 사이일 겁니다. 같은 회원, 기쁨의 전당이요. 네. 맞는 거 같아요."

오 형사가 수첩에 뭔가를 빠르게 적었다. 재희는 박현창의 연락처까지 넘기고 말했다.

"최두환 역시 가해자였습니다. 기쁨의 전당 비밀 회원이었고요. 채기쁨과 한때 연인 사이였고요."

볼펜을 굴리던 손이 멈췄다.

"최두환 씨 핸드폰 포렌식 결과 연인 사이라고 볼 증거는 없었습니다. 두 사람이 어떤 밀어나 애정 표현을 주고받은 정황은 나오지 않았어요."

"네?"

재희는 전에 박현창이 했던 말을 떠올렸다. 레드썬90은 회원들에게 채기쁨이 제 여자 친구라고 자랑했다. 레드썬90은 최두환이 확실했다. 그럼, 박현창이 거짓말을 했다는 건가?

"채기쁨 씨에게 애인이 있었다는 얘기는 누구에게 들은 거죠?"

재희의 표정을 살피며 오 형사가 물었다.

"박현창한테서요."

"좋습니다. 소환해서 조사하면 나오겠죠."

재희는 존재할지 모르는 스너프 필름 얘기는 하지 않았다. 오 형사는 더 질문하는 대신, 어머니가 괜찮은지 물었다.

엄마⋯⋯.

그녀는 괜찮지 않았다. 병실로 돌아오는 재희의 발걸음이 무거웠다. 무장 경찰들이 엄마의 병실 입구를 지키고 있었다. 안쪽에서 괴상하다고밖에 표현할 수 없는 소리가 들렸다. 우는 것도 아니고, 웃는 것도 아닌 미친 사람의 비명. 엄마의 발작이 시작된 건 병원에 실려 온 뒤 5일째부터였다. 곁을 착실히 지키던 재희를 밀치고 때리고 결국에는 울부짖었다. 엄마는 아들의 모습에서 전혀 다른 것, 범인을 보는 듯했다. 카테

터를 뽑고 주삿바늘이나 이동식 수액 걸이를 무기로 사용해 허공에다 휘휘 둘렀다. 어떨 때는 지인이 문병 선물로 두고 간 음료수를 재희에게 사정없이 던졌다.

"왜 이래, 정마알!"

재희가 두 팔을 잡고 막으려 하면 하얀 거품을 물고 기절하곤 했다. 무기를 손에 쥐지 않고는 잠들지도 않았다. 그나마 다행히 이곳이 병원이고 자신이 납치당했었다는 것 정도는 인지했다. 그러나 아들만은, 알아보지 못했다. 자꾸 그를 범인과 혼동하고 공격했다. 이러다 둘 다 다친다고 의사는 되도록 엄마가 잠들었을 때만 옆에 있으라 했다.

엄마는 다섯 형제 중 유일한 딸이었다. 또한 유일하게 직업을 가진 사람이었다. 나머지 네 명의 형제 모두가 열두 평짜리 기사 식당을 하던 엄마에게 손을 벌렸다. 엄마가 기사 식당을 그만두자, 네 명의 형제들과 자연스럽게 연락이 끊기고 멀어졌다. 그러니까 엄마의 보호자는 재희 하나뿐이었다. 그런데 유일한 자식을 괴한으로 몰다니.

재희는 엄마가 진정제를 맞고 어서 잠이 들길 바라면서 병실 문밖 맞은편에 놓인 벤치에 앉았다. 이대로 엄마의 정신이 돌아오지 않는다면…… 그녀는 아들에게 제대로 복수를 하는 셈이었다. 재희는 엄마가 아들에게 남긴 마지막 말이 '이번에도 너 때문이지?'가 아니길 바랐다.

한바탕 전쟁을 치렀는지 간호사들이 기진맥진해서 병실을 나왔다. 재희를 보고 살짝 묵례하며 지나갔다. 커튼을 쳐놓은 병실에서 엄마는 방금 생을 마감한 사람처럼 반듯하게 누워 있었다. 두 손을 가슴 위로 모아둔 채. 흥분했는지 뺨은 약간 의 홍조를 띠었지만, 멍으로 부었던 얼굴은 어느새 가라앉아 원래의 제 얼굴로 돌아와 있었다. 기미와 주름이 가득해도 오 밀조밀 예쁜 사람이었다.

"내가 진짜 잘못했어. 다 내 탓 맞아, 엄마. 내가 정말 쓰레 기였어. 엄마 말대로 사람 새끼가 아니고 괴물이었어. 개새끼, 쌍새끼, 나한테 다 욕해. 모든 욕을 다 나한테 해요. 제발 나 좀 잊지 마. 나 좀 지우지 마, 엄마."

뇌리에 박혀 지워지지 않는 폴라로이드 사진 때문에 재희 는 죽고 싶었다. 존엄은 파괴되었다. 재희는 엄마를 흔들어 깨웠다. 정말 영혼이 빠져나갈까 봐 엄마를 붙잡았다. 금방 잠에 빠져들던 엄마가 눈을 떴고, 자신의 상체를 잡고 울부짖는 재희를 보며 끔찍한 비명을 내질렀다. 떠났던 담당 간호사가 뛰어와 환자를 흥분시킨 재희를 밀쳤다. 당장 나가세요, 보호 자 때문에 환자가 지금 위험할 수 있어요, 짜증 섞인 말투로 간호사가 말했다. 재희의 새된 울음은 아무도 돌봐주지 않았 다. 기어코 엄마는 무언가를 게워냈다.

죽이고 죽고 싶은데 이홍재를 어떻게 죽이나. 마지막에 떠오른 한 사람은 수리였다. 수리, 너도 이런 기분으로 하루하루를 살아가는 거냐.

재희는 수리와 청담에게 같은 문자를 보냈다.

— 나 손 뗀다.

답장은 오지 않았다. 이홍재의 현장 검증은 바로 내일이었다.

9. 현장 검증

옛집은 재희가 뜯은 디지털 도어록에서 열쇠를 돌려 여는 구식 문고리로 바뀌어 있었다. 열쇠공은 2분 만에 준비해 온 도구로 손쉽게 문을 열었다. 집을 떠났을 때와 조금도 다르지 않은 익숙한 거실이 보였다. 현관문 주변에 발자국이 마구 나 있었고 우산꽂이가 거실 바닥에 뒹굴었다. 재희는 우산꽂이를 바로 세우고 이홍재의 발자국이 흐트러지지 않도록 조심히 신발을 벗었다.

식탁에는 먹다 남은 과자 봉지가 입을 벌린 채 있었다. 그 주변으로 개미들이 열심히 부스러기를 날랐다. 가스레인지 위 청국장이 높은 기온에 부패해 썩은 내를 풍겼다. 재희는 개수대 안에 놓인 밥그릇과 포크를 설거지하고 청국장을 버렸다. 이부자리가 안방이 아닌 거실 소파 위에 있는 걸로 봐서 엄마는 강영일이 죽고 나서 안방을 버린 것 같았다. 하긴 누구라도 애인이 죽은 베란다가 있는 안방에는 들어가지 못했을 것이다. 몇 달 만에 들어간 재희의 방에선 묵은 먼지 냄새가 났다. 엄마가 홈쇼핑에서 시킨 물건들이 잡다하게 쌓여 있었다. 사놓고 뜯지 않은 상자가 태반이었다. 20년을 산 제 방이 새삼스러워 한번 훑어보고 시간을 확인했다.

현장 검증 예정 시간은 정오였다.

해가 뜬 거실과 안방은 노란 햇살로 물들었다. 재희는 주방 수납장을 뒤져 언젠가 선물을 받아놓고 엄마가 아까워서 쓰지 않은 칼 세트를 찾았다. 고급스러운 빨간 상자 안에는 칼갈이를 제외하고 총 다섯 종류의 새 칼이 들어 있었다. 중식도, 과도, 식도, 중도, 빵칼, 이렇게.

재희는 상자를 들고 안방으로 들어갔다. 범인과 직접적인 원한 관계인 재희를 경찰들이 인접하게 두지는 않을 것이다. 살해 현장인 베란다까지는 접근하지 못할 것이고, 끽해야 안방 문 안쪽, 침대 구석 정도일 것이다. 재희는 다섯 개의 칼을 숨길 곳을 찾았다. 중도는 바지춤에 꽂고, 나머지 중식도와 과도, 식도를 안방 곳곳에 숨겼다. 안방 앞, 에어컨과 큰 화분 사이에 재희는 과도를 꽂아 넣었다. 경찰들이 잠시 틈을 보이면 곧바로 그에게 치명타를 남길 생각이었다.

베란다의 관목들은 한결같이 말라비틀어져 흉측했다. 재희는 이미 죽은 것들에게 물을 뿌려준 뒤, 칼을 들고 연습을 했다. 그의 옆구리, 어깻죽지, 다리, 목덜미 어디라도 상관없었다. 한층 진해진 노릿한 햇빛을 받으며 재희는 수없이 상상 속에서 이홍재를 죽였다.

이홍재가 경찰 봉고차에 내리고부터 희망아파트 단지 일대에 소란이 벌어졌다. 소식을 듣고 온 기자들과 유튜버 연쇄살인이라는 흉흉한 소문으로 스트레스를 받아온 유튜버들이 죄다 출동했다. 재희는 거실 소파에 앉아 실시간으로 중계하는 어느 유튜버의 라방을 켰다. 이홍재가 경찰에 이끌려 들어오고 있었다.

"평소 유튜버 사악니와 어떤 원한 관계에 있었습니까?"

"깊이 반성합니다."

방송사 기자의 물음에 이홍재가 짧게 답했다. 누군가가 그에게 계란을 투척하려다 제지당했다. 유튜버들이 이홍재에게 발차기 한 번이라도 하려고 기를 썼지만, 대거 출동한 경찰에 의해 전부 차단됐다. 그래, 그렇게 진을 빼놔, 정신을 흩트려놓아, 그럴수록 재희에게 유리했다.

경찰이 벨을 눌렀고 재희는 열렸다고 소리쳤다. 경찰들의 등 뒤에 지팡이를 쥔 노인 둘이 서 있었다. 잠시 서 있기도 힘들 정도로 늙은 부부였다. 설명하지 않아도 재희는 그들이 말티놈, 강영일의 부모라는 걸 알았다. 그들은 경찰의 부축을 받으며 방금까지 재희가 앉아 있던 소파에 자리 잡았다. 장례 식장에서 보지 못했던 강영일의 유가족들을 보니 재희는 그들에게 어떤 위로의 말을 건네고 싶었다. 쭈글쭈글한 눈에서 하염없이 맺히는 눈물을 보고 고작 두루마리 휴지를 건네는 게 다였다. 신경 써서 양장을 차려입은 두 사람이 재희의 존재가 궁금한 듯 누구냐고 물었다. 미처 예상 못 한 상황이라 입술이 바짝 말랐다.

"고인의 여자 친구 아들입니다. 생전에 몇 번 뵀어요."

두 노인은 서로를 마주 보고 그게 무슨 뜻인지 잘 모르겠다는 얼굴이었다.

"영일이한테 자식이 있었어?"

"아녀. 없어. 걔가 뭔 자식이 있어?"

재희는 부정하면서도 되묻는 할머니의 표정에서 민들레 꽃 씨처럼 가녀린 소망을 캐치하고 말았다. 아니에요, 아니야, 하고 도리질을 치는 자신이 잘못을 저지른 기분이었다. 걱정 마 세요, 복수해드릴게요, 재희는 두 노인의 눈을 보며 속으로 다짐했다.

얼마 안 있어 큰 소리가 나더니 더 많은 무리가 들이닥쳤다. 경찰들이 족히 열 명은 되어 보였고, 그 가운데에 고개를 숙인 이홍재가 보였다. 이홍재는 이곳이 어딘지 혼란스러워

하는 얼굴이었다. 카메라를 든 경찰이 계속해서 연사로 사진을 찍어댔다. 재희와 유가족들은 그저 가만히 소파에 있었을 뿐인데 가만 계세요, 유가족분들 진정하세요, 하며 제지를 당했다. 불끈 열이 뻗쳤다. 내 집인데 뭘 가만히 있으래. 하지 말라고 하면 더 하고 싶은 재희는 일어서서 한 걸음을 떼기도 전에 형사들에 의해 소파에 다시 앉혀졌다.

"제가 현장 증인인데 이럴 겁니까? 범행 장소는 그쪽이 아니라, 에어컨 있는 옆방이에요. 개새끼가 남의 방 앞에서 뭐하는 거야?"

참다못한 재희가 소리쳤다. 재희의 방 앞을 기웃거리던 이홍재가 그제야 기억이 났다는 듯 발걸음을 옮겼다. 재희는 필사적으로 이홍재와 눈을 마주치려고 했지만, 그가 열심히 피했다.

"침입했을 때 피해자는 어디에 있었지?"

담당 형사가 이홍재에게 물었다.

이홍재는 문을 기웃거리며 거실 한복판을 활보했다. 그때마다 경찰들이 물결치듯 동요했다. 마침내 안방 문을 연 그는 침대를 가리켰다. 형사의 지시에 따라 경찰이 가져온 마네킹을 침대에 눕혔다. 이홍재는 수갑을 찬 자신의 팔목을 내려다보며 '칼'이라고 말했다. 그러자 그의 손에 두꺼운 종이로 만든 모조칼이 쥐어졌다.

"여기 피해자가 누워 있었고 절 보자마자 소리 지르면서 베란다로 달려갔어요."

그의 말에 따라 경찰은 마네킹을 베란다 구석으로 옮겼다. 그는 준비가 됐다는 듯 끄덕하더니 곧바로 베란다로 뛰어갔다. 마주 선 마네킹의 배를 찌르고, 목을 찌르고, 가슴을 서너 번 찔렀다. 어이고. 어이고 오오. 옆에서 서글픈 탄식이 들렸다. 할머니가 어느새 재희의 옆에 서서 제 명치를 두드리고 있었다. 재희는 할머니가 쓰러질까 봐 어깨를 단단히 붙들었다. 둘 다 경찰들에 밀려 안방 문밖에 간신히 섰다.

재희는 상황 파악을 마쳤다. 놈이 나올 때를 노려야 했다. 안방 앞 대형 화분에 꽂은 과도의 빨간색 손잡이가 눈에 들어왔다. 바지춤에 넣은 중도를 꺼내다간 바로 제지당할지 모르니 흙에 박힌 과도를 꺼내는 것이 나을지도 몰랐다.

"그다음에, 입은?"

사건 경위를 메모하던 형사가 물었다. 아! 입. 이홍재는 깜박했다는 듯 웃었다. 웃지 마! 이 새꺄, 곧바로 경찰들 사이에서 욕설이 날아왔다. 그는 쓰러진 마네킹의 흉부를 무릎으로 압박해 올라타며 마스크를 벗기는 시늉을 했다. 그리고 칼을 잡아 왼쪽으로 휙 그었다.

"왼쪽 아니고 오른쪽이야."

보고서를 보던 형사가 또 지적했다.

"사람이 많아서 헷갈려요."

이홍재가 변명하며 오른쪽으로 칼을 그었다. 그걸로 성에 안 찬다는 듯 마네킹의 목을 졸랐다. 형사들이 거칠게 그를 붙잡았다. 이 새끼야, 목 조르는 건 없었잖아, 왜 장난쳐! 이홍재가 일어나 재밌어하는 얼굴로 마네킹을 노려보자, 잘 버티고 서 있던 할머니가 쓰러졌다.

"할머니!"

주변에 있던 경찰들이 쓰러진 할머니 주위에 몰려들었다. 형사가 밖에 구급대가 있다는 걸 알려줬고 누군가가 깊게 한숨을 쉬었다. 긴장으로 가득했던 현장의 대열이 흐트러졌다. 할머니 나이스! 재희는 쓰러진 할머니에게서 뒷걸음질 쳐 수많은 눈들이 향하는 곳을 빠르게 스캔했다. 이홍재는 베란다에 나와 침대 근처에서 경찰의 신호를 받기 위해 기다리고 있었다. 두 사람의 눈이 허공에서 부딪쳤다.

이때다. 딱 다섯 발걸음이었다. 재희는 거칠게 경찰들을 밀치고 그에게 향했다. 뭐야? 경찰 중 한 명이 재희를 붙들었다.

"침대 서랍에 약 있어요. 할머니 약."

말도 안 되는 핑계를 즉흥적으로 만들어 소리쳤다. 붙잡았던 경찰이 의심의 눈으로 침대 협탁 서랍을 열어젖혔다.

두 걸음.

재희는 어, 거기요. 밑에! 다시 소리쳤다. 이홍재가 낌새를 챘는지 뒷걸음질 치다가 침대에 넘어졌다. 재희가 바지춤에 있던 중도를 꺼낸 건 그때였다. 동시에 이홍재가 기겁하며 말했다.

"칼이야!"

고작 두 걸음인데 찔러 넣을 틈이 없었다. 재희는 빠른 판단으로 중도를 놈에게 힘껏 날렸다. 경찰들이 재희의 몸을 덮쳤다. 마지막 기회라고 여겨 날린 중도는 놈의 목을 스쳐 이불 위에 부드럽게 안착했다. 이홍재가 제 목을 찌를 뻔했던 중도를 급히 집었고, 옆에서 보고서를 들고 있던 형사가 대번에 판을 세로로 세워 이홍재의 팔을 내리쳤다. 악 소리를 내며 그의 손에서 떨어진 중도는 바닥 장판에 꽂혔다.

이미 경찰들에 의해 제압되어 바닥에 구겨진 재희가 이성을 잃은 채 악을 썼다. 너 죽여버릴 거야. 너 이 새끼 죽일 거야. 경찰들이 재희를 제압하는 동안, 이홍재는 다른 경찰들에 이끌려 빠르게 집을 나섰다.

"그래도 네 엄마는 살려줬잖아."

이홍재가 그렇게 중얼거렸다. 닥쳐! 형사가 거의 그를 발로 차다시피 하며 끌고 갔다.

재희를 제압했던 경찰들이 하나둘 일어나 비켜줬다. 우리도 선생님 마음 다 이해합니다, 그래도 이건 아니죠, 재희에게 손을 내밀며 경찰이 말했다. 말은…… 이해를 한다고? 그럼 저놈을 죽이게 놔뒀어야지.

재희는 바닥에 가래침을 탁 뱉었다. 장판 바닥은 신발 자국
으로 흙먼지가 날려 이미 더러워질 대로 더러워졌다. 엄마가
봤으면 굵은소금을 네놈들에게 뿌리며 내쫓았을 거다. 그러
나 이 낡은 집을 지키는 이는 아무도 없었다. 썰물 빠지듯 사
람들이 빠졌다. 재희는 바닥에 주저앉아 미처 꺼내지 못했던
과도를 화분 속에서 꺼냈다.

"고생했네."

동굴 속에서 울리는 것 같은 쇳소리에 고개를 들었다. 아
까 할머니가 쓰러졌을 때 함께 떠난 줄 알았던 할아버지가 여
태 소파에 앉아 있었다. 노인은 지팡이를 들고 천천히 일어섰
다. 느린 걸음으로 재희 앞에 오며 손을 내밀었다. 손을 달라
는 건가? 재희가 손을 뻗으려 하자 고개를 저었다. 노인은 과
도를 눈으로 가리켰다. 재희는 과도를 건넸다. 그러자 노인은
흙이 묻은 과도의 칼날을 잘 다려진 자신의 정장 재킷에 닦았
다. 후후 입김을 불어 조심스럽게 닦고 다시 돌려줬다.

"네가 그 사고뭉치구나. 허허."

노인이 웃었다. 강영일이 떠오르는 꽤나 장난스러운 미소
였다. 강영일이 생전에 부친에게 재희의 얘기를 한 걸까. 재
희는 떠나는 노인의 모습을 물끄러미 바라보았다. 자신의 뒷
모습을 재희가 지켜보고 있다는 걸 안다는 듯 지팡이를 쥐지

않은 오른손을 흔들었다. 마치 죽은 강영일의 원혼이 이곳을 떠돌다 드디어 집을 떠나는 느낌을 받았다. 노인이 돌려준 과도에서 광채가 났다.

끼이익.

현관문이 열렸다. 떠났던 경찰들 대신 여러 대의 핸드폰과 카메라들이 재희를 비췄다. 현장에서 주워 먹을 화젯거리가 없나 배회하던 유튜버와 개인방송 BJ들이었다.

"니네는 동료의식도 없냐?"

재희가 빼액 소리를 질렀고 물러나는 핸드폰은 없었다.

10. 복귀

결국 오래된 그 집을 내놨다. 같은 아파트 주민을 비롯해 찾아오는 구경꾼들이 줄지 않았다. 어떤 날은 집값 떨어지니 제발 이사 가라는 익명의 편지를 받았다. 재희도 이곳이 지긋지긋했다. 시세보다 한참 못 미치는 금액에 아파트를 팔고 경기도 구리에 위치한 좀 더 넓은 평수의 아파트를 전세로 계약했다. 엄마와 상의할 수 없는 상황이므로 이 모든 걸 혼자 결정했다. 10년 이상 묵은 가구들을 대부분 재활용 업체에 폐기하고, 죽은 화초들은 버렸다.

재희는 떠나기 전, 임대 문의만 나붙은 인디언을 찾아갔다. 내부의 물건들은 전부 치워졌고 붙박이 싱크대와 후드, 주방만 옛 모습을 간직했다. 재희가 유리창을 깨놓는 바람에 새로

맞춘 통유리 창은 내부가 가감 없이 들여다보일 만큼 투명했다. 바닥에는 문틈으로 밀어 넣은 전단지들이 뒹굴고 있었다. 재희는 문을 열고 들어가 주방 어딘가에서 수다를 떨고 있을 엄마를 데려오고 싶었다. 할 수만 있다면. 말티놈과 엄마의 행복했던 한 시절이 눈에 선했다. 재희는 과거의 환영을 두 눈에 담았다.

포장 이사는 순식간에 이루어졌다. 엄마 역시 고맙게도 차도를 보였다. 더 이상 재희를 보고 비명을 지르거나 발작을 일으키지는 않았다. 재희가 아들임을 인지했다. 다만 그래서 한마디 말도 나누려 하지 않았다. 밥은 먹었어? 기분은 좀 괜찮아? 오늘 퇴원하래, 재희의 물음에 대답은커녕 싸늘한 눈빛으로 일관했다.

채광이 좋은 구리의 아파트로 데려올 때도 엄마는 말을 하지 않았다. 안방이라고 알려준 방에 들어가 문을 닫았다. 서울에서 경기도로 이사해서 평수는 넓어졌고 새로운 가전제품을 들였지만, 엄마는 전혀 관심을 보이지 않았다. 함께 밥을 먹거나 같은 공간에 있는 것을 피했다. 그래서 재희는 주로 집에서 잠만 잤다. 낮에는 카페에 앉아 유튜버 말고 다른 할 일을 찾아 궁리했다. 재희가 할 수 있는 일이라고 해봐야 전공을 살려 영상 편집 외주를 받거나 기획 피디 일을 하는 것 정도였는데 이미 그런 쪽으로 감각이 굳어 자신이 없었다.

이홍재에 관한 정보들이 뉴스에서 마구 쏟아졌다. 사이코패스 검사 결과, 분류 기준에 부합하지 않는다고 했다. 조부모 손에서 자라 지속적인 학대를 당했다는 것과 매우 부지런하게 다섯 개의 대형 커뮤니티에 200여 개에 달하는 특정 연예인과 유명인에 대한 혐오성 게시글을 올렸다는 사실이 밝혀졌다. 그중에 사악니에 관한 것이라고는 마지막으로 올린 살해 협박 글 하나였다. 오히려 사악니의 구독자였다는 것이 알려지면서 프레임이 '안티팬의 극단적 악행'으로 맞춰졌고, 사이버렉카를 법적으로 규제해야 한다는 전문가들의 목소리가 높아졌다. 잘못은 저쪽이 했는데 괜한 구정물을 사이버렉카들이 뒤집어썼다. 재희는 그를 만나고자 했으나 매번 마지막에 주저했다. 겁이 났다.

"나 앞으로 바쁠 거야. 취직했어. 야간에 핸드폰 부품 공장에서 일해. 그냥 조립만 하는 거라 쉽대. 낮에는 영어 학원도 다닐 거고."

외출을 다녀와 엄마에게 속사포처럼 말을 걸었다. 안방 문이 닫혔다. 그래도 내심 기뻐하고 있을 거라 생각했다. 일다운 일을 하라고 언제나 말했으니까, 엄마 말 잘 듣고 있잖아.

항상 집 안에만 머물러 있던 엄마가 초겨울로 접어들자 색색의 등산복을 입고 자주 외출하기 시작했다. 그 작은 변화에 재희는 안심했다. 공장에 출근해 허둥지둥하며 레일 위에 쏟아져 들어오는 부품을 조립했다. 해가 서서히 떠오르는 아침에 통근 버스에서 조용한 거리의 풍경을 감상하며 재희는 전에는 느껴보지 못한 종류의 보람을 느꼈다. 하루를 알차게 마무리했다는 만족감과 스스로에 대한 희망이었다. 그런 날이면 길거리에서 파는 토스트와 두유를 사서 집에 들어갔다. 엄마가 말한 일다운 일이 무얼 의미하는지 알 것 같았다. 이렇게도 빨리 새 희망을 품어도 될까, 죽은 이들에게 약간 미안한 감정도 들었다.

그러나 그런 일상은 얼마 가지 못했다. 새로 들인 아일랜드 식탁에 쪽지 하나를 남겨두고 엄마는 떠났다.

— 너랑 사는 게 무섭다. 사랑한다.

재희는 결국 혼자 남겨졌다. 이번엔 엄마를 찾지 않았다. 엄마의 옛 친구들이 그녀의 소식을 전해주었다. 어느 절의 비구니가 되기로 했다더라, 친척 누구네 집에서 산다더라, 하는 말들이 공중에 흩어졌다.

재희는 본격적인 히키코모리가 되었다. 청담이 찾아온 다음 해 2월까지.

▷▷▷

연이은 벨 소리에 못 들은 척 고개를 돌렸다. 벨 소리는 끈

질기게 이어졌다.

"두고 가세요!"

재희가 짜증스럽게 현관문에 대고 소리를 쳤다. 얇은 여름 이불 아래 거실 바닥이 차디찼다. 겨울 이불을 어디에다 뒀더라. 이사 후 풀지 못한 짐이 곳곳에 상자째 들어 있었다. 재희는 추위에 떨며 몸을 웅크린 채 편의점에서 파는 일회용 손난로를 흔들었다. 온기가 사라져 미지근해진 지 오래였다.

"뭘 두고 가, 형. 나 청담이야. 문 열어줘."

청담의 중성적인 목소리가 바깥에서 들렸다. 청담? 재희는 잠시 청담이 누군지 생각했다. 잘 기억나지 않았다. 그래서 무시하고, 다시 핸드폰을 봤다. 넷플릭스에서 타이타닉을 보고 있었다. 잭이 로즈의 나체를 보고 스케치를 하는 아주 중요한 장면이었다. 벌써 수십 번을 보고 또 본 영화다. 이미 아는 내용이라 잠깐 화장실을 가건 지금처럼 상체만 잠깐 기울여 맥주를 마시건 상관이 없었다.

"야! 너 그 안에 있는 거 다 알아. 나만 아는 거 아니야. 동네방네 소문낸다. 여기 유튜버 사악니가 산다고!"

아 씨발! 재희는 로즈가 습기가 가득한 창에 손바닥을 찍는 장면에서 화면을 정지했다. 갔나, 하고 잠시 기다리자 다시 벨 소리가 들렸다. 이번에는 꽤 성급하고 길게 이어졌다. 재희는 일어나 인터폰을 확인했다. 화면에 뜬 미소년의 얼굴,

그제야 청담이 기억났다. 화면에 비친 청담이 양 손바닥을 맞잡고 비비는 시늉을 했다.

"여길 어떻게……? 옴?"

오랜만에 인간과 대화하려니 어색했다.

"뭘 어떻게 와. 너 여기 숨어 있는 거 진작부터 알았어."

"어떻게?"

"아 추워, 추워요. 형, 문 좀 열어줘 봐봐!"

"……."

재희는 열림 버튼을 누르기가 꺼려졌다.

"어머니가 알려줬어."

저쪽에서 나지막한 목소리가 들렸다.

"엄마? 우리 엄마?"

"응. 그때 병원에 문병 갔을 때 뵀잖아. 한 달 전에 갑자기 전화를 하셨어. 집 주소를 알려주시더라고. 한 번씩 들여다봐 달라고."

한 달 전? 엄마가 집을 나간 지 넉 달이 흘렀다. 재희는 엄마의 소식이 궁금해 다시 물었다. 엄마가 또 별말 안 해?

"문 열면 가르쳐주지!"

장난기 다분한 말투에서 재희는 깊은 향수를 느꼈다. 타국에서 고향을 그리워하듯. 겨우 서울에서 구리로 옮긴 건데, 코끝이 매울 건 뭘까. 어이없어서 웃음이 나왔다.

"진짜 너무하네. 동생이 밖에서 오들오들 떨고 있는데."

재잘대는 청담의 목소리가 다시 흘렀다. 재희는 친구들이 자신을 찾아주길 기다리고 있었다는 사실을 깨달았다. 손 뗀다, 나 찾지 마, 하고 도망쳤지만, 사실은 누구보다 붙잡아주길 기다리는 유아기적인 마음을 품고 있었다. 친구들은 찾지 않았고, 재희는 빠르게 무너지고 있었다.

삐리릭, 잠금을 해제하자마자 청담이 벌컥 문을 열고 집 안으로 쳐들어왔다. 진짜 사람을 왜 이렇게 고생시켜. 아우 진짜 집 안은 이게 뭐야, 돼지우리야? 아휴 시발, 욕을 안 하려야 안 할 수가 없잖아. 청담은 속사포처럼 와다다 혀를 놀렸다. 그러고는 재희를 보더니 우웁, 입과 코를 막고 토하는 시늉을 했다. 청담은 운동화를 벗지도 않고 겅중거리며 물건들의 무덤을 지나쳐 무사히 소파에 안착했다.

"뭐 우울증이야? 됐고, 일단 씻고 와. 내가 얼굴 맞대고 얘기할 수 있는 컨디션이 아니다."

재희는 그의 수다스러움이 좋았다. 정확히는 인간의 말이. 재희가 멍하게 청담을 보고 있자, 그가 재희의 등을 냅다 화장실로 밀어 넣었다. 화장실의 상황은 알고 싶지 않다는 듯 고개를 돌렸다.

재희가 거의 2주 만에 씻고 나왔을 때, 청담은 쓰레기봉투에 잡히는 대로 쓰레기와 냄새나는 음식물들을 넣고 있었다.

재희는 청담을 본 순간부터 수리가 떠올랐고 잘 있는지 궁금했다.

"수리는?"

청담이 눈을 흘겼다.

"그렇게 궁금했으면 연락 한번 해주던가. 문자 띡 보내고 잠수를 탔죠?"

재희는 그간의 일들을 말해줄 힘이 나지 않았다. 입을 다물고 있자 청담이 재희의 안색을 살폈다.

"어머니는 어디 계셔? 어디 멀리 떠나시는 것 같더라고."

재희의 표정을 살피던 청담은 스스로 답을 내린 듯 더 이상 묻지 않았다. 재희는 젖은 수건을 세탁기에 던져 넣고 털썩 소파에 앉았다. 소파 사이에 대왕 바퀴벌레가 빠르게 지나갔다. 청담이 으악, 비명을 지르며 제자리 뛰기를 했다. 재희가 바닥에 굴러다니던 살충제를 집어 소파 전체에 살포했다. 바퀴벌레보다 인간이 먼저 죽어나갈 분사량이었다.

"됐지? 앉든가. 싫으면 문 좀 열어주고."

청담은 거실 베란다 문을 여는 걸 택했다. 그리고 소파 대신, 주방에 있던 의자를 가져와 물티슈로 슥 닦아낸 뒤 마주앉았다.

"누나, 불법 사이트 뒤지는 거 그만뒀어."

듣던 중 반가운 소리였다. 재희는 잘한 선택이라는 듯 고개를 끄덕였다.

"하룻밤에 생겨나는 사이트가 수천 갠데 그걸 무슨 수로 찾겠어. 누나도 똑똑하니까 잘 알 거야. 머리가 아니고 가슴에서 시키는 일이었겠지. 아무튼 그래서 포기하나 싶었는데, 아니야. 내가 또 얕봤지, 그 집념을. 방송하겠대. 죽은 친언니랑 똑같이 생겼으니까 그걸로 화제를 일으켜서 미끼를 뿌리려는 계획이야."

그건 너무 위험한 선택이었다.

"박현창이 풀려나서 그래?"

"오. 페인 몰골이라 모르는 줄 알았는데 그래도 뉴스는 보나 보네?"

청담이 놀라워하며 말했다.

박현창은 연쇄 살인범 이홍재의 지인 박 모 씨로 매스컴을 탔다. 이홍재가 활동한 텔레그램 비밀 채팅방에 있던 일당들이 차례로 소환 조사를 받았다. 익숙한 아이디가 기사화되어 나왔으나, 상대적으로 이홍재의 연쇄 살인에 묻히는 분위기였다. 후속 기사는 나오지 않았다. '케타민 왕자'만이 음란물 유포 혐의로 징역 6개월을 선고받았다. 형량이 무겁다고 즉각 항소했으며, 1월에 풀려났다는 기사를 본 게 마지막이었다.

수리의 바람대로 일이 돌아가지 않았다. 언니 채기쁨의 사건은 여전히 자살이었다. 3개월 뒤에는 언니가 죽은 지 1년이 될 테고, 사건은 시간이 흐를수록 불리하다. 사람들은 무심하다. 아니 무심하다기보다는 대부분 바쁘다. 한 사람의 죽음에 의문처럼 남은 미스터리를 오래 생각해줄 여유가 없다. 채기쁨의 기일이 오면, 그저 인스타그램에 사진 한 장 올리고, 해시태그에 R.I.P.라고 쓰면 땡이다. 그 정도로 기억해주는 것만도 감지덕지다. 재희만 해도 사건에서 거리를 두고 지내보니 유가족인 수리에게 홀린 거 아닌가 싶을 때가 있었다. 수리도 이 모든 걸 알고 있으니 위험을 감수하려는 거겠지.

"위험해."

"맞아. 위험해. 그게 내가 당신 찾아서 여기까지 온 이유야. 나는 수리가 아닌, 사악니가 방송을 해주면 좋겠어. 기쁨 누나의 동생이란 이유로 잠깐 화제가 될진 몰라도 약해. 이미 1년이 다 되어가는 사건이잖아. 그렇지만, 사악니는 전혀 잊히지 않았어. 아직도 인터넷은 당신 얘기로 가득해. 이 시점에 복귀해."

"내가 복귀해서 뭘 하라는 거?"

"사악니가 제일 잘하는 거."

그다음부터는 청담이 굳이 설명하지 않아도 잘 알았다. 사악니가 제일 잘하는 것은 남의 험담, 혹은 한두 개의 실언을 가지고 확대 해석을 해서 음모론을 퍼트리는 일이었다. 사이버렉카 일을 하면서 마음대로 쓴 짜깁기 시나리오에 해당 주인공들이 정신적 고통을 호소하며 해명 기사를 낼 때 사악니는 희열을 느꼈다. 세상의 조물주가 된 기분이랄까. 물론, 그런 기분은 오래 가지 않았다. 희열 뒤에는 반드시 허무와 깊은 염세가 따라왔다. 그래서 사악니는 더욱더 악랄해졌다. 혼자 그 기분을 느끼고 싶지 않았으니까. 스스로 뒤집어쓴 똥물을 여기저기 튀기고 질퍽하게 만들고 싶었다.

"싫어. 하고 싶지 않아. 채널도 버린 지 오래라, 전보다 화제성도 덜할 거야."

"그래에? 그럼 계속 도망칠 거야?"

말끝을 늘어트리는 게 아주 대놓고 비꼬고 있었다.

"유감이지만, 어."

"그럼 두 번째 부탁이라도 들어줘. 혼자 사는 거 같은데 여기서 잠깐 살면 안 될까?"

"어려워."

"왜?"

"……."

"내가 게이라서? 그거야? 내가 진짜 의리 지킨다고 방송도 목숨 내걸고 했어. 이상한 놈들 다 따라와서 죽이겠다고 메일이 미친 듯이 와. 애인도 무섭다고 떠났어. 나도 이제 집 들어가기가 무서워. 잘 알잖아, 형도. 그런데 어떻게 싫다고 하냐! 나도 취향 있어. 형, 나 얼굴 졸라 봐. 왜 웃어? 지금 웃음이 나와?"

청담의 뜬금없는 급발진이 웃겼다. 오랜만에 들은 사람 목
소리가 좋았다. 오늘만큼은 수다스러운 청담이 하루 종일 떠
들어줬으면 했다. 재희는 가까스로 웃음을 그치고 사정을 말
했다.

"잘 아니까 그래. 내 주변 사람 두 명이 다치거나 죽었어.
아까 엄마 어디 갔냐고 물었지. 나도 몰라. 나랑 있는 게 무섭
다고 떠났어. 그런데 시한폭탄끼리 같이 있자고? 나랑 있으면
너 죽어."

"좆도…… 지가 무슨 영화 속 주인공인 줄 아나."

청담이 거칠게 노려보더니 이윽고 눈물을 흘렸다. 재희는
자신이 남자의 눈물에 약한 줄 몰랐다. 왜 우냐고 묻지도 못
하고 재희는 바닥에 널린 집기 중에 갑티슈를 발로 찾았다.
찾고 보니 빈 갑이었다. 청담의 울음은 꼭 아이 울음 같았다.
서러운 기분이 전달된달까. 맥락 없는 눈물 쇼에 동참하고 싶
었다. 야 너 우냐, 나도…….

"미안. 차인 지 얼마 안 돼서 요즘에 눈물이 많아졌어. 벌써
여성 호르몬이 넘치나 봐. 그건 싫은데. 안 된다면 할 수 없지."

끅끅대며 우는 청담을 보며 재희는 어디에 그를 재울지 고
민했다. 엄마가 떠난 후 안방은 한 번도 들어간 적이 없었다.

"엄마 방 써. 그 방 화장실도 딸려 있고, 드레스룸도 있어.

대신에 청소는 네가 다 해. 월세는 안 받을게."

"그냥 월세 받고 청소 업체 부르는 게 낫지 않을까……."

콩알만 한 게 울면서도 머리 굴리는 게 눈에 보이자 다시 웃음이 나려는 걸 애써 참았다.

"안 돼. 지금부터 이 집 드나들 수 있는 건 너랑 나뿐이야. 외부인은 절대 안 돼. 수리 기사나 가스 검침원 같은 거 다 안 돼. 알겠지?"

청담이 고개를 끄덕끄덕했다. 재희는 방금까지 청담이 들고 있다 내려놓은 쓰레기봉투를 건네며 처음부터 계속 궁금해하던 질문을 했다. 그래서 수리는 나한테 화가 많이 났냐고, 수리는 어떻게 지내냐고. 걱정되면 전화나 문자를 해보라니까? 청담이 짜증을 냈고 재희는 저놈의 연극에 속아 넘어간 기분이 들었다.

"안 그런 척해. 뭐든지 겁 없는 척, 무모한 척, 다 할 수 있는 척. 그런데 나랑 똑같을걸. 누나는 점점 고립되어가고 있어. 형이 손을 뗀 그날부터."

청담은 월세로 무거운 짐을 재희에게 안겼다. 재희는 거실에서 늘어지는 대신 서재에 들어가 컴퓨터를 켰다. 사악니 채널 구독자 수를 보고 시스템에 오류가 난 게 아닌가 생각했다. 원래 150만 명 정도에서 자꾸 떨어지던 채널이었는데, 구독자 수가 200만 명에 이르렀다. 동영상 하나 없는 채널을 왜? 이들은 정말 나의 컴백을 원하는 것일까.

낮인지 밤인지 허송세월하던 재희는 밤을 새웠다. 검색창에 '불체자'를 쳤다. 나오는 게 없었다. 연관 검색어로 뜨는 채널 이름이 보였다. '불체자 동생 유리'. 재희는 놀라서 마우스를 빠르게 눌렀다. 채널을 개설한 지 얼마 되지 않았다. 영상도 없고 구독자 수는 겨우 다섯 명이었다. 그렇지만 재희는 채널 주인이 채수리라는 것을 알았다.

잘 지내? 아니다. 잘 있었어? 역시 아니다. 그때는 미안하다, 상황이 좋지 않았다, 하는 말로 시작해 구구절절 문자를 쓰다가 결국 다 지웠다.

— 유튜브 할 생각 하지 마. 사악니가 할게. 나는 이제 잃을 게 없거든.

읽씹을 기본 매너로 아는 수리가 웬일로 2분 만에 답장을 해 왔다.

— 널 뭘 믿고.

너무 수리다워서 재희는 웃음이 났다. 자신이 웃고 있다는 것을 깨닫고 금방 표정을 지우긴 했지만. 수리에게 다시 문자를 했다. '날 믿어줘.' 또다시 온 답장에 재희는 무장 해제가 되었다.

— ㅗㅗ

재희는 다시 주문 제작 한 사악니 가면을 써봤다. 자연스럽게 강영일의 죽음이 떠올랐다. 청담은 옆에서 재희가 이틀 동안 날을 새면서 만든 대본을 읽었다. 범인으로 생각한 멤버십 회원들의 닉네임까지 다 쓰인 대목을 보고 청담이 너무 다 알려주는 거 아니냐고 우려했다. 청담은 그들의 보복이 두려운 모양이었다. 가운데 한 글자씩만 별표를 치자고 의견을 냈다.

"안 돼. 다수의 네티즌을 탐정으로 쓰려면 이 정도는 알려줘야 해. 그 이후에 박현창 말고 다른 단서를 찾은 건 없어? 아는 게 있으면 전부 다 업데이트해줘."

"형이 잠적하고 나서 오 형사에게 따로 연락이 왔어. 이름이 뭐였더라……. 흔한 이름이라 잘 기억이 안 나네. 잠깐만."

청담은 핸드폰에 적어둔 메모함을 확인하고 말했다.

"이서후. 형이 고소했다고 하던데."

"처음 들어보는 이름이야."

"아무튼, 무슨 명예훼손 고소 건 때문에 전화했다던데. 그리고 우리 말 별로 믿는 눈치는 아니더라. 재수 없던데 좀."

청담의 말을 한 귀로 흘리며 재희는 잠바를 걸쳐 입었다. 어디 가게? 청담의 물음에 재희는 우편물을 가지러 간다고 했다. 엘리베이터를 타고 내려가 1층 로비에 쌓인 우편물을 뒤적거렸다. 가스 공급중지 예고서와 건강보험공단 우편물, 다이어트 광고지 사이에 서울가정법원에서 온 판결문이 보였다. 개인정보가 적힌 부분을 건너뛰고 처분 내용을 훑었다.

사 건 : 명예훼손
주 문 : 보호소년을 보호자 부, 모의 감호에 위탁한다.

재희는 금방 이서후가 누구인지 깨달았다. 옛집을 스프레이로 칠했던 유도 유망주들. 여드름 난 친구는 보호자인 할머니가 반성문을 써 와 고소를 취하했다. 결국 이서후만 재판까지 간 셈이다. 판결 결과가 겨우 부모한테 위탁하는 수준이라니. 판결 통지서와 잡다한 우편물을 주머니에 집어넣으려다가, 이상한 점을 발견했다. 다시 판결문을 펴보았다. 동작구 하이츠원아파트, 익숙한 주소지였다. 착각인가. 재희는 핸드폰으로 해당 아파트를 검색하고 지도를 확인했다. 최두환과 같은 아파트였다. 게다가 같은 동. 최두환은 24층, 이서후의 집은 23층이었다. 이게 뭘 의미하는지 모르겠다. 우연의 일치일까. 재희는 경찰서에서 보았던 이서후의 얼굴을 떠올리려 노력했으나 쉽지 않았다. 떠오르는 건 그 애 엄마의 매운 손찌검뿐이었다.

"뭐 하다 옴? 수리 누나 전화 왔었는데."

청담이 매우 아쉽다는 듯 말했다.

"뭐래?"

"대본 좋대. 인터뷰 영상 찍어서 보내주겠대."

"그게…… 다야?"

"아, 음. 그게 다 아니지. 수리 누나가 전해달래. 본인 남자친구 생겼다고."

재희는 김이 팍 식으며 화가 났다.

"그걸 왜 나한테 전해달래? 미친년이야? 걔 좋다고 따라다니는 놈들은 죄다 눈까리가 어떻게 된 거 아니야!"

재희의 반응에 청담이 입술을 실룩거리더니 못 참겠다는 듯 웃음을 터트렸다. 청담의 고약한 장난에 넘어갔다. 재희는 그의 목덜미를 잡아 누르고 헤드록을 걸었다. 너 짐 싸서 나가! 재희가 소리쳤다. 푸하하 터지는 청담의 웃음이 밉지 않았다. 게이는 다 괴상한 놈들이라 여겼는데 청담을 보니 그것도 아닌 것 같았다.

"누나가 형 걱정 많이 했어. 갑자기 형이 손 뗀다고 했을 때, 누나가 연락하지 말고 우리끼리 찾자고 했어. 형은 이미 두 사람이나 잃었다고."

재희는 눈물을 참으려고 했다. 자존심이 있지, 게이 놈 앞에서 눈물을 보일 수는 없어서 화장실로 뛰어 들어갔다. 변기에 앉아 주먹으로 눈물을 훔쳤다. 왜 눈물이 나지, 내 걱정 해준

게 뭐 대수라고. 나는 지 걱정을 얼마나 했는데, 그에 비하면 뭐…… 채수리 이 나쁜 년, 보고 싶다. 개수대에 틀어놓은 물줄기가 점점 거세졌다.

재희의 대성통곡에 청담은 문밖에서 귀를 파며 자신의 청력에 문제가 있는지 확인했다. 헛것이 들리나. 대체 왜 우는 거야, 저 형은.

"헤이 크라이 베이비. 방송할 준비 됐어?"

한 시간이 지나서 화장실에서 나온 재희에게 청담이 물었다. 재희가 의미심장하게 바라보며 말했다.

"세상을 뒤흔들 거야."

11. 접선

안녕하지 못한 구독자 여러분, 저도 안녕하지 못한 사악니입니다. 저는 지난 몇 달간 신원을 알 수 없는 사람들로부터 목숨의 위협을 받았습니다. 어쩔 수 없이 채널 운영을 쉴 수밖에 없었습니다. 구독자 여러분, 유튜버 불체자를 기억하십니까? 본론부터 말씀드리겠습니다. 저는 불체자를 죽인 범인을 쫓고 있습니다. 왜냐, 유튜버 불체자는 타살, 살해당했습니다.

이제 자료 화면이 나갑니다. 경고드립니다. 매우 충격적인 자료이니 심약자나 노약자는 2분 50초부터 영상을 봐주시길 바랍니다. 자, 바로 보여드립니다.

자료 화면은 수리에게 받은 채기뻠이 죽은 당시의 사진이었다. 채널은 금방 제재를 당할 것이다. 하지만 큰 충격이 사람들의 호기심을 자극해 영상이 내려가더라도 오래 회자될 것이다. 금기시되는 것을 보고 싶어 하는 건 인간의 오랜 욕망이다. 사진은 1분가량 띄워두었다.

보셨습니까? 지난 5월 4일, 불체자 님이 상도동 자택에서 목숨을 끊었다고 언론에 보도되었습니다. 저도 그런 줄로만 알고 고인의 명복을 빌었습니다. 하지만 어렵게 입수한 증거 사진을 보고 의혹이 들 수밖에 없었습니다. 무려, 열여덟 번의 자해. 어째서 불체자 님은 칼로 얼굴을 열여덟 번이나 자해하며 스스로를 괴롭혔을까요? 이해되십니까?

당시 감정 결과, 열여덟 차례의 자상은 주저흔, 즉 치명타라고 볼 수 없는 자해 흔적이라고 결론 났습니다. 하지만 눈과 입 같은 무척 예민한 부위, 특히 제 얼굴에 스스로 칼자국을 내는 사람을 본 적이 있으십니까? 불체자 님은 이후 화장실 문 앞에서 스카프로 목을 매어 자살했습니다. 자, 이게 불체자 님의 첫 번째 미스터리입니다.

두 번째 미스터리를 말씀드리겠습니다. 저는 아주 중요한 정보를 유가족에게 듣게 됩니다. 여러분, 혹시 '기쁨의 전당'이라고 들어본 적이 있으십니까?

화면 위로, 검은 바탕에 빨간 글씨가 크게 올라왔다. '기쁨의 전당'.

모자이크와 음성 변조를 한 수리의 인터뷰를 삽입했다.

기쁨의 전당은 뉴스에 보도된 것처럼 이홍재의 단독 닉네임이 아닙니다. 언니의 멤버십 회원들을 지칭합니다. 평소에도 언니는 악플에 취약한 사람이어서, 저는 언니 몰래 매달 회원비를 내며 기쁨의 전당 회원으로 활동했어요. 매달 서너 개씩 유료 회원들을 위한 영상을 올렸는데, 어느 순간부터 몇몇 회원들이 패를 나눠서 언니를 압박하기 시작했어요. 댓글에 수위가 이게 뭐냐, 구독을 취소하겠다, 돈값을 해라 같은 말들을 적어가며 물타기를 했습니다. 당황한 언니는 그들이 원하는 대로…… 센 수위의 영상을 올렸어요. 노출이 심하거나 이상한 컨셉으로 영상을 찍었는데, 뭘 해도 회원들은 만족하는 법이 없었어요. 오히려 외부에 유출하겠다고, 너희 부모님이 참 좋아하겠다고 하며 협박을 했습니다. 언니는 정신과 약에 의지하며 빠르게 무너져갔습니다.

사건 전날, 라이브 방송을 하는데 누군가가 사악니에 관한 성적인 농담을 했습니다. 언니는 평소 방송에서 자신을 욕하던 사악니를 혐오하며 욕을 퍼부었어요. 그러다가 내기가 시작됐습니다. 사악니의 가면을 벗기면, 구독자들이 언니의 소원을 들어주겠다고 했어요. 신난 언니가 그럼 샤넬 백이 갖고 싶은데 사줄 거냐고 물었고, 슈퍼챗을 많이 해서 회원들 사이에서 유명한 구독자가 나서서

약속했어요. 아이디 레드썬90. 언니로서는 안 할 이유가 없었죠. 사악니는 쉽게 언니의 유혹에 넘어갔지만, M모텔에서는 방송 중임을 눈치를 채고 언니에게 욕을 하며 나옵니다.

그날 저녁이 악몽이었습니다. 저는 회원들이 언니의 팬이 아니라, 사악니의 팬들인가 헷갈릴 정도였습니다. 순식간에 언니는 샤넬백에 미쳐 남자를 꼬신 꽃뱀이 되었고, 입에 담기 힘든 욕설이 동영상마다 달렸습니다. 지금 생각해보면, 그들은 언니가 실패할 것을 기다린 사람들 같았어요. 그것을 빌미로 벌칙 얘기가 나왔으니까요. 벌칙. 네, 저는 열여덟 차례의 자상이 벌칙이 아니었을까 싶습니다. 그래도 언니를 사랑한 회원들인데 너무 잔인해 믿을 수 없었지만, 스스로에게 칼을 들이밀 때의 상황을 되짚어보면 자해보다는 그게 더 설득력이 있다고 생각했습니다.

물론, 경찰에 그날의 일을 하나도 빠짐없이 진술했습니다. 하지만 유튜브는 해외 업체라 신원 확인이 어렵다, 실질적인 증거가 없다, 그 시각 언니의 집에 다녀간 사람도 없었다는 등 몇 개의 증거를 대며 사건은 자살로 종결되었습니다.

재희가 다시 말했다.

이것이 두 번째 미스터리입니다. 그날, 사악니 가면 벗기기 미션에 실패한 뒤, 불체자 님이 받은 벌칙은 무엇이었을까요? 저는 유가

족의 동생분께 물었습니다. 당신도 멤버십 회원이라면서 왜 벌칙이 무엇인지 모르냐고요. 레드썬90을 중심으로 새로운 채팅방이 개설되었다고 합니다. 어떤 이유인지 동생분은 초대받지 못했습니다. 그 방에서 무슨 일이 벌어졌을까요? 그 방에 있었을 것으로 추정되는 한 회원에게 받은 아이디를 공개하겠습니다. 더보기난을 확인해주세요.

자, 세 번째 미스터리를 밝히겠습니다. 값비싼 선물을 흔쾌히 주겠다던 레드썬90의 정체는 누굴까요?

재희는 화면에 최두환의 생전 모습을 올렸다. 카메라에 침을 튀겨가며 불체자를 욕하는 남자. 걸레다, 가슴 수술했더라, 같은 성희롱을 잘라 붙였다. 누구든 불쾌한 감정을 느낄 수 있도록. 살해당한 놈에게 한 치의 동정이나 연민도 느낄 수 없도록.

레드썬90은 작년 7월에 살해당한 유튜버 최두환이었습니다. 불체자 님이 죽은 뒤 불과 한 달 반 사이에 일어난 일입니다. 잘 알려졌다시피 연쇄 살인범 이홍재는 평소 불체자 님의 광팬이었습니다. 이홍재가 언론에 보도된 대로, 단순히 최두환이 불체자 님을 욕했기 때문에 죽였을까요? 사실 최두환 말고도 불체자 님을 욕한 유튜버는 차고 넘치는데 말이죠.

만약, 그들이 공범이라면 어떨까요? 돈과 유명세를 가진 최두환이 나머지 회원들에게 위협이 되어서 죽임을 당했을 가능성은요? 이홍재는 최두환이 채기쁨을 욕해서 죽였다고 진술했습니다. 과연 그게 전부일까요? 최두환과 이홍재의 공통점은 둘 다 기쁨의 전당 회원이었다는 것입니다. 제보 메일을 열어두겠습니다. 더보기난에 있는 해당 아이디를 알거나 고 불체자 님의 텔레그램 채팅방을 아시는 분은 제보 부탁드립니다. 이상 팩트로 조지는 사악니였습니다.

30분이 넘을 분량의 영상을 14분으로 축약했다. 보통 사악니의 영상은 5분 내외였고, 거기에 길들여진 구독자들을 생각해 자르고 잘랐다. 영상은 오후 9시에 올렸다. 올린 지 약 20분이 되었을 즈음 조회수는 10만 명을 넘어섰다.

"형, 영상 잘렸다."

계속해서 새로고침을 하며 모니터링하던 청담이 말했다. 영상은 생각보다 빠르게 폭력적이라는 이유로 삭제됐다. 재희는 채기쁨의 사체 사진이 없는 두 번째 버전을 올렸다. 더 많은 노출을 위해 두 번째 버전은 청담의 채널에도 동시에 업로드했다.

"기사는 내일 아침에 올라오려나? 뭐가 됐든 제보가 빨리 와서 억울한 기쁨 누나 한을 풀어줬으면 좋겠어. 수리 누나 인터뷰 보니까 맘이 안 좋네."

"많이 친했어?"

재희가 물었다.

"아니. 실은 별로 안 친했어. 내가 선을 좀 그었지. 누나는 주변에 똥파리들만 꼬이고 그러니까 고민 털어놓을 게이 동생을 갖고 싶었던 거 같아. 부담스러웠어. 마지막에는 바쁘다고 하고 거의 전화를 안 받았고. 그래서 더 미안해."

"나보단 낫네, 난 갑티슈 던지고 욕했는데."

"형은 사악니잖아. 사악니는 원래 그런 놈이고. 세계관이 그런 걸 어쩌겠어? 혹시 생각 있으면 다음번엔 다른 거 해봐. 음, 사랑니 같은 거. 아니다. 사랑니는 안 어울리고, 어금니? 어금니 어때? 지금처럼 불의의 사건이나 남들이 지나치는 걸 파헤치는 거지."

"어금니 아빠 생각나서 듣기만 해도 토 나올 거 같다."

"아 그러네. 하긴 바꾸긴 왜 바꿔. 사악니 개잘나가는데! 사악니 만세!"

청담은 과장되게 두 팔을 흔들었다. 평소의 재희였으면 눈앞에서 주먹을 흔들었겠지만, 업로드 이후 긴장이 되어서 그럴 기운이 나지 않았다. 그사이 제보 메일함에 메일 세 개가 왔다. '제보합니다'로 시작된 첫 번째 메일을 열었다. '컴백을 축하해, 사악니'라는 단순한 내용이었다. 삭제. 두 번째 메일을 열었다. 역시 제보한다는 제목으로 시작된 메일은 본인이 몸이 아파 일을 못 하니 돈 좀 빌려달라는 내용이었다.

아, 아까 거짓으로 제보하면 다 죽인다고 으름장 좀 놓지 그랬어. 김이 샌 청담이 짜증을 냈다. 세 번째 메일을 열어보는 사이에 30여 통의 메일이 들어왔다. 세상에는 정말 돈 없는 놈이 많군. 세 번째 메일 역시 돈 빌려달라는 내용임을 확인하고 삭제 버튼을 눌렀다. 재희의 휴대폰에 수리의 이름이 떴다.

"어."

아직 어색한 감이 남아 있었다. 재희는 목소리를 내리깔며 상대가 말하길 기다렸다.

"야, 서른두 번째 메일 확인해봐. 이거 진짜 같다."

수리는 반갑지도 않은지 또 지 할 말만 하고 전화를 끊었다. 만나기만 해봐라, 아주 그냥⋯⋯ 잘 지냈냐고 꼭 물어봐야지. 재희는 그런 다짐을 하며, 수리가 말한 서른두 번째 메일을 찾았다. 수리가 먼저 확인해서 아직 열지 않은 메일들 사이에 연한 회색으로 표시되어 있었다.

— 생각보다 똑똑하시네요...

제목부터 열받았다. 재희는 얼른 메일을 열었다.

— 방송 잘 봤습니다. 아무리 그래도 닉네임을 그렇게 다 깔 줄은 몰랐습니다. 찾는 영상을 갖고 있습니다. 경찰에 알리지 마십시오. 그쪽과 내 목숨이 달렸으니까. 연락은 해당 링크로

해주시고.

걸어둔 링크는 해외 채팅 앱이었다. 일단 메일을 보관함에 넣었다. 계속해서 들어오는 메일을 체크했다. 재희는 사악니 채널에 들어가 다시 공지를 작성했다. 돈 요구와 단순 응원, 비난이 많으니 메일을 자제해달라고 했다. 그사이, 영상은 발 빠르게 캡처되어 사이버렉카들에 의해 쇼츠로 하나둘 퍼졌다.

새벽까지 청담과 재희는 각자 컴퓨터에 앉아 메일을 확인했다. 보관함에 넣어둔 메일이 내내 머릿속에 맴돌았다. 진짜일까? 아니면 장난일까? 수많은 댓글 반응을 살피고 나자 둘 다 녹다운이 됐다. 여전히 잠이 잘 오지 않았다.

"사악니 오늘 멋있더라. 수리 누나가 반하겠어."

청담이 중얼거렸다. 재희는 빨리 처자라고 했다. 칭찬을 받을 자격이 있는지 잘 모르겠다.

▷▷▷

수리가 캐리어를 끌고 집으로 왔다. 사전에 예고 없이 방문하는 게 청담과 똑같았다. 정오가 넘어 잠에서 깬 청담과 재희는 라면을 끓여 먹던 참이었다. 인터폰 화면의 수리를 보고 두 눈이 휘둥그레진 재희에게 청담은 빨리 옷이나 입으라고 했다. 어디서 적이 보고 있을지 모르니 밖에 오래 세워두는 건 위험하다고.

재희는 서랍장을 열어 괜찮아 보이는 화이트 셔츠와 검은색 팬츠를 꺼내 입었다. 머리도 감지 않아 새집 진 머리를 왁스로 눌러보다가 포기하고 모자를 눌러썼다. 밖에서 청담과 수리의 목소리가 들렸다. 청담이 날쌘 다람쥐처럼 청소를 하긴 했지만, 집 안 꼴은 아직 쓰레기장이었다.

"웬일이야?"

문을 열고 나온 재희가 크흠, 헛기침을 하며 서 있는 수리에게 말했다. 수리는 못 본 사이 머리를 숏컷으로 잘라 베일 듯 뾰족한 턱선이 더 도드라져 보였다. 한마디로 다른 여자 같았다. 어색해서 재희는 똑바로 마주 보지 못했다.

"야, 너희 지금 일어난 거야?"

"어…… 어제 메일함 폭발해서 분류하느라고. 누나 밥 먹었어? 라면 새로 끓여줄까?"

청담이 다정하게 말을 건넸다.

"됐어. 더러워서 밥맛 떨어져."

"누나. 짐 풀 거면 내 방에 풀어. 거기는 그래도 깨끗해."

"잠깐만. 근데 너희 둘 다 왜 집주인 허락도 안 맡고 둥지를 틀지?"

"나 집에서 쫓겨났어. 도로 갔으면 좋겠어?"

당연히 '어'라는 말이 나오지 않았다. 다시 수리를 마주하니 재희는 미묘했던 감정에 확신이 들었다. 수리를 좋아하고 있었다. 그것도 아주 많이. 재희는 시비조를 조금 누그러트리며 물었다.

"왜 쫓겨났어?"

"살인자랑 만나는 거 들켰어."

"뭐?"

"그동안 이홍재랑 접촉하고 있었어."

"접촉이라니?"

"몇 번 편지를 주고받았어. 그걸 엄마가 발견했고."

청담과 재희는 놀라 한동안 말을 잇지 못했다.

"너 진짜 머리가 어떻게 된 거 아니야? 겁을 관장하는 뇌 기능이 상실된 거야? 미친년이야?"

재희가 자신도 모르게 성질을 냈다. 수리의 눈썹이 꿈틀했지만 신경 쓰지 않았다. 그놈의 뺀질거리는 얼굴이 떠오르면서 시큼한 위액이 올라왔다. 재희는 화장실로 뛰어가 방금 두어 젓가락 집은 라면 면발을 다 토해냈다. 변기 레버를 내리고, 세면대에서 세수를 하고 있는데 뒤에서 인기척이 느껴졌다. 들어왔으면 등이라도 두들겨줄 것이지. 수리는 뒤에서 팔짱을 낀 채 거울 속 재희를 보고 있었다.

"나 진짜 필사적이야."

"알아."

수리의 말에 재희는 고개를 끄덕이며 답했다. 필사적이니 그놈을 만나러 교도소를 드나들었겠지. 수리가 돌아본 재희의 시선을 피하며 수건을 건넸다.

"어머니 일은 미안해."

"뭘, 네 탓 아닌데."

수리가 이홍재의 이름을 입에 올리는 순간, 잊고 있던 기억이 붙들려 나와 생생하게 되살아났다. 엄마를 찍은 폴라로이드 필름들. 떠나온 세계가 다시 돌아오고 있었다. 금방 후회가 들었다. 어쩌자고 그들을 다시 집으로 불러들인 건가. 하지만, 재희에게 남은 건 이제 친구들뿐이었다.

수리와 청담. 너넨 끝까지 옆에 있어줬으면 해. 재희는 좁은 화장실에 계속 수리와 함께 있다간 심장마비에 걸릴 것 같아 재빨리 그녀를 지나쳐 나왔다. 머리 자른 거 귀엽다, 하는 낯간지러운 소리를 주워섬기듯 말했다.

수리는 곧바로 4인용 식탁에 노트북을 두고 작업대를 만들었다. 채기쁨의 집에 있던 화이트 보드도 챙겨 왔다. 청담은 오전까지 온 메일을 다시 선별하는 작업에 들어갔고, 재희는 어제 그 제보자가 초대한 링크에 들어가려고 앱을 깔았다. '디스코드'라는 재희로서는 처음 써보는 채팅 앱이라 처음에 꽤나 버벅거렸다.

'안녕하세요. 사악니입니다.' 재희가 메시지를 남기자, 약

10분 뒤에 '독파민'이라는 제보자에게 답장이 왔다.

🐷 빨리 오네. 저는 목숨 걸고 바로 멜 보낸 건데요.

약간의 서운함이 담긴 말투였다. 제보자에게 답장이 왔다는 말에 청담과 수리가 하던 일을 멈추고 재희에게 바짝 다가왔다.

😊 죄송합니다. 생각보다 메일이 많이 들어와서 늦었습니다.
영상을 가지고 계시다고요?

🐷 네.

😊 인증 가능할까요?

🐷 네.

독파민은 곧바로 사진을 하나 보냈다. 영상을 캡처한 사진인지 흔들렸지만 분명 채기쁨이었다. 배경 역시 재희가 뻔질나게 드나들어 익숙한 채기쁨의 집이었다. 사진은 5초도 안되어 삭제됐다. 옆에 앉은 수리의 거친 숨소리가 느껴졌다.

"그날 입었던 옷이야."

수리가 말했다. 핸드폰 자판을 치는 재희의 손가락이 빨라졌다.

😐 좋습니다. 받을 수 있을까요?

방금까지 빠르게 대답하던 것과 달리 상대방은 한참 동안 말이 없었다. 모두 숨죽인 채 휴대폰 액정만 바라봤다.

🥷 아니요.

이 새끼 뭐야? 장난쳐? 독파민의 대답에 흥분한 수리가 바로 욕을 했다. 재희는 동요하지 않고 다시 메시지를 보냈다.

😐 이것으로는 아무것도 알 수가 없습니다.

🥷 알아요. 직접 만나요.

😐 장소, 조건 말해주세요.

🥷 당신 집에서. 현금 1000만 원.

경찰에 알리는 즉시 당신은 물론 불체자 동생 년도 위험해짐.

시간은 asap.

재희는 두 사람을 보았다. 또 집을 노출하면 좋지 않은 일이 벌어질 것 같았다. 수리도 같은 생각인지 고개를 저으며 말했다. 집은 안 돼. 청담이 재희에게 1000만 원은 어떻게 할 거냐고 물었다. 수리가 자신이 준비하겠다고 했다.

😶 집은 인테리어 공사 중이라 어렵습니다.

🥷 18일 오전 11시.

장소는 한 시간 전에 찍어드립니다.

반드시 현금으로.

18일, 내일모레였다. 수리는 더럽다고 절대 엉덩이를 붙이지 않겠다던 소파에 앉아 생각에 잠겼다. 그렇게 찾아 헤매던 스너프 영상의 존재를 눈으로 확인하니 머릿속이 복잡한 모양이었다.

"진실이 밝혀질 일만 남았네."

청담이 가볍게 말했지만, 분위기는 더없이 무거워졌다. 재희는 약속 장소에 혼자 갈 생각을 하니 벌써 겁이 났다. 이렇게 너무 빨리 제보가 온 게 꺼림칙했다. 청담도 같은 생각이었는지 불안한 기색을 내비쳤다.

"아무래도 함정 같지? 경찰에 알리지 못하더라도, 누나랑 내가 근처에서 보고 있을게."

"나 다른 조사도 해야 해서, 못 가."

청담의 제안에 수리가 말했다. 어쩜 저렇게 매정한지.

"무슨 조사?"

"내일 이홍재 만나기로 했어. 분위기가 뭘 말할 것 같아."

차라리 다른 약속이었으면 좋았을걸. 자꾸 전쟁터에 걸어

가는 수리가 걱정됐다.

"내일? 이홍재를 만난다고? 나도 갈래."

"걔가 좋아할까?"

"너 혼자 가는 거 못 봐."

재희의 말에 수리가 두 손을 흔들며 거절했다. 이홍재가 태도를 바꿀지 모른다고. 그렇대도, 재희는 수리를 절대 혼자 보낼 수 없었다. 놈은 살인자다. 이홍재 면회 건으로 옥신각신하는 두 사람에게 청담이 말했다.

"형. 독파민 이 새끼 미끼면, 형만 뒤집어쓰는 거야."

"나만 뒤집어쓰면 다행이지. 너넨 괜찮잖아."

재희는 진심을 담아 말했다. 혼자 독파민을 만나려니 벌써 두 손에 땀이 배어났다. 그래도 수리와 청담이 위험한 상황에 처하는 것보단 나았다. 더 이상 누구도 다쳐선 안 됐다. 청담이 감동하며 수리를 쳐다봤다. 누나, 뽀뽀라도 해줘. 청담의 말에 수리의 입술 근육이 경련을 일으켰다. 그 정도로 싫은가 보다.

"됐거든. 나도 취향이 있어! 너처럼 무데뽀로 막 나가는 애 무서워서 싫어."

재희가 성질내듯 소리쳤다. 너무 목소리가 컸는지 청담이 깜짝 놀랐다. 수리가 실룩 웃고 말했다.

"나는 친구랑 뽀뽀는 안 해."

그렇구나. 우리 정말 친구 맞구나! 수리는 항상 재희의 머리 꼭대기 위에 있었다. 금방 화가 누그러지는 걸 보면.

"내일 같이 가."

"아, 집착."

수리가 이 정도 반응을 했으면 허락을 받은 거나 마찬가지였다. 재희의 어깨 위에 수리가 팔을 올리며 가깝게 얼굴을 들이밀었다.

"조심해."

"너나 조심해."

"둘 다 조심해."

수리의 말에 재희가 대꾸했고, 청담이 마무리했다. 지난한 전투를 앞둔 사람들처럼 이상한 동지애가 세 사람 사이에서 흘렀다. 청담이 하이파이브라도 해야 하나, 하고 농담을 했다. 이번에는 다 같이 웃었다.

▷▷▷

수리는 이홍재에게 줄 케이크를 가져갔다. 미리 주문 제작한 케이크는 온통 검은색이었다. 그 위에 생크림으로 올린 하얀 글씨가 눈에 들어왔다. '생축 나의 친구'. 재희는 경멸스러운 눈으로 케이크를 바라보았다.

"어차피 못 먹어. 관상용이야."

수리가 재희의 눈길에 대답했다. 그래도, 그래도 저건 너무했다. 친구라니. 그딴 개같은 자식에게.

"사랑이라고 할 수는 없잖아."

"생축만 했으면 됐잖아."

"진실을 얻으려면, 마음을 얻어야 할 거 아냐."

수리가 딱딱하게 대꾸했다. 더 몰아붙였다가는 케이크를 길바닥에 내던질지도 몰랐기에 재희는 잠자코 수리의 뒤를 따랐다.

사전에 접견 신청을 한 수리 외에 재희가 갑자기 함께 오는 바람에 면회 시간은 예정보다 늦어졌다. 두 사람이 연락을 나눈 지는 3개월가량 되었고, 면회를 온 것은 두 번째라 했다. 수리가 먼저 서신을 보냈고, 이홍재가 보고 싶다고 말해 만남이 이루어졌다. 이홍재가 면회 거부를 할까 봐 긴장했으나 그런 일은 일어나지 않았다.

수리는 가지고 온 케이크를 교도관에게 확인받은 뒤, 접견실에 들고 들어갔다. 초는 붙이지 않았고 그 대신 수리가 생일 축하 노래를 불렀는데 투명 가림막 반대편에 앉은 이홍재의 얼굴이 더없이 환해졌다. 재희는 주먹이 부들부들 떨렸다. 막상 이홍재를 직접 마주하자, 현장 검증 때 죽이지 못한 것이 한스러웠다.

"오, 같이 올 줄은 몰랐어요. 안녕. 김재희 선생님."

이홍재가 평온한 목소리로 먼저 인사를 건넸다. 재희는 인사 대신 찬찬히 그를 뜯어봤다. 마지막으로 봤을 때보다 살이 조금 올랐고, 인상이 전체적으로 유해졌다. 살인자답게 교도소 생활이 체질에 잘 맞나 보았다.

"밖에서 우리 수리 잘 보살펴주세요. 말을 세게 해서 그렇지, 많이 여려요. 속정도 깊고요."

이홍재의 헛소리에 뜨악했으나 재희는 최대한 표정을 숨기려 노력했다. 여기까지 왔는데 헛수고를 할 수는 없었다.

"수리는 다 큰 성인이고, 누군가의 보살핌을 받을 필요가 없는 사람입니다."

"내 말 뜻은……."

"난 겨우 당신 오지랖에 맞장구나 쳐주려고 온 게 아니에요. 전부터 궁금했던 건데, 최두환이 채기쁨을 욕해서 죽였다고 했잖아요. 그렇다면 나는…… 죽은 사람은 강영일이었지만, 나는 왜 죽이려고 한 거죠? 채기쁨을 욕한 적은 있지만, 그 당시 나는 감싸주는 편에 속해 있었어요."

재희가 가까스로 화를 참으며 물었다. 이홍재는 그의 물음을 전혀 신경 쓰지 않는 것 같았다. 그저 재희 옆에 앉은 수리에게 시선이 고정되어 있었다.

"케이크 맛있어요?"

이홍재가 묻자, 수리는 케이크 한가운데 '생축' 부분을 손가락으로 찍어 한 입 맛보았다.

"초코케이크 좋아한대서, 초코 맛으로 준비했어요. 맛있어요."

수리의 대답에 이홍재가 만족스럽게 미소 지었다.

"가서 친구랑 맛있게 먹어요. 수리 너무 야위었어요."

미친 변태 새끼. 재희의 인내심은 거의 한계에 달했다.

"처음으로 인간다운 대접을 받은 것 같아요. 고마워요. 생일을 축하해줬으니까 수리에게 선물을 주고 싶어요. 이건 경찰한테도 말하지 않은 내용입니다. 처음부터 틀렸어요. 김재희 씨. 채기쁨을 욕했다고 최두환을 죽인 게 아닙니다. 그 시기에는 이미 채기쁨을 좋아하지 않았어요. 기쁨이는 영계가 취향이더라고, 더럽게. 온갖 정이 다 털린 후였어. 아, 수리 미안해. 언니 욕해서. 아무튼 우리는 두환이한테 겁만 주려고 했지. 자꾸 비밀을 외부에 털어놓고 싶어 했으니까. 두환이 죽던 날 오전부터 나는 두환의 집에 있었어요. 허락 없이 침입해서 가벼운 말다툼이 있긴 했지만, 원래는 친한 사이였어요. 재희 씨가 온 것도 다 봤고요."

"고양이가 그럼?"

"별로 의심도 안 하데? 몰카 탐지기는 들고 왔으면서."

재희는 그날 일을 머릿속에서 그려보려고 노력했다. 고양이를 가둬놨다고 말하던 두환의 눈에 불안한 기색은 없었다.

함께 술을 마실 때를 제외하고 두환에게 이상한 점은 없었다. 협박받는 중이라고 했지만, 두환은 본인이 죽을 것을 몰랐을 것이다. 알았다면, 무슨 수를 써서라도 재희에게 도움을 요청했어야 했다. 경찰은 이홍재가 최두환을 죽인 이유가 보복 살인이라고 했다. 최두환이 죽은 채기쁨을 욕한 데에 대한 대가.

하지만 지금 이홍재의 말은 달랐다. 우발적 살인이라는 소리였다. 그럼 형량이 좀 낮아지나? 개수작 부리는 거 아닐까? 재희는 살인자의 말을 어디서부터 어디까지 믿어야 할지 판단하기 어려웠다.

"강영일 씨는 안타까운 구석이 있죠. 그렇게 죽일 건 아니었는데…… 겁만 주려고 했는데, 하도 지랄 발광을 해서. 지 팔자 지가 꼰 거지 뭐."

"아까부터 뭐가 겁만 주려고 했다는 거예요? 누가 실수로 사람을 그런 식으로 죽여요? 미친 개새끼야."

"그러게요. 그런데 진짜 겁만 주려고 했어요. 또 겁을 집어먹으면 더 괴롭히고 싶은 게 사람 심리긴 하잖습니까."

이홍재가 남의 일처럼 대답하며 미소 지었다. 주어진 접견 시간인 10분이 흘렀다. 이홍재는 반투명 유리 벽에 손을 댔다. 그 손에 수리가 잠시 손바닥을 맞췄다. 이홍재가 넌 언니와 달라, 하고 말했고, 수리는 아무 말도 하지 않다가 허점을 찌르듯 질문했다.

"언니가 사귄 사람은 누구지?"

▷▷▷

출근하는 사람들로 지하철 역사 내부는 발 디딜 틈 없이 붐볐다. 스크린 도어가 열리자 꽉 들어찬 직장인들이 너도 탈 거냐? 하는 불만 가득한 얼굴로 재희를 맞바라봤다. 재희는 문에서 몸을 돌려 등진 채 지하철에 간신히 올라탔다. 재희 뒤에 서 있던 여자가 타려고 시도하기 전에 지하철 문은 황급히 닫혔다. 지하철은 덜컹거리며 서울 내부를 순환했다. 그럴 때마다 여기저기서 악 소리와 밀지 마세요, 하는 볼멘소리가 들렸다. 재희는 디스코드를 켜 독파민의 메시지를 확인했다.

🐷 장소 바꿉니다. 충무로역 4번 출구 쪽 여자 화장실.

이런 시발. 독파민은 7시부터 장소를 세 번 바꿨다. 처음엔 이화여대 모모 극장으로 오라더니 30분 뒤 보라매공원 둘레길 정자 앞으로 바꿨다. 약속 시간인 8시에 도착하려고 차를 이화여대 근처 공영 주차장에 대놓은 뒤 택시로 갈아탔다. 그건 잘한 선택이었다. 출근 시간대라 도로는 꽉꽉 막혔고, 재희는 지하철을 탔다가 뛰었다가 생쇼를 했다. 이제는 충무로

270

역? 서울 시내를 전부 돌고 오라고 하지, 왜. 재희는 누그러지지 않는 화기에 씩씩댔다. 허둥대다 보니 어느새 긴장도 풀려 있었다. 시간을 보니 약속 시간 내에 도착하기는 틀린 것 같아 30분만 늦추자고 메시지를 보냈다. 독파민도 가상의 눈을 피해 서울 시내를 돌아다니는 중일까. 흔쾌히 알겠다고 했다.

수리에게 약속 시간이 변경되었다고 메시지를 보냈다. 대답이 없었다. 대신 다른 메시지가 도착했다. 화장실 사진 한 장과 '세 번째 칸입니다' 하는 메시지였다. 벌써 도착했군. 공중화장실에서 무슨 얘기를 하겠다는 건지 이해되지 않았지만, 재희는 금방 가겠다고 대답했다. 노선도를 보니 네 정거장만 더 가면 되었다.

휴대폰이 다시 부르르 떨었고, 화면에 '오혜수 경찰'이 떴다. 잠적해버리자 내내 연락이 없던 오 형사가 무슨 냄새를 맡은 게 분명했다. 재희는 간단히 전화를 넘겼다. 독파민을 만나는 게 급선무였다.

충무로역에 도착하자 약속 시간보다 10분 정도 여유가 있었다. 그때부터 심장이 미친 듯이 뛰었다. 나오기 전, 공황장애 약을 먹고 왔으니 망정이지 그러지 않았으면 가는 도중 졸도했을 것이다. 점점 발걸음이 느려졌다. 인파 사이에 섞여 계단을 올라 개찰구에 카드를 찍고 독파민이 말한 여자 화장실을 찾았다. 문제는 재희가 남자라는 사실과 아침이라 급하게 화장실을 찾는 이용객들이 많다는 점이었다. 독파민은 바로 그 점 때문에 굳이 공중화장실을 선호한 것 같았다.

재희는 여자 화장실로 들어가는 여자들과 자신의 모습을 머릿속으로 비교해봤다. 아무리 생각해도 여자인 척 들어가기 전에 신고당해 역무원에게 쫓겨날 확률이 높았다. 고민 끝에 다시 메시지를 보냈다.

> 😊 화장실 입구에 도착했습니다만,
>
> 제가 남자라서 여자 화장실은 어려울 것 같습니다.
>
> 😈 전 도착했습니다.
>
> 7분 기다리고 안 오시면 없던 일로 합니다.

후. 독파민은 조금도 재희의 사정을 봐줄 생각이 없어 보였다. 재희는 화장실을 끊임없이 오가는 인파들 사이에서 푸른색 작업복을 입은 청소 아줌마를 보았다. 청소도구함을 놓는 곳에서 나와 걸레를 들고 지하철 역사 쪽으로 걸어가고 있었다. 청소 아줌마가 떠난 자리에 '청소 중'이라고 쓰인 노란색 팻말이 보였다. 시간이 없다. 저거다! 재희는 노란색 팻말을 챙겨 여자 화장실 입구에 가져다 놓았다. 입구에 붙은 스위치 버튼을 누르고, 안쪽은 보지 않고 크게 외쳤다.

"전기 합선으로 보수 들어갑니다. 다 나오세요!"

급하게 들어가려는 여자들에게 이 구역 담당자인 양 거만한 얼굴로 두 팔을 들어 엑스 표시를 했다. 안에 있던 중년 여자가 느릿느릿 걸어 나오며 재희를 째려봤다.

"출근 시간에 이래도 돼요?"

"죄송합니다. 죄송합니다."

재희는 고개를 조아리며 나가는 중년 여자 뒤로 화장실 칸을 노려보았다. 세 번째 칸에 독파민 그놈이 있을 터였다. 거울을 보며 앞머리를 정리하는 고등학생 여자애들을 거의 내쫓다시피 해 여자 화장실을 비웠다. 휴대폰 시계를 확인하니 1분 전이었다. 재희는 세 번째 칸 앞으로 걸어가 노크를 했다. 잠금쇠가 움직이는 소리가 들렸다. 재희는 혹시 몰라 챙겨 온 주머니 속 칼을 만지작거렸다. 하느님 아버지, 성모마리아님. 살려주세요!

"문 잠그쇼."

마스크를 쓴 목소리는 예상을 깨고, 묵직한 중저음이었다. 왜소한 체구였고, 두꺼운 후드티에 조끼를 걸쳐 입었다. 귀밑까지 내려오는 머리, 버킷햇을 써서 얼굴이 잘 보이지 않았다. 장신인 재희와 다르게 독파민은 여자 화장실에 무리 없이 들어왔을 것이다.

재희가 들어가자 좁은 화장실 칸은 꽉 찼다. 남자 둘이 여자 화장실에서 이게 무슨 꼴이람. 재희는 제보자가 누군지 궁금한 것을 차치하고 빨리 이곳을 뜨고 싶었다.

"신원을 밝힐 수 있나요?"

"아뇨."

독파민은 손을 내밀었다. 재희는 1000만 원어치 5만 원권 다발을 건넸다. 그러자 독파민이 패딩 조끼 주머니에서 USB를 꺼냈다. 재희가 얼른 챙겨 잠바 주머니에 넣었다. 손에 쥔 USB를 놓치면 큰일 날 것처럼 꽉 쥐었다.

"저는 오늘 한국 뜰 거예요. 제가 먼저 나갈게요. 10분, 아니다, 20분 뒤에 나오세요."

독파민이 나가려고 하자, 재희가 급하게 어깨를 잡았다.

"아직요, 아직. 이렇게 가시면 안 되죠. 하나만 물어볼게요! 불체자 죽인 거 누군지 아세요?"

"아시잖아요, 한 명 아닌 거. 그 정도 알아내셨으면 다 알지 않나요."

짐작은 했지만, 확신이 없었다. 재희가 다시 물었다.

"몇 명이죠?"

"자해 흔적이 열여덟 번 났다죠."

그게 독파민의 대답이었고, 충분했다.

재희가 놀란 입을 다물지 못하는 사이 화장실 내부에 불이 켜졌다. 누구야? 혼잣말로 중얼거리는 여자의 목소리가 들렸다. 독파민은 재희를 밀치다시피 화장실을 나갔다. 밖에서 아까 들리던 불만 가득한 목소리의 주인공이 독파민을 붙잡는 듯했다. 뭐야? 당신 남자지, 뭐예요? 하고 물어보는 소리와 그런 아줌마를 무시하고 냅다 달리는 소리가 들렸다. 재희는 양변기에 한참을 앉아 있다가 나왔다. 타이밍이 좀처럼 맞지 않아 20분이 아니고, 족히 50분은 넘게 걸렸다.

잠바 주머니에 푹 찔러 넣은 손에 땀이 진득하게 배어났다. 마주 오는 행인들이 더 이상 그냥 행인이 아닌 것만 같았다. 첩보 영화 속 쫓기는 스파이처럼 재희는 긴장했다. 비지땀이 흘러 자꾸만 눈을 찡그렸다. 택시를 타고 이동했다. 청담과 수리에게 영상을 받았다고 카톡을 남겼다. 곧바로 수리에게 전화가 왔다. 재희는 여자 화장실에서 덜덜 떨던 사실을 까맣게 잊고, 힘주어 말했다. 별거 아니더라고.

"고생했네."

수화기 너머에서 수리의 목소리가 무뚝뚝하게 들렸다. 그토록 찾아 헤맸으면서 막상 찾았다니 복잡한 모양이었다.

"그래. 영상 확인하고…… 경찰서 가자."

"어. 빨리 와."

전화가 뚝 끊겼다. 출근 차량이 어느 정도 빠져 도로는 생각보다 크게 막히지 않았다. 재희는 차창을 한 뼘 정도 열어 미세먼지로 가득한 공기를 마셨다. 다 온 것 같았다.

진작 제보 방송을 할걸. 독파민은 오늘 한국을 뜬댔다. 그 역시 공범, 열여덟 명 중에 하나란 뜻이었다. 택시에 내려 공영 주차장 건물에 도착했다. 지하 1층 주차장으로 내려가 서둘러 차에 탔다. 크지 않은 공간에 승용차가 열 대 정도 주차되어 있었다. 사람은 보이지 않았다. 재희는 노트북을 켜 포트에 독파민이 준 USB를 꽂았다. '여자'라는 제목의 영상 파일이 떴다. 3시간 44분에 달하는 영상이었다. 당장 전부 확인할 시간은 없었다. 대충 구간 점프를 하며 영상을 확인했다. 몸에 달라붙는 하얀 원피스를 보자, 그날의 풍경이 선연히 떠올랐다.

채기쁨이 초대한 M모텔 402호의 문을 열자 하얀 원피스를 입은 그녀가 침대 끄트머리에 앉아 있었다. 덥죠? 제가 에어컨 미리 틀어놨어요, 하고 눈웃음을 치는 그녀에게 첫눈에 반했다. 심하게 넘어졌는지 한쪽 무릎이 멍투성이였고, 뼈 마디마디가 도드라져 보일 정도로 마른 사람이었다. 허리를 곧추세우고 힘을 준 채 앉아 있던 채기쁨은 떨고 있었다. 그 떨림을 보며 이상한 기분이 들었다. 초대한 사람은 채기쁨인데, 미안하고 조심스러워졌다.

"뭘 그렇게 멍하게 있어요?"

"예뻐서요……."

재희의 솔직한 대답에 채기쁨이 까르르 웃었다. 그 웃음에 그늘이라곤 찾아볼 수 없었다. 긴장이 풀렸는지 떨림은 차츰 잦아들었다. 샤워를 하며 부르던 노랫소리가 귓가에 맴도는 것 같았다. 사랑은 개에에. 늦지 않게에⋯⋯.

똑같은 옷을 입고 앉아 채팅창을 보고 있는 채기쁨은 무척 슬퍼 보였다. 도저히 같은 날이라고 볼 수 없는 얼굴이었다. 뒷부분을 눌렀다. 영상 속 채기쁨은⋯⋯ 죽어 있었다. 재희는 얼른 USB를 빼고, 노트북을 닫았다.

열여덟 명.

전에 박현창에게 받은 명단은 열 명이었다. 나머지 여덟 명의 아이디는 어디로 간 걸까. 결국 진실은, 수리의 주장대로 자의에 의한 자해가 아니라, 협박에 의한 자해였다. 그녀는 노예였을까. 재희는 시동을 걸고 사이드브레이크를 내렸다. 음습한 지하 주차장을 빨리 벗어나고 싶었다. 핸들을 잡는 순간 휴대폰이 다시 진동했다. 오 형사였다. 재희는 액정에 뜬 오혜수의 이름을 보자 다른 계획이 떠올랐다. 집까지 가져가는 건 위험해.

"서초경찰서 사이버수사팀 여성청소년범죄과 오혜수입니다. 잘 지내셨나요? 재희 씨. 미성년자 고소 건 때문에 전화드렸습니다."

"형사님. 저 형사님께 보여드릴 게 있어요. 지금 갈게요. 대충 20분 정도 걸려요."

"아. 알겠습니다."

재희는 전화를 끊고 출구 쪽으로 핸들을 돌렸다.

끼이익.

별안간 전면에 스포츠카가 끼어들었다. 어디서 불쑥 나타났는지 감도 오지 않았다. 안 그래도 어두운 곳이었는데 검은 선팅을 한 탓에 차량 내부는 잘 보이지 않았다. 의문은 금방 해소되었다. 낯익은 놈이 운전석에서 내렸다. 박현창. 한겨울에 반팔 차림인 놈의 팔뚝에 자리했던 게이샤 문신은 더 이상 보이지 않았다. 그 위를 아예 검은색 타투로 덮어버렸다. 손에 골프채가 들려 있었다. 조수석에서 비니를 뒤집어쓴 남자도 내렸다. 박현창은 고개를 까닥거리며 당장 차에서 내리라고 눈짓했다. 재희는 콘솔박스에 뒀던 USB를 어디에 숨길지 급하게 머리를 굴렸다. 밑으로 떨어트려 바닥 깔창 끝에 슬슬 밀어 넣었다.

"안 내려?"

박현창이 참지 못하고 골프채를 휘둘러 SUV의 사이드미러를 박살 냈다. 아이씨, 너 같으면 내리겠냐. 내리면 끝장이다. 재희는 차창만 슬쩍 내리고서 하나도 쫄지 않았다는 투로 말했다.

"안 비키면 치고 간다."

마음 같아선 눈앞에 있는 외제 스포츠카를 반파시킬 수도 있었다. 그딴 거 보험 처리 하면 그만이다. 이번 기회를 놓치면 실망할 수리의 얼굴이 떠올랐다. 간다!

재희가 힘껏 액셀을 밟으려고 오른발을 떼는 순간, 박현창의 스포츠카 문이 열리고, 뒷좌석에서 사람 하나가 포대 자루처럼 툭 떨어졌다. 청담이 묵사발이 되어 흐느끼고 있었다. 형……. 눈이 마주쳤다. 눈두덩이 끔찍하게 부어서 잘 떠지지 않는 눈으로 청담은 예의 그 바보 같은 미소를 지어 보이려 애썼다.

가. 형, 그냥 가.

입 모양이 정확히 재희에게 전달되었다. 집에 있어야 할 청담이 어떻게 붙잡힌 걸까. 재희의 궁금증은 금방 풀렸다.

"네 꽁무니 쫓아다니길래 잡아 왔지."

어제 분명히 위험하다고 따라오지 말라고 했는데. 저 바보 같은 놈.

박현창이 청담을 향해 힘껏 골프채를 휘둘렀다. 청담의 가녀린 허리가 들썩이며 허물어졌다. 아, 씨발 새끼! 박현창이 다시 골프채를 쳐들고 허공을 가르자, 재희가 차에서 튕기듯 내렸다. 박현창의 두툼한 상체를 발로 찼다. 박현창이 살짝 비틀거리며 히히 웃었다.

"둘이 잤냐? 죽고 못 사네. 빨리 타. 같이 지옥 보내줄게."

"혀엉…… 가라니까…….."

재희는 일어서지 못하는 청담을 부축하며 눈물이 나는 걸 억지로 참았다. 분노로 몸이 활활 타는 것 같았다. 쟤가 때릴

데가 어딨다고.

"얘는 보내줘."

"하, 병신아. 뭘 보내줘. 다 타. 빨리!"

옆에 서 있던 우락부락한 놈이 고갯짓을 했다. 한 주먹 하게 생긴 놈이었다. 차 내부를 보니 한 놈이 더 앉아 있었다. 아까 해외로 뜬다던 독파민이었다. 그 역시 얻어터져서 입가에 피를 흘리고 있었다.

"USB 어딨어? 차에 있냐?"

박현창이 잊지 않고 증거물을 찾았다. 한쪽 발로 재빠르게 고무 깔창 밑에 숨겨두긴 했지만, 찾는 게 그리 어렵진 않을 거였다. 재희는 최대한 머리를 굴려 협상을 시도했다.

"청담이 놔줘. 그럼 USB 넘길게."

"음. 좋아."

박현창은 애초에 청담을 끝까지 끌고 갈 작정은 아니었는지 쉽게 승낙했다. 그때까지 축 늘어져 있던 청담이 번쩍 고개를 들고 안 된다고, 형 혼자 가면 위험하다고 말했다. 재희는 청담을 자신의 차에 태웠다.

"안 돼. 형. 위험해. 혼자 가지 마. 저놈들 장난 아니야."

재희는 고무 깔창 밑에 숨겨둔 USB를 챙겼다.

"너 가도 도움 안 돼. 걸리적거리기만 하지."

"아, 형!"

"씨발 눈물 나서 못 봐주겠어. 빨리 타. 야, 똥꼬충. 알지? 경찰에 알리면 니네 형 어떻게 되는지? 본 것도 못 봤다고 하고, 다친 것도 안 다쳤다고 해야지."

박현창의 똥꼬충 발언이 심히 거슬렸지만, 재희는 못 들은 척 손에 들고 있던 USB를 박현창에게 던졌다.

"휴대폰도 주라. 그때 니들이 내 거 뺏어가서 내가 폰이 없거든."

박현창의 복수였다. 휴대폰까지 뺏기고 뒷좌석에 타려고 상체를 숙이는 순간, 휘익 가르는 공기 소리가 들리더니 뒤통수 쪽에 강한 충격이 왔다. 재희의 기억이 끊겼다.

12. 그놈들

~~~~~~~

재 미친 거 아냐? 코 곤다, 코 골아. 껄렁한 목소리가 귓가에 맴돌았다. 차가운 물세례에 재희는 눈을 떴다. 마룻바닥. 깐 지 얼마 안 됐는지 왁스 냄새가 진동했다. 눈을 살짝 치켜 뜨며 고개를 돌리다가 뒤통수부터 올라오는 깨질 듯한 통증에 인상을 찌푸렸다.

피가…… 난 거 같았다. 그것도 아주 많이. 재희는 제 양팔이 뒤로 꺾인 채 밧줄로 둘둘 감겼다는 것을 곧바로 알아차렸다. 구석에 주저앉아 있는 놈과 눈이 마주쳤다. 외국으로 뜨는 걸 실패한 독파민이 적개를 드러내며 눈을 부라렸다. 독파민은 양팔과 다리가 자유로웠다. 그래도 같은 편이었다고 결박은 하지 않았나 보았다. 재희에게 물을 뿌린 놈이 정신이

드냐? 하고 물었다. 아까 박현창 옆에 있던 놈으로 넘버 2 같았다. 너 같으면 들겠냐? 그런 생각이 제일 먼저 들었지만, 아무 말도 하지 않았다.

"야. 의자에 앉혀."

물 뿌린 놈이 독파민에게 지시했고, 스파이 짓을 해서 한순간에 꼬붕으로 전락한 독파민은 일어나 재희의 몸을 일으키려고 했다. 팔다리가 묶여 있어서 의자에 앉히는 게 쉽지 않았다. 재희도 독파민의 매가리 없는 안간힘에 조금 보탬이 되어주고 싶었지만, 몸에 힘을 줄 때마다 둘이 같이 휘청거리다 쓰러질 뿐이었다. 뭘 꾸물대냐고 곧바로 험악한 욕설이 날아왔고, 독파민이 재희에게 짜증을 내며 가만히 있으라고 했다.

"나도 가만있고 싶은데 네가 자꾸 만지잖아."

재희의 말에 낄낄낄 놈들이 웃었다. 핏물인지 땀인지 눈가에 물기가 엉겨 붙어 앞이 잘 보이지 않았다. 재희가 고개를 털고 주변을 살폈다. 제일 먼저 눈에 띈 건, 의자 정면에 둔 휴대폰과 삼각대였다. 박현창은 낚시 의자에 앉아 휴대폰 화면을 보며 각도를 조절했다. 의자에 앉혀 영상을 찍을 생각인 듯했다.

재희는 흘깃거리며 주위를 둘러봤다. 한편에 5인용 가죽 소파가 덩그러니 있었고, 뻐꾸기시계, 아치 모양으로 휘어진 스탠드 조명, 높다란 층고, 한쪽 면의 베란다, 밖으로 실외등

아래에 너른 잔디밭이 보였다. 여기가 어디야……. 민가와 외
떨어진 별장 같았다.

독파민과 박현창, 넘버 2 외에 세 명이 더 있었다. 박현창과
넘버 2는 20대 후반쯤 되어 보였고, 독파민을 포함한 나머지
애들은 20대 초반 혹은 고등학생처럼 보였다. 군대 근처도
안 가본 애들처럼 피부가 팽팽했다. 독파민이 온갖 씨름을 하
며 겨우 재희를 의자에 앉혔다.

내부에 훈풍이 돌았지만 긴장한 탓인지 아니면 물세례를
받아서 그런지 몸에 오한이 들며 추웠다. 너희가 범인이구나.
열여덟 명에는 턱없이 못 미쳤지만, 놈들의 얼굴을 잊지 않으
려고 특징을 세세히 파악했다. 그중에서 박현창은 여름에 봤
을 때보다 훨씬 더 살이 포동하게 올랐고, 고생깨나 했는지
다크서클이 짙어져 있었다.

"경찰 공무원 시험 준비한다더니 포기했나 봐. 떨어졌어?"

재희의 도발에 박현창은 피식 웃었다. 그의 주머니에서 커
터칼이 나오자 재희는 센 척하던 입을 다물었다.

탁, 탁, 탁, 타다다다닥.

커터칼이 돌기를 지나치며 나아가는 소리에 움찔거렸다.

"야. 바지 벗겨. 팬티도 벗기고."

박현창의 주문에 독파민이 눈에 띄게 당황하며 우물쭈물거
렸다. 개새끼야, 뒤지고 싶냐? 박현창이 빽 소리를 지르자 독

파민이 허둥지둥 와서 재희의 바지 버클을 풀었다. 재희는 이번만큼은 독파민을 도와주고 싶지 않아 힘을 잔뜩 쓰며 의자에서 엉덩이를 떼지 않았다. 낄낄낄. 하하하. 소파에 앉아 노트북으로 게임을 처하는지 뭘 하는지 모르겠는 놈들이 배꼽 빠진다는 듯 웃으며 그 모습을 폰카로 찍었다. 존나 웃겨. 저것들.

보다 못한 넘버 2가 다가와 커터칼을 재희의 목젖에 들이밀었다.

"장난 같냐?"

아니요. 하는 수 없이 엉덩이를 살짝 들어 독파민이 수월하게 바지를 벗길 수 있도록 도와줬다. 팬티도. 수치심에 당장 죽고 싶었다.

띠링.

산뜻한 이 효과음은 재희도 잘 아는 것이었다. 휴대폰 동영상 촬영음이었다. 박현창이 촬영을 시작하는 모양이었다.

"꼭 이렇게까지 해야겠냐? 니네 인생 존망이야!"

재희의 애원에 박현창이 휴대폰 화면을 보며 씨익 웃었고, 한쪽 엄지와 검지를 동그랗게 만들어 오케이 표시를 했다. 뭐가 오케이야? 신호를 받은 넘버 2가 커터칼을 독파민에게 건넸다. 그가 눈을 더 크게 뜨며 커터칼을 받아 들었다.

"걱정 마. 이건 어디에 올릴 거 아니야. 소장용인데, 네 여자 친구한테는 보내주려고."

"뭐?"

"그년. 불체자 동생 말이야. 그 미친년."

"걔는 죄 없어. 영상 기획한 것도 나고, 가만히 있는 애 부추긴 것도 나야."

재희는 그냥 다 혼자 뒤집어쓰고 수리는 이 일에 엮이지 않았으면 했다. 수리를 위하는 말이 박현창과 이곳에 있는 놈들의 보복 심리를 자극했지만, 코너에 몰리니 머리가 빠르게 돌아가지 않았다. 그저 수리를 지키고 싶었다. 수리마저 청담이 같은 꼴을 보게 하고 싶지 않았다.

"알겠어. 다 네가 저지른 거야. 알겠고, 시작해. 내가 주먹을 쥐었다 폈다 수신호를 줄 거야. 주먹을 쥘 동안 긁어. 허벅지 안쪽이 더럽게 아프더라고. 알겠지?"

커터칼을 쥔 독파민이 금방 울음을 터트릴 것 같은 얼굴로 고개를 끄덕이며 물었다.

"죽일 건 아니지?"

"어, 새꺄. 너 뉴질랜드 간다매. 가고 싶으면 제대로 해. 내 성질 건들지 말고."

계속 주저하던 독파민은 이번만큼은 박현창이 시키는 것을 그대로 해냈다.

12-1. 번외

재희는 이 부분을 길게 말하지 않았다. 나도 더 물어볼 수가 없었다.

13. 이어서 그놈들

~~~~~~~~~

　이번에야말로 진짜 기절하는 게 정신 건강에 이로울 것 같
았으나, 살을 꿰뚫는 강렬한 통증에 정신은 점점 또렷해졌다.
독파민은 벌벌 떠는 손으로 고문 작업에 집중했다. 그만. 됐
어. 박현창의 만족스러운 목소리를 듣고 일어선 독파민의 표
정은 수술을 끝낸 집도의처럼 경건하기까지 했다.

　띠링.

　"촬영 종료. 잠깐 쉬자. 밤샐 건데 짱개 시켜 먹을까? 사악
니 너 뭐 먹을래?"

　박현창은 피범벅이 된 재희의 아랫도리를 쳐다보며 물었
다. 재희는 빳빳하게 고개를 들었다. 고통은 시간이 지나면
사라져. 봐, 벌써 어느 정도는 사라졌잖아. 오히려 점점 심해

지는 고통을 애써 외면하며 대답했다.

"제일 비싼 거."

"개새 센 척 존나 해. 어디 보자, 제일 비싼 게 뭐야, 삼선짬뽕? 만육천 원."

"……그게 최선이야?"

"어. 시골이라 이것도 감지덕지해라."

박현창은 다른 놈들에게는 메뉴를 묻지 않고 중국집에 주문했다. 삼선짬뽕 두 개에 짜장면 네 개요. 딴 놈들은 불만 없이 따랐다. 재희는 시골이라는 박현창의 말을 곱씹었다. 밖을 내다보아도 잔디밖에 보이지 않았고, 간간이 개 짖는 소리 말고는 자동차 굴러가는 소리조차 들리지 않았다. 박현창이 계속 피를 흘리는 재희를 보다가 독파민에게 수건으로 대충 묶어두라고 했다. 재희는 독파민이 가까이 다가올 때를 놓치지 않고 여기가 어디냐고 물었다.

"나희 별장이야. 나도 첨 와봐."

나희. 재희가 방송에서 깐 아이디 중에 '나희'는 없었다. 즉, 박현창이 A4 용지에 적지 않은 아이디였다.

"그 새끼 누구야? 여기 있어?"

독파민이 뒤를 한번 돌아봤다. 자기도 잘 모르는 눈치였다. 으악. 독파민이 압박을 제대로 했는지 고문당한 허벅지에서 화끈거리는 고통과 함께 피가 흠뻑 새어 나왔다. 독파민이 실

수했다는 얼굴로 미안, 하고 말했다. 그 낯을 보니 살인 충동
이 일었다. 사람 죽이고 싶은 심리는 별게 아니구나, 이 고통
을 너도 당해야 하는데…… . 재희는 박현창보다 그의 지시에
따랐을 뿐인 독파민을 당장 죽이고 싶었다. 생각이란 걸 할
틈도 없이 먼저 행동이 나와버렸다. 허벅지 부근에서 어떻게
하면 피가 덜 나오게 할까 고민하던 독파민의 머리에 재희가
냅다 박치기를 했다.

억! 그가 까무러쳤고, 재희는 몸을 들썩이며 의자를 띄워
쓰러진 독파민의 발목을 의자 다리로 콱 찍었다.

으아아악. 듣기 좋은 비명이었다. 밥 먹고 무슨 짓거리를 할
계획인지 모여서 소곤거리던 놈들이 단숨에 뛰어와 재희를
넘어트리고 의자를 치웠다. 독파민이 껙껙거리며 숨넘어가는
소리를 내질렀다. 발목이 부러진 거 같다고 119를 불러달라
고 했다. 놈들이 서로를 마주 봤다.

"야. 그냥 밖에다 치워. 별 도움도 안 되는데."

박현창의 한마디에 상황은 일단락됐다. 놈들이 독파민을 뒷
마당에 아무렇게나 부려놓았다. 밖에서 오토바이 엔진음이 들
렸다. 한 놈이 부리나케 뛰쳐나가 음식을 받았다. 독파민은 살
려달라고 소리칠 줄 알았지만 잠잠했다. 언뜻 보니 청테이프로
둘둘 말아 입은 물론 머리까지 봉해놨다. 무식하기도 하지.

보복 촬영은 끝났으니 다음 라운드는 뭐가 될까. 두려움과

궁금증이 일었다. 놈들이 쉽게 풀어줄 것 같은 분위기가 아니었다. 하반신의 홧홧한 열감이 좀처럼 사그라지지 않았다. 점점 불타오르는 것 같았다. 나희는 저 중 누구인가. 박현창은 케타민 왕자였고, 박현창의 친구 넘버 2가 나희인가. 아니면, 노트북만 보고 있는 애들 셋 중에 하나?

재희가 추리를 하고 있을 때, 박현창이 삼선짬뽕의 포장 랩을 뜯으며 말했다.

"여자 친구 오고 있대. 너나 걔나 뭘 할 수 있을진 모르겠지만."

▷▷▷

재희는 수리만큼 강한 여자를 본 적이 없었다. 늘 예측을 벗어나 행동했고, 대담한 동시에 위험감지 능력이 탁월했다. 그런 점에서 수리는 이곳으로 오면 안 됐다. 정신 나간 놈들이 여섯이었고, 외딴 별장이었다. 올 거면 경찰과 함께 오거나 오지 말고 무시해야 마땅했다. 수리는 마음만 먹으면 안 올 수 있는 사람이었다. 그들이 잘못 짚었다. 재희가 인질이 될 수 있을 거라 여기다니. 수리는 재희를 눈에 낀 눈곱 정도로만 챙겼다. 털어내면 그만인 존재다. 안 온다.

다 먹은 음식물 쓰레기를 비닐봉지에 대충 쑤셔 넣은 그들이 재희를 옆으로 밀쳤다. 그러니까 독파민이 밖으로 내쫓기기 전 뭉개져 있던 자리였다. 재희 몫의 삼선짬뽕을 줄 것처럼 랩을 뜯더니 재희의 코 앞에 갖다 댔다. 재희가 뒤로 묶인 밧줄을 풀어달라고 했으나 아, 그럼 못 먹네, 하더니 그대로 재희의 허벅지에 부어버렸다. 입에 넣었으면 먹기 적당한 온도였겠으나 살점이 너덜해진 허벅지에 부어버리니 얘기가 달랐다. 재희는 몸을 뒤틀며 악 소리를 내질렀다. 살이 익는 고소한 냄새를 맡은 것 같기도 했다. 잠깐 정신을 잃었다가 뜨거운 열기에 경기를 일으키며 깼다.

"짜장면 시키지 그랬어."

박현창이 아무렇지 않게 중얼거렸다. 제일 어려 보이는 놈이 짬뽕 국물과 홍합, 면으로 지저분해진 바닥을 대걸레로 대충 훑어냈다. 시계를 보니 음식을 먹기 시작한 지 1시간 30분이 지났다. 수리는 오지 않을 것이다. 놈들도 지루한지 휴대폰을 보며 초조하게 시간을 봤다.

"왔대."

넘버 2가 말했다. 하릴없이 거실을 돌아다니거나 소파에 늘어져 있던 놈들이 일제히 일어났다. 박현창이 억지로 웃음을 참으며 재희를 바라봤다. 고소해 죽겠다는 표정이었다. 핸드폰을 보던 두 놈이 밖으로 나갔다.

곧 중문이 열리며 수리가 들어왔다.

"병신들 다 모였네."

모두를 자신의 발아래로 내리깔고 보는 시선이었다. 브라
운색 가죽 재킷에 청바지를 입었는데 짧은 머리와 잘 어울렸
다. 두 손에 낀 가죽 장갑을 벗으며 바지 뒷주머니에 쑤셔 넣
었다. 밖에 오래 있었는지 두 뺨과 코끝이 빨갰다. 만져보면
얼음장처럼 차가울 것 같았다.

수리는 재희를 곁눈으로 살피다 아랫도리를 보았다. 이내
그곳을 향해 시선을 고정했다. 짬뽕 국물과 피가 뒤섞여 짬뽕
이 된 허벅지를 보는지, 드러난 사타구니를 보는지 불분명했
지만, 무엇이든 수치스럽고 죽고 싶은 건 매한가지였다. 수리
는 재희의 심정이 어떻든 아랑곳 않고 꽤 오랫동안 침묵을 지
키며 눈으로 재희를 살폈다. 재희가 왜 왔어, 말을 건네기 전
까지. 속뜻은 '제발 그만 봐'였지만 수리에게 제대로 전달되
진 않았다.

"그냥 닮았다고 생각했지 밝은 데서 보니까 존똑이네. 너도
잘 주냐? 언니보다 맛있어?"

박현창이 침묵을 깨고 말했다. 수리는 시선조차 주지 않고
거실 내부를 샅샅이 살폈다. 무안해진 박현창이 수리에게 다
가가 귀뺨을 날렸다. 수리가 미끄러지듯 바닥으로 푹 쓰러졌
다. 대충 닦았던 짬뽕 국물이 수리의 손바닥에 묻었다. 수리
는 제 손바닥을 내려다보고 냄새를 맡았다. 그러고는 비틀거

리며 일어나 물티슈 좀 줘, 하고 말했다. 누구를 콕 집어 말한 게 아니었지만, 제일 어린 놈이 소파에 있던 물티슈를 건넸다. 수리는 한 장을 꺼내 손바닥을 닦은 다음 마룻바닥에 버렸다.

"내가 뭘 했으면 좋겠어?"

이번에도 정확한 대상에게 한 말이 아니었다. 물 흐르듯 자연스럽게 말했다. 밥은 먹었냐, 같은 평온한 말투였다. 박현창에게 맞은 왼뺨의 실핏줄이 터지고, 입술 한쪽에서 피가 흘렀다. 되레 박현창이 맞은 쪽인 듯 당황한 기색이 역력했다. 독파민에게 과격하게 굴던 기세는 어디 가고 물러터져서 그저 넘버 2를 바라봤다. 넘버 2가 나서서 말했다.

"씨발년아……."

"병신이 나대네. 나는 케타민한테 말했는데, 네가 리더 아냐?"

수리가 넘버 2의 말을 자르고, 박현창에게 말했다.

"아니 근데 이 씨발……."

"야. 의자에 앉아."

이번에는 박현창이 넘버 2의 말을 잘랐다. 수리는 재희가 고문당했던 의자에 앉았다. 정면에 있는 삼각대와 핸드폰을 확인했다. 시키지도 않았는데 가죽 재킷을 벗었고, 이윽고 몸에 달라붙어 실루엣이 그대로 드러나는 니트도 벗었다.

꿀꺽. 거실에 있던 애들이 모두 침을 삼키는 소리가 들렸다.

박현창에게 얻어맞고도 꼿꼿한 등이나 놈들에게 침묵을 강요하는 것처럼 할 말만 꼭 하며 분위기를 휩쓰는 아우라가 있었다. 센 척을 하면 할수록 오히려 상대가 가벼워졌다. 뭘 하려는 거야. 이 방 안에서 제일 긴장한 건 재희였다. 왜 혼자 온 거야, 경찰에 신고라도 했어야지, 온갖 말로 잔소리를 하고 싶고 달래고 싶었다. 지금이라도 도망칠 수 있도록 미끼가 되어줄 수도 있었다. 나 좀 봐라, 좀! 수리는 의도적으로 재희의 뜨거운 시선을 피했다.

청바지 위에 얇은 슬리브리스만 입은 수리의 상체가 드러났다. 놈들의 얼굴에 빳빳한 흥분이 떠돌았다. 박현창은 삼각대 앞 낚시 의자에 앉아 띠링, 동영상 촬영 버튼을 눌렀다. 개새끼!

"채수리, 너 뭐 하는 거야. 미쳤냐고!"

재희가 소리 지르자 넘버 2가 청테이프로 재희의 입을 막았다. 수리가 바지 버클까지 내리고 허리춤에 숨겨둔 과도를 꺼냈다. 흔한 빨간색 플라스틱 손잡이로 된 과도였지만 재희는 그게 무엇인지 알았다. 언니를 죽인 칼이었다.

칼이 나오자, 모두 흠칫 놀랐다.

"얼굴을 찌르면 되겠지. 언니가 했던 것처럼."

수리는 정면의 핸드폰 카메라를 똑바로 보며 말했다. 아무도 말을 꺼내지 않았다. 재희만 하지 말라고 소리쳤다. 차라리 나를 죽이라고 했다. 사실 재희는 그때 자신이 무슨 말을 했는지 제대로 기억하지 못했다. 청테이프로 입막음을 한 상태라 웅얼거림으로 들렸을 가능성이 컸다. 계속해서 시선을 외면하던 수리가 고개를 틀어 씩 웃었다.

"미안해."

수리가 사과했다. 쟤가 사과를 하다니. 안 돼! 안 돼, 인마!

재희는 온 힘을 다해 일어났다. 청테이프에 묶인 두 발을 버둥거리며 수리에게 뛰어갔다. 몇 발자국 가지 못하고 그대로 마룻바닥에 쓰러졌고, 두 사람 사이의 거리는 멀고 멀었다. 다시 바르작거리며 수리에게 다가가려 하자 띠링, 소리가 났다. 박현창이 동영상 촬영을 중지했다.

"야. 저 새끼 때문에 집중이 안 되잖아. 밖에 내다 놔."

박현창이 짜증 섞인 목소리로 말했고, 제일 어린 놈이 머뭇거리다가 자신의 휴대폰을 박현창에게 보여줬다.

"나희가 그냥 두라는데……."

"걔는 섭변태 같아서."

말은 그렇게 했지만, 박현창은 휴대폰을 살피며 고민했다.

"나희는 아직 학원에 있을 시간 아닌가? 마음대로 막 땡땡이쳐도 돼? 엄마가 뭐라 안 하시니?"

수리의 말에 모두 당황했다. 나희를 네가 어떻게 알아? 하는 표정들이었다. 놀란 건 재희도 마찬가지였다.

"나희야, 이 어린놈아. 미자 주제에 형들을 가지고 잘 놀더라. 너 집이야, 학원이야? 뭐 어디든 경찰 아저씨들이 너 잡으러 가고 있으니까 깨끗한 옷 입고 잘 기다리고 있어."

경찰이라는 말에 다시 한번 긴장이 맴돌았다.

"무슨 경찰! 시발년아. 네가 나희를 어떻게 알아?"

박현창이 다가오며 말했다. 수리가 일어나 손에 쥔 칼끝을 박현창에게 찌를 듯 들이댔다. 과감하고 절도 있는 동작이었다. 박현창이 한 걸음 물러났다.

"언니는 남자 친구를 사귀었어. 한 달 행복해했어. 그래. 겨우 한 달."

"뭔 소릴 씨불이는 거야. 죽은 년이 누굴 사귀었건 말건 우리랑 무슨 상관이야."

수리가 정면에 있는 카메라를 보며 말했다.

"나희 넌 알겠지. 넌 쉽게 언니의 환심을 샀어. 언니에게 부자 되게 해주겠다고 하면서 멤버십 회원들을 모았고, 함께 영상도 찍었어. 영상이 유출된 걸 알고 나서 언니가 헤어지자니까 도리어 넌 협박을 했어. 언니를 고소하겠다고 했고, 실제로 고소를 했어. 미성년자 강간으로. 알아보니 이번에 삼원고등학교에 합격했더라? 아 물론, 명예훼손 건으로 1호 처분을 받아서 유도 특기생으로는 못 갔지."

1호 처분? 미성년자? 그때, 재희의 머릿속에 빠르게 한 소년의 흰 얼굴이 떠올랐다. 경찰서에서 마주친 나이키 모자를 쓴 놈, 이서후.

"어그로 끄냐? 나희 78년생이야, 이 븅신아. 학교를 간다니 뭔 개소리야."

이번엔 넘버 2가 소리쳤다. 다시 수리가 씨익 웃었다.

"78년생은 개 아빠. 신분 도용한 거라고. 물론, 니들은 제일 연장자라고 형님 대우를 해췄겠지만. 실제로 나희 본 사람? 있냐?"

수리가 윽박지르듯 소리쳤다. 전원이 몸을 잘게 떨며 반응했다. 놈들이 서로의 얼굴을 쳐다보며 무언의 신호를 전달했고, 박현창 역시 고개를 미미하게 젓는 것으로 의견을 통일했다. 누구도 나희를 본 적이 없었다.

박현창이 넘버 2에게 소곤거렸다. 소리 조절에 실패해서 재희의 귀에까지 들렸다. 야, 나희가 뭐래? 넘버 2가 핸드폰 키패드를 열심히 쳤다. 나희를 추궁하는 모양이었다.

"대답이 없어."

그의 말에 기다렸다는 듯 수리가 말했다.

"언니는 형사 처벌을 받을까 봐 전전긍긍했어. 열여섯 살 미성년자일 줄은 전혀 몰랐지만, 결과적으로 그렇게 되어버렸으니까. 그게 언니의 실수였어. 나희가 시키는 모든 짓을 하게 됐고, 니들은 구경꾼이 되어 그런 나희를 추앙했지. 열여섯 살 꼬맹이를 말이야."

"좋아. 그렇다 치자. 네가 지금 내뱉는 말의 출처는 어디야?"

박현창이 물었다. 재희도 그게 궁금했던 참이었다. 어느 사이에 수리 혼자 이 모든 정보를 다 알게 된 건지. 게다가 오늘 입수한 스너프 영상은 보지도 못했을 텐데. 수리는 바지 주머니에서 꾸깃한 종이를 꺼내 보였다.

"이홍재가 편지를 보냈더라고."

"뭐?"

순간 팽팽했던 긴장감이 사라지고, 여기저기서 실소가 터졌다. 분위기는 순식간에 그들 쪽으로 넘어갔다. 박현창이 날이 선 과도를 금방 잡을 것처럼 팔을 날렸다. 수리가 뻗은 팔을 순식간에 밑으로 피하며 박현창의 오른 팔뚝에 과도를 찌르고 지나갔다. 무서운 반사 신경이었다. 박현창이 악 씨발, 욕을 했고, 빈틈을 이용해 수리에게 달려들던 일행들이 주춤거렸다.

수리는 반응을 이미 예상한 것처럼 평온했다. 박현창의 피가 묻은 칼 손잡이를 다시 움켜쥐었다. 눈동자가 암석같이 단단했다. 제 언니의 스너프 영상을 찾아 불법 사이트를 뒤질 때처럼 텅 빈 심연이 자리 잡았다. 그녀는 불이었다. 활활 타는 빨간 불이 아니라, 더 높은 열에너지를 가진 푸른 불꽃.

"이홍재는 니들과는 결이 달랐지. 적어도 언니를 사랑한다고 말하던 놈이었으니까. 추악한 건 마찬가지였지만. 언니가 아프리카에서 활동할 때부터 오래된 팬이었고, 멤버십 회원의 상위 버전이었던 기쁨의 전당을 만든 모임장이었어. 물론, 그때, 나희가 채팅방에 언니의 사진들을 올리기 시작하면서 이홍재 혼자서 겉돌았지."

"뭐래. 니네 언니를 죽인 건 이홍재야. 걔가 제일 날뛰었어!"

뒤에 있던 누군가가 말했을 때 수리가 재희를 보며 빙긋이 웃었다. 걸려들었다, 하는 눈이었다. 박현창이 뭔가 잘못됐다는 눈치를 채고 버럭 소리를 질렀다. 닥쳐! 재희 역시 수리가 왜 웃는지 알 수 없었다. 그때 재희의 눈에 띈 건 수리의 슬리브리스 오른쪽 어깨끈에 끼워진 볼펜이었다. 초소형 카메라가 내장된 것으로 녹음과 녹화 기능, 와이파이 기능을 탑재했으며 재작년에 호기심에 아마존에서 산 재희의 물건이었다. 재희의 시선 끝을 확인한 넘버 2가 외쳤다. 카메라다!

"너 뭐, 뭐냐?"

당황한 박현창이 뒷걸음질 쳤다. 수리는 소파 뒤에 붙은 뻐꾸기시계를 봤다.

"경찰이 늦네. 시골이라 그런지……."

"카메라? 경찰은 또 뭐야? 신고했냐?"

박현창의 물음에 응답하듯 수리가 오른쪽 슬리브리스 끈에 꽂힌 볼펜을 왼손으로 꺼냈다.

"너네 영상 찍는 거 좋아하잖아. 수십 명이 보고 있을 거야. 언니 아프리카 계정을 되살렸거든."

"뭐?"

"잘 찍히나 모르겠지만, 라이브야."

수리의 말 한마디에 박현창을 비롯한 모두가 얼굴을 가리기에 바빴다. 뒤에서 시종일관 휴대폰을 보며 채팅방에서 노닥거리던 놈들까지. 재희로 말할 것 같으면, 벗겨진 아랫도리가 인터넷에 떠돌 생각을 하니 머리가 어지러웠다. 카메라 각도가 거기까지 나오지 않았을 것 같은데…… 아닌가?

"이거 또라이네?"

박현창은 채수리가 또라이 중에 상또라이라는 것을 뒤늦게 깨달은 모양이었다. 다친 팔을 움켜쥐며 주변에 있던 물건을 마구잡이로 던지기 시작했다. 커피 테이블과 비싸 보이는 스탠드, 삼각대까지 휘둘렀다. 수리가 삼각대에 어깨를 맞고 바닥으로 쓰러졌다. 들고 있던 볼펜이 바닥으로 떨어졌고, 박현창이 얼른 발로 밟고 짓이겼다.

멀리서 희미한 사이렌 소리가 들렸다. 삐삐, 울려대는 경고음과 함께.

그들이 허둥대며 서로의 얼굴을 바라봤다. 제일 어린 놈이 뒷문을 열어젖혔다. 이 새끼는 어떡해? 뒷마당에 홀로 버려진 독파민이 제발 구해달라는 얼굴로 버둥거렸다. 박현창이 횡설수설했다. 우리는 죄 없어, 야, 칼 맞은 거 나야, 우리가 뭘 했는데!

넘버 2가 턱짓으로 재희를 가리켰다. 아 저놈, 영상으로 고문 증거를 남기기까지 했다. 일단 다 삭제해, 박현창이 다시 소리쳤고 벨 소리가 들렸다. 현관 쪽에 제일 가까이에 있던 수리가 날랜 걸음으로 뛰어가 인터폰의 열림 버튼을 눌렀다. 놈들은 각자 손에 들고 있던 휴대폰을 부수기 시작했다. 유심 칩을 꺼내려고 용을 썼다. 아무도 수리를 신경 쓰지 않았고, 수리는 재희를 신경 썼다. 들고 있던 칼로 재희의 두 다리와 팔을 묶은 밧줄을 잘라냈다.

"볼펜은 다시 사줄게."

수리가 입막음한 청테이프마저 뜯어내며 말했다. 현관 중 문이 열렸다. 테이저건과 곤봉을 든 경찰들이 떼거리로 들어 왔다. 재희는 팬티만 겨우 올릴 수 있었다. 바지까지 올리기에는 아파 죽을 것 같았다.

박현창과 넘버 2는 뒷문을 통해 나간 후였다. 나머지는 쭈 뼛쭈뼛거리며 경찰들을 맞이했다. 두 팔을 든 채.

"저희가 안 그랬어요."

제일 어린 놈이 울먹거리며 말했다.

"우리도 피해자예요."

▷▷▷

　수리가 찾아 헤매던 스너프 영상은 피해자라고 말했던 놈들의 데스크톱 컴퓨터에 고이 저장되어 있었다. 채기쁨의 자살 사건을 담당했던 오 형사가 직접 수리를 불렀다. 충격적인 영상이니 보지 않는 편이 좋겠다고 했으나 그 말을 들을 위인이 아니었다. 수리는 백열등 아래, 회의실에 혼자 남아 이어폰을 낀 채 3시간 44분에 달하는 영상을 빠짐없이 확인했다.

　사건 당일, 채기쁨은 불미스러운 일로 상처받게 해드려 죄송하다는 내용을 담은 자필 사과문을 사진으로 찍어 멤버십 회원들이 있는 단톡방에 올렸다. 재희가 씩씩거리며 집으로 돌아와 불체자 3부작을 하겠다고 사악니 채널에 글을 올린 직후였다. 재희는 엄마의 일로 불체자를 잊었지만, 불체자의 회원들은 아니었다. 제대로 사죄하라며, 기쁨의 전당 회원들만 들어갈 수 있는 디스코드 링크를 개설해 채기쁨을 초대했다. 처음에는 여섯 명으로 시작되었으나 시간이 갈수록 수위가 높아졌고, 총 열여덟 명이 해당 영상을 시청하고 협박하며 범죄를 공모했다. 그들이 원하는 대로 사죄하고, 변태적인 요구를 들어주다가 채기쁨은 소주를 병째로 마셨다. 자신의 팔목을 그었고, 내가 죽어야 끝나는 거냐고 화면을 향해 외쳤다.

　— 예쁜 얼굴 하나 믿고 그렇게 나대지. 네 얼굴 찢어 죽이

고 싶다.

— 집 주소 대. 찢어주러 가게.

— 나 저년 집 주소 아는데. ㄷㄹㅃ 고?

— 그어봐. 네가 잘못했으면 그어. 열여덟 명이니까 한 명한 명 아이디 부르면서 예쁜 얼굴 씹창 내봐. 말 안 들으면 네인생도 끝나.

폭력적인 단어들이 채팅창에 빠르게 올라갔다. 채기쁨은 그렇게 했다. 열여덟 명의 아이디를 불러가며, 잘못했습니다, 하고 얼굴을 그었다. 칼날은 눈과 코를 지나가며 생살을 찢고 피눈물을 나게 했다. 채기쁨의 동작이 무뎌질 때면, 이홍재가 나섰다. 그는 천사였던 여자가 회원 중 한 명과 사귀자 앙심을 품었다. 한순간에 누구보다 더 잔악하게 채기쁨을 몰아붙였다. 사랑했던 여자가 한순간에 창녀가 되어버렸으니 벌을 받아 마땅하다고 여겼다. 하나둘 사태의 심각성을 느끼고 뒤로 빠질 때, 이홍재가 밀어붙였고 나희가 낄낄거렸다.

나희는 이홍재의 폭주가 두려웠으나 티를 낼 수 없었다. 왜냐하면, 나희는 채기쁨과 사귄 유일한 남자였고, 그녀를 마음대로 조종했으며 덕분에 열일곱 명에게 우상이 되었으니까. 이른바 그룹의 우두머리였다.

— 연기 잘 봤다. 역시 아역배우 출신은 다르구만.

초대방을 만든 나희가 영상을 종료했다. 영상은 축 늘어진 채기쁨을 조롱하는 것으로 끝났다. 이른바, 죽음의 퍼포먼스였다. 열여덟 명 중 누구 하나 채기쁨이 죽었다고 생각하지 않았다. 다음 날, 뉴스가 뜰 때까지.

수리가 회의실을 나왔을 때는 무려 열 시간이 지나 있었다. 경찰서 내부에 북적이던 사람들은 썰물처럼 빠져나갔고 밖에서는 함박눈이 날렸다. 오 형사는 이미 끝났던 채기쁨의 사건을 재조사하며 조서를 보강하고 있었다. 가까이 다가온 수리의 두 눈은 빨갛게 젖어 있었다. 괜찮으세요? 오 형사가 다 식은 아메리카노를 건네며 다가왔다. 수리는 괜찮다고 말하려고 했으나 말하지 못했다. 입에서 나오는 건 억눌린 신음뿐. 참담했다. 그 자리에서 오 형사에게 쓰러지듯 안겼다. 가슴 속에 응어리진 비통한 울음을 토했다.

"제발, 이거 우리 부모님한테 보여주지 마세요."

수리가 울음 끝에 겨우 뱉은 말이었다. 오 형사는 그러겠다고 약속하며 수리의 등을 쓸어내렸다. 영상 속 피해자와 똑같은 얼굴을 한 수리에게 오 형사는 진심으로 사과했다. 반년 전, 음란물 유포 및 통신법 위반으로 박현창을 구속 수사 했는데도 채기쁨과 관련한 정보를 밝혀내지 못한 게 실수였다.

채기쁨이 죽고 나서, 나희는 과격하고 어디로 튈지 모르는 이홍재를 이용했다. 회원들은 무리 중 누구도 최두환을 이홍재가 진짜 죽이리라고는 생각하지 못했다고 진술했다. 회원들끼리 약속된 행위는 경고용으로 입을 찢어버리는 것 정도였는데 이홍재가 폭주해버렸다. 바로 아래층에 사는 나희가 CCTV에 찍히지 않는 도주로를 확보해 살인을 감추어주었다. 나희는 살인을 함구하는 대신, 이홍재는 나희가 미성년자임을 함구했다. 나희는 그 세계의 리더 자리를 지키고 싶어 했다.

오 형사가 나희, 그러니까 이서후의 수상함을 감지한 건 순전히 우연이었다. 한 중학생 여자애가 남자 친구가 자신의 신체를 몰래 찍어 트위터에 올렸다고 신고를 하면서부터였다. 기록을 조회한 이서후의 비밀 계정에서 채기쁨으로 추정되는 사진들이 나왔고, 그 사실이 사건 담당 수사관이었던 오 형사의 귀에 들어갔다. 이후 재희가 명예훼손 건으로 이서후를 고소했다는 사실까지 확인하고서 오 형사는 표적 수사를 시작했다.

때맞춰 수리의 신고를 받고 소년을 검거하러 학원으로 갔을 때, 소년은 전혀 당황하지 않았다. 엄마에게 전화를 걸어 오 형사를 바꿔줬다. 그쪽 소속이랑 이름 대세요, 지금 가니까 기다려요! 하는 여자의 까칠한 목소리가 들렸다. 오 형사는 대답 없이 전화를 끊고, 소년에게 말했다.

"나희야. 이제 못 빠져나가."

동작서 강력범죄수사과 이경춘을 위시해 수사팀이 다시 꾸려졌다. 사이버수사팀, 과학수사대가 함께 붙어 자살로 종결됐던 채기쁨의 사건을 재조사한다고 발표했다. 이미 일파만파 퍼진 유튜브 영상들로 증거는 차고 넘쳤다. 포털사이트에 불체자가 아닌, '유튜버 D번방 사건'으로 공식화해 기사가 올라오기 시작했다. 더불어 사악니가 아닌, 유튜버 K씨의 끈질긴 수사 과정도 함께.

14. 친구

〰〰〰

"탐정 생활하면서 의뢰인과 피의뢰인을 한자리에서 보는
건 처음이네요."

강국이 말했다. 그의 눈이 흥미롭다는 듯 두 사람을 번갈아
보았다. 수리가 가져온 사진 한 장을 테이블에 놓았다.

"다른 의뢰보다 쉬울 거예요. 이미 나쁜 쪽으로 유명한 사
람이라 집 주소, 이름, 학교는 인터넷으로 치면 금방 나오거
든요. 저는 애뿐만이 아니라, 이 아이의 부모까지 모든 신상
정보를 원해요."

강국은 사진 속 소년을 바라봤다. 깊은 쌍꺼풀 아래에 자리
잡은 까만 눈동자와 그걸 돋보이게 하는 흰 피부, 빨간 입술까
지, 미소년은 당장 아이돌로 데뷔해도 될 만큼 잘생긴 외모였

다. 한 번 보면 잊기 힘든 인상이었다. 모든 게 밝혀진 지금, 소년이 결코 성인으로 보이진 않았지만, 그는 성인 행세를 했다.

"애가 뉴스에 매일 나오는 나희입니까?"

"네. 미성년자입니다. 그래서 다른 놈들과 다르게 포토 라인에도 서지 않았죠."

강국도 어느 정도 채기쁨 사건에 대한 정보를 알고 있었다. 유튜버 사악니의 마스크를 벗기는 데 실패했다는 이유로 열여덟 번의 자해를 부추긴 악마들이라고 비난이 들끓었다. 이번에는 수리의 소원대로 잊히지 않고, 온라인 그루밍을 비롯한 사건 관련 법안들이 속속들이 발의되었다. 강국은 낡은 서류 가방에서 '살해금지 서약서'를 꺼내 수리 앞에 두었다. 수리가 의뢰인란에 서명을 했다.

"착수금은……?"

수리의 물음에 강국이 빙긋이 웃었다. 푸근한 미소였다.

"이 건은 무료로 해드리겠습니다."

"왜죠?"

"여론의 흐름에 따르면 모든 것이 쉬워진다. 여론이야말로 세상의 지배자이기 때문이다. 나폴레옹."

이미 두 사람의 머릿속에 들어갔다 나온 듯했다. 눈치 하나는 알아줘야 했다. 재희가 놀라 눈을 동그랗게 뜨자 강국이 윙크를 했다. 여전히 익숙해지지 않는 제스처였다. 강국은 멋지게 기른 콧수염을 쓰다듬으며 우편으로 보내겠다고 했다. 사람 일은 모르는 법이니까. 강국이 가는 뒷모습을 바라보던 수리가 재희에게 말했다.

"멋있는 사람이네."

수리의 얼토당토않은 칭찬에 재희는 펄쩍 뛰었다. 멋있긴. 버터를 바른 것처럼 느끼한 놈인걸.

이튿날, 강국으로부터 우편이 도착했다. 아이디 나희로 알려진 이서후는 외교관인 아버지와 소아과 의원을 운영하는 어머니 사이에서 태어난 외동아들이었다. 초등학교 때부터 화장실에 몰카를 설치하다 걸리고, 여자 담임 선생님에게 성희롱적인 메시지를 보내는 등 그쪽으로 이미 크고 작은 사고를 쳤다. 그때마다 돈으로 해결했다. 벌써부터 부모는 이서후가 정신 병력이 있다고 물타기를 하는 중이었다.

수리는 이서후의 개인 신상 정보를 대형 커뮤니티에 차례로 올렸다. 이서후가 법적으로 받을 최대 형량은 고작 2년간의 소년원 송치 처분이었다. 사람이 죽었는데 그걸로는 안 되지. 평생 따라다니는 꼬리표를 만들 거야. 수리의 말에 재희가 힘을 실어줬다.

"응. 사람들이 잊을 만하면, 내가 방송해서 다시 수면 위로 올려둘게."

청담과 수리가 같은 날짜에 재희의 집을 떠나기로 했다. 떠나기 전, 셋은 술을 잔뜩 마시려고 치킨과 피자, 떡볶이를 시켰다. 재희는 난자당한 허벅지 여러 부위를 42방 꿰매고 회복 중이었다. 한사코 술을 마시지 않겠다는 재희와 술을 먹이려는 청담의 입씨름이 이어졌다. 이게 마지막일지도 몰라. 곧 미국으로 유학을 갈 거 같다는 수리의 말에 재희는 소주를 마시기 시작했다. 한마디 상의도 없이 갑자기 미국을 간다고. 배신감에 짜증이 났다. 일이 다 끝나니 팽 당하는 기분이 들었다.

"너는 참 솔직해. 어쩌면 기분이 그렇게 바로바로 얼굴에 드러나니."

수리의 말에 재희는 내가 뭘, 하고 대답하고 술을 마셨다. 재희는 술의 힘을 빌려 솔직해지기로 했다.

"안 가면 안 돼?"

"싫어. 가려고."

"왜?"

"한국 질렸어. 내가 여기 있고 싶겠어? 좋은 기억이 없는데."

"내가 지켜줄게."

"아, 나 오글거려서 못 들어주겠다. 나가서 전화 통화나 하고 올게. 둘이 정리해. 얼싸안든 눈물을 뿌리든."

청담이 핸드폰을 들고 밖으로 나갔다. 수리는 화가 난 듯 재희를 노려봤다. 재희도 이번엔 피하지 않고, 수리의 눈빛을 받아냈다. 수리가 졌다는 듯 먼저 웃었다.

"한국 오면 만나줘. 친구니까."

다정한 수리의 말투에 재희가 고개를 끄덕끄덕했다. 재희의 눈에 슬그머니 눈물이 차올랐다.

"아, 왜 울어!"

수리가 거의 혼내듯 소리쳤다. 눈가를 쓱쓱 닦으며 재희는 애써 웃어보려고 노력했다. 이상하네. 그럴수록 눈물이 더 났다. 다시는 볼 수 없을 것만 같은 생각에, 친구든 뭐든 좋아하는 사람이 떠나간다는 생각에. 수리와 청담과 함께했던 시간이 재희 인생을 통틀어 가장 아름다웠다. 이상한 일이지. 그렇게 추하고 험한 꼴을 많이 봤는데도, 벌써부터 좋고 아련하게만 추억이 세탁된다니.

수리는 갑자기 등장했을 때처럼 떠날 때도 갑작스러웠다. 질척거리는 작별은 싫다고 하며, 청담이 돌아오지도 않았는데 캐리어를 들고 나가려 했다. 가지 마. 더 있다 가. 재희의 말에 수리는 그의 허리를 감싸 안았다. 최고로 따뜻한 포옹이었다. 수리가 속삭였다. 김재희, 너 좋은 사람이야. 이제 그만 마스크 벗어도 돼. 그 말을 듣자, 다시 눈물이 났다.

"나 너 보고 싶으면 미국 갈 거야."

"그래."

수리는 눈물 한 방울 흘리지 않고 떠났다.

▷▷▷

혼자 남은 재희는 술을 진탕으로 마셨다. 전화 통화를 하러 나간 청담은 한 시간째 들어오지 않았다. 시간이 꽤 늦어 자고 가라고 할 참이었다. 적어도 해 있을 때 보내야지, 안 그러면 밤새 울다가 지쳐 잠이 들 것 같았다. 재희는 오지 않는 청담에게 전화를 걸었다. 받지 않았다. 혼자서 너저분해진 식탁을 치우고, 소파 위에서 잠을 청했다. 청담에게 문자를 보냈다.

─ 죽었냐. 자고 내일 가. 아침에 샤브샤브 해장 고.

새벽녘, 도어록이 해제되는 소리를 들었다. 청담이구나. 재희는 시린 코끝에 이불을 덮고 다시 잠들었다. 평소 고양이같이 걷는 청담의 조용한 발소리가 아득하게 느껴졌다. 오랜만에 찾아온 달콤한 잠기운이었다. 방문을 여닫는 소리, 드드득 커터칼을 미는 소리, 술 냄새가 머리맡에서 덮쳤다. 꿈이 이상했다. 좋은 꿈으로 초대받은 건 아닌가 보았다.

"형, 자? 그런데 나는 있지. 형을 용서하기가 좀 힘들어."

서늘하게 들리는 청담의 목소리에 잠이 싹 물러갔다. 재희는 고개를 들어 청담을 보려고 했으나 몸이 뜻대로 움직이지 않았다. 어지간히 취했나 보다. 아니다. 그렇다 해도 가위에 눌린 것처럼 손 하나 까닥할 수 없는 게 이상했다. 그럴수록 정신은 오히려 맑아졌다.

"어떻게 나를 기억 못 하니. 변태라고, 에이즈 퍼트리는 놈들은 빨리 죽어버렸으면 좋겠다고 다니던 학교랑 알바하는 곳까지 다 공개했잖아. 뭐랬지, 한국의 보건위생을 위해서 특별히 깐다고 했잖아."

청담은 언제부터 이 순간을 기다려온 걸까. 보지 않아도 청담이 울고 있다는 걸 알 수 있었다. 다시 드르륵 커터칼 소리가 났다. 움찔, 몸이 떨렸다. 냉기 어린 그의 손이 재희의 턱을 꽉 붙들고 입을 벌렸다.

"이걸로 빚 청산은 끝낼게. 하지만, 다음에 봤을 때 형이 이 짓을 계속하고 있다면, 그때는 형을 죽일 거야."

15. 길목에서

도로 위에 황혼이 드리웠다. 대형 공장들의 입간판에 불이 들어왔다. 조용한 외곽 도시인 듯 창밖에는 빠르게 지나가는 차들뿐이었다. 재희는 거기까지 말하고 입을 다물었다. 한쪽 귀에만 걸친 마스크 옆으로 드러난 재희의 긴 상처가 새삼스러워 이립과 나는 룸미러를 통해 흘끗거리며 쳐다봤다. 내가 먼저 침묵을 깼다.

"청담이 갠 아무리 상처받았어도 그렇지, 어떻게 얌전히 있다가 그렇게 뒤통수를 치냐. 와, 진짜 그 새끼 너무했다."

"지금 가는 천은사에선 누가 기다리고 있어요? 청담이?"

이립이 물었다. 나는 재희에게 연민을 느껴 도와주고 싶었지만, 내 목숨이 위험해지는 건 싫었다. 오늘 안 사이에 너무

무모한 선택이었다.

"거기엔…… 시작이 있어."

재희가 이립의 물음에 모호하게 답했다.

"내가 처음 유튜브를 하겠다고 억지로 엄마를 데리고 여행을 떠난 곳이었어."

긴 이야기를 마친 뒤라 피로한 듯한 얼굴이었지만, 재희는 애써 다시 이야기를 꺼냈다.

"그래, 시작을 했던 곳이지. 사악니가 아닌, 유튜버 김재희로. 두 달 전, 마케팅 업체의 제안을 받았어. 사악니란 이름을 내세워 이슈 몰이 유튜버가 되기 위한 일대일 속성 과정 클래스를 개설했지. 너희는 내 첫 번째 고객이었고. 약속 장소로 나갈 때까지 많은 생각이 들었어. 가짜 뉴스를 퍼트리는 일에 대한 노하우를 가르쳐도 되는지, 어쨌든 뒤로 빠져서 후배들을 양성하는 일이니까 괜찮지 않을까, 여러 고민을 했어. 자기 합리화랄까. 그래서 여기까지 오게 됐네. 다 아물었다고 생각한 상처가 너흴 보니 다시 아팠어. 화장실에 들어가 거울을 봤지. 뭐가 잘못됐나 하고. 딱지가 없고 새살이 돋아난 입가는 멀쩡했어. 내 착각이구나. 그런데 확신이 들지 않았어. 미국에 있는 수리가 멀리서 비웃는 것 같았어. 그래서, 나는 기회를 주기로 했어. 너네한테도, 나한테도."

이립과 나는 잠자코 재희의 말을 들었다. 솔직히 돈이 급하다기보다는 괜찮은 파이프라인을 만들기 위해 사악니를 만나고자 한 것이었다. 잘하면, 월 1000만 원의 수익이 난다고 사이트에서 홍보했으니까. 그런데 이런 당일치기 표류 여행이 될 줄은 몰랐다. 당장 속았다고 길길이 날뛸 줄 알았던 이립은 고개를 돌려 창밖을 보고 있어서 표정을 살필 수 없었다. 나는 핸들을 꺾어 돌아가야 할 킬로수를 확인했다. 기름값도 무시 못 하는데. 너무하네, 진짜.

그럼에도 뉴스에서만 봤지 정확히는 알지 못했던 내부 이야기를 속속들이 알게 되자, 재희의 친구가 되어주고 싶다는 생각이 들었다. 수리는 미국으로 떠났고, 남은 청담마저 상처를 주고 날랐다니 결국 재희는 친구 하나 없는 원점으로 돌아간 거였다.

"천은사에 도착하면, 더 이상 되돌릴 수 없게 돼. 나는 컨설팅비를 받지 않고 내가 아는 모든 노하우를 너희에게 가르쳐 줄 거야. 돈을 많이 벌게 해줄 수 있어. 어렵지 않아. 하지만 이 일의 위험성을 알고 시작하라고 이렇게 얘기한 거야. 흠집을 내면, 그만큼의 흠집을 고스란히 받게 되는 일이라는 걸."

그 말을 하면서 재희는 자신의 입가에 자리한 상처를 검지로 죽 그었다. 그리고 다시 말했다.

"그곳에 가서 새로운 시작을 할 건지, 지금 돌아설 건지 결정은 너희 몫이야."

"웃기고 있네. 그냥 개꼰대 같아요."

이립이 말했다. 나는 그때 이립이 울고 있음을 깨달았다. 보았다. 그가 머리를 매만지는 척하면서 뺨에 흐르는 눈물을 재빨리 옷소매에 닦는 것을. 순간, 나는 이립이 청담이 아닐까 하는 의심이 들었다. 그래서 나는 이립의 표정 변화에 신경쓰며 재희에게 물었다.

"청담이는 아직도 유튜브 해요?"

"모르겠네. 하든 안 하든 잘 살 거야. 괜찮은 놈이니까."

"계속 듣다 보니, 본인을 되게 인간적으로 표현하시네요. 수리가 한 말 기억하죠? 당신이 가해자란 건 변하지 않는다고."

이립이 이죽거렸다. 역시…… 더욱 헷갈리기 시작했다. 물어볼 수도 없고. 혼자 머릿속이 복잡해졌다. 이립이 다시 말을 꺼냈다.

"청담의 경고에도 한동안 일은 계속한 걸로 아는데요."

드드드득. 이립이 어디서 났는지 주머니에서 커터칼을 꺼냈다. 나는 놀라 입 모양만으로 그게 뭐냐고 물었다. 왜, 언제부터 커터칼을 들고 다닌 거지? 아까 휴게소에서 잠깐 자리를 비웠을 때 산 걸까. 이립은 불안해하는 내 표정을 보고도 대답하지 않았다.

"미안해. 정리해야겠다고 생각만 하고 너무 늦게 정리했지."

두 사람의 대화에 나는 녹음 버튼을 껐다.

"다시 보니 좋네."

"여전히 역겨워."

"미안하다. 사과를 어떻게 해야 할지 몰랐어. 네 말대로 변명이 가득하고, 내 위치에서 편집한 일일 수 있겠지만, 이제라도 진심으로 사과하고 싶다."

긴 침묵이 이어졌다. 그사이, 사위는 금방 어두워졌다. 차창을 여니 여름 공기가 시원했다. 어둠이 솜씨 좋게 서로의 표정을 감췄다. 재희에게 남은 오래된 상처까지.

내가 침묵을 깨고 말했다.

"차 돌립니다."

▷▷▷

어떻게 서울까지 돌아왔는지 모르겠다. 돌아오는 길에 들른 주유소에서 김재희는 사라졌다. 마지막으로 본 그의 구부정한 등이 오랫동안 눈에 어른거렸다. 행복해지라고 한마디 해줄걸.

언젠가 한번 이립에게 김재희를 용서했냐고 물었다.

"김재희가 누구야?"

까칠한 이립의 반문에 나는 그날의 일을 다시는 입 밖에 꺼내지 않았다.

렉카 김재희

1쇄 발행 2024년 3월 8일

지은이 김달리
펴낸이 배선아
편 집 유민우
디자인 강민영
펴낸곳 고즈넉이엔티

출판등록 2017년 3월 13일 제2022-000078호
주   소 서울특별시 마포구 성지1길 35, 4층
대표전화 02-6269-8166 **팩스** 02-6166-9199
이 메 일 gozknockent@gozknock.com
홈페이지 www.gozknock.com
블 로 그 blog.naver.com/gozknock
페이스북 www.facebook.com/gozknock
인스타그램 www.instagram.com/gozknock

ⓒ 김달리, 2024
ISBN 979-11-6316-517-0 03810

표지/내지이미지 Designed by Getty Images Bank, Freepik